KB036925

주홍글씨

나사니엘 호손 지음 | 박용철 옮김

소담출판사

박용철

서강대학교 영어영문학과 졸업. 광고대행사 〈애드가〉 대표.
공저로『한국 사회문화 현상의 기호론적 분석』『비전 2000』
역서로『광고인이 되는 법』외 다수가 있다.

BESTSELLER WORLDBOOK 27

주홍글씨

펴낸날 l 1992년 7월 27일 초판 1쇄
       2012년 1월 30일 초판 27쇄

지은이 l 나사니엘 호손
옮긴이 l 박용철
펴낸이 l 이태권
펴낸곳 l (주)태일소담
       서울시 성북구 성북동 178-2 (우)136-020
       전화 l 745-8566~7 팩스 l 747-3238
       e-mail l sodam@dreamsodam.co.kr
       등록번호 l 제2-42호(1979년 11월 14일)
       홈페이지 l www.dreamsodam.co.kr

ISBN 89-7381-027-8 00840

BESTSELLERWORLDBOOK 27

The Scarlet Letter

Nathaniel Hawthorne

참되어라!
참되어라! 또 참되어라!
죄악의 죄는 아닐지라도 죄악의 죄를
짐작할 수 있는 요소는
숨김없이 세상에 밝혀라!

The Scarlet Letter

차례

감옥문

음울한 잿빛 옷에 끝이 뾰족한 모자를 쓴 텁수룩한 수염의 사내들이 머리에 수건을 쓴 여인네들과 한데 뒤섞여 목조 건물 앞에 모여 있었다. 그 건물의 문은 튼튼한 떡갈나무로 만들어져 있었으며, 온통 커다란 쇠못이 둘러쳐져 있었다.

새로운 식민지의 개척자들은 처음엔 물론 인간의 선과 행복이 있는 낙원을 건설하고자 꿈꾸었겠지만, 그러한 꿈과 더불어 그 처녀지의 일부를 묘지와 감옥의 부지로 써야 한다는 생각도 똑같이 갖고 있었다.

이러한 관례에 따라 보스턴 주민들의 조상들도 아이작 존슨의 대지에 그의 묘를 중심으로 한 최초의 묘지를 마련하였고, 때를 같이해서 콘월 부근에 최초의 감옥을 지었다고 생각해도 무방할 것이다.

훗날 존슨의 무덤을 중심으로 계속 무덤이 늘어나 그것은 킹스 채플 묘지의 중심이 되어 버렸다.

이 보스턴 시가 세워진 지도 어느덧 15년에서 20년 정도가 되고 보니 그동안 이 목조 감옥도 갖은 풍파에 시달려 그 모습은 가뜩이나 음울한 분위기가 한결 더 음울한 느낌을 자아냈다. 떡갈나무 문짝의 쇠못마다 슬어 있는 녹은 이 신천지 안의 그 무엇보다도 고색창연한 느낌이 들게 하였다. 죄악에 관계된 일이란 모두 그렇듯이 이 문짝도 일찍이 화려한 젊은 시절의 일들은 전혀 모르는 듯했다. 이 볼썽사나운 건물과 수레가 다니는 길 사이엔 우엉, 명아주, 흰독말풀과 같은 흉측스런 식물들이 제멋대로 자라나고 있었는데, 이 잡초들은 아주 일찍부터 감옥이라는 문명사회의 암흑의 꽃을 피어 준 이 땅속에서 뭔가 공통점을 발견하고 있는 듯했다.

그러나 감옥문의 한쪽으로, 거의 문턱 가까이까지 뿌리를 드리운 채 자라난 찔레나무는 때마침 6월을 맞이하여 보석 같은 아름다운 꽃송이들로 뒤덮여 있었다. 그것은 아마도 감옥에 들어가는 죄수나 처형을 받으러 나오는 사형수들에게, 대자연은 때로 그들에게 비탄을 느끼기도 하며 그윽한 애정과 자비를 베풀고 싶어한다는 것을 가르쳐 주기 위해 향기로운 냄새와 아름다움을 풍기고 있는 듯했다.

이 찔레나무는 이상한 인연으로 역사 속에서 살아남아 있었다. 하지만 그것이 원래 찔레나무를 뒤덮고 자랐던 우람한 소나무나 떡갈나무들이 쓰러지고 난 후에도 그 옛날의 황량한 벌판에 오래 살아남았던 것인지, 아니면 후에 성자가 된 앤 허친슨이 감옥문을 나갈 때 그 발꿈치가 닿았던 땅바닥에서 솟아난 것인지에 대해서는 지금 이 야깃거리로 삼지 말자.

어쨌든, 저 불길한 감옥문으로부터 이제 막 시작하려는 이 이야기의 첫머리에서 찔레나무를 발견하게 되자, 그 꽃 한 송이를 꺾어 독자들에게 바치고 싶어진다……. 그 꽃은 이야기 도중에 발견될지도 모르는 미덕의 꽃을 상징하거나, 혹은 인간의 사악함과 슬픔을 담은 이야기의 음울한 결말을 부드럽게 감싸주는 사랑의 꽃이 되기를 바라마지 않는다.

광장

　지금으로부터 2백여 년 전인 어느 여름날 아침, 감옥 앞의 잔디밭에는 많은 보스턴 시민들이 모여들고 있었다. 사람들의 눈길은 모두가 무쇠 못으로 튼튼히 박혀 있는 떡갈나무 문에 집중되어 있었다. 이것이 다른 지방의 주민에게나 혹은 뉴잉글랜드에서도 좀더 후세의 일이었다면, 텁수룩한 수염으로 뒤덮여 있는 이 선량한 시민들의 얼굴을 이토록 무섭게 경직시키고 있는 것을 보고 무언가 곧 중대한 사건이 일어날 것이라는 것을 예감할 수 있으리라. 아마도 그것은 어느 악명 높은 죄수의 사형 집행이 행하여지리라는 것을 보여 주는 일일 테고, 그 죄수에 대한 법정의 판결도 어차피 일반 대중들이 저마다의 감정대로 내린 판단을 예외 없이 확인시키는 것에 불과했을 것이다.

그러나 초기의 청교도들이 이념에 얼마나 엄격했는지를 생각한다면 이러한 추측은 확실하게 단정지을 만하지도 못하다. 그것은 태만한 하인이나 혹은 부모가 자신들에게 순종하지 않는다는 이유로 자식을 법정에 세워 태형장에서 곤장을 맞도록 하는 상황일 수도 있고, 신앙 지상주의자나 퀘이커 교도 혹은 그 밖의 이교도들이 돌팔매질을 당하며 마을 밖으로 추방당하는 상황일 수도 있다. 혹은 하릴없이 거리에서 떠도는 인디언이 백인이 만든 위스키를 마시고 취해 소란을 피우다 채찍을 맞고 숲 속으로 달아나는 상황일 수도 있고, 시기심 많은 판사의 미망인인 허빈즈 부인 같은 늙은이가 막 교수대로 한 걸음 한 걸음 옮겨 놓는 상황일 수도 있을 테니까 말이다.

어떤 상황이든 간에 몰려든 구경꾼들의 모습은 당시의 사람들답게 한결같이 엄숙하였다. 그들 사이에서는 종교와 법률이 거의 비슷한 것으로 인식되어졌고, 성격 속에서조차 그 두 가지가 뒤섞여 하나로 이루어져 있었으므로 일반인들에게 내려지는 처벌은 가벼운 사건이든 중요한 사건이든 모두가 두렵고 무서운 것이었다. 그래서 처형대에 오른 죄수가 이러한 군중들에게 동정을 구해 본들 그 동정이란 냉정함밖에 얻어낼 수 없었다. 오늘날 생각해 보면 단지 부끄럽거나 조소거리에 지나지 않을 정도의 처벌도 당시엔 사형과도 같은 엄격한 위엄을 지니고 있었던 것이다.

이 이야기가 시작되는 그 여름날 아침, 구경꾼들 틈에 섞여 있는 여자들이 마침내 내려질 처벌에 대해 비상한 관심을 가지고 서로들 이야기를 주고받는 모습이 눈에 띄었다.

그 당시는 그다지 세련된 시대는 아니었으므로 페티코트나 파딩게일 따위를 입은 여자들이 사람들 사이에 끼어서 혹은 사람들 사이를 뚫고 앞으로 나서거나 형이 집행되는 것을 보기 위해 처형대 가까이로 나서는 것을 볼 수 있었다.

옛 영국의 가문에서 태어나고 그들의 교육을 받은 부인들과 처녀들은 약 2백 년 후에 태어난 자손들과 비교한다면 정신적으로든 육체적으로든 훨씬 거친 기질이 몸에 배어 있었다. 혈통이 이어져 내려오는 동안 어머니들이 자손들에게 무기력함과 나태함을 전해 준 것은 아니지만, 그들의 자식들에게 보다 더 창백한 혈색과 섬세하고 고상한 아름다움과 나약한 체격을 물려주었기 때문이다.

지금 감옥 문가에 서 있는 여인들은, 저 남자 같은 성격을 갖고 있는 엘리자베스 여왕이 당대의 여성을 대표했다고 해도 지나치지 않던 시대로부터 불과 반세기도 지나지 않은 때의 여인네들이었다. 그들은 엘리자베스 여왕과 같은 영국인으로서 고국의 소고기며 맥주며 그보다 더 세련된 것도 없는 정신의 양식이 주로 그들의 인간적인 기질을 길러내고 있었다.

그러므로 이날 아침의 화창한 태양은 그들의 넓은 어깨와 풍만한 가슴과 멀고 먼 섬나라에서 무르익어 이 뉴잉글랜드로 옮겨왔지만, 아직껏 창백해지거나 야위지도 않은 보기 좋게 홍조를 띠고 있는 통통한 두 뺨 위에 환하게 빛나고 있었다. 그리고 아마도 대부분이 부인네였을 듯싶은 여인들의 우렁차고 대담한 말이나 그 내용을 오늘날의 우리가 들었더라면 그 말의 의미나 어조 때문에 놀라고 말았을 것이다.

한 심술궂어 보이는 인상의 50대 여인이 입을 열었다.

"여러분, 내 말 좀 들어 보시오. 헤스터 프린 같은 그런 부정한 죄인은 우리들같이 나이도 지긋하고 교회의 신자로서 사람들에게 좋은 평을 듣고 있는 부인네들이 다루는 것이 대중을 위해서도 좋을 듯싶은데요, 그렇게 생각을 하지 않으시오? 만약에 저 음흉한 계집이 여기 모인 우리 다섯 사람 앞에 세워져 심판을 받게 된다면 저 훌륭하신 판사님들이 내리신 그 정도의 처벌로 끝낼 수는 없는 일이지요. 암, 어림도 없고말고."

그러자 다른 여인이 말했다.

"소문을 듣자니, 저 여자의 목사님인 신앙심 깊은 딤즈데일 목사님은 하필이면 자기 교구 사람 중에서 그런 추잡스런 일이 일어난 것을 굉장히 마음 아파하신다는군요."

"하긴, 판사님들도 신앙심이 깊은 분들이고 인정도 많은 자비로운 분들이지 않겠소. 정말 헤스터 프린은 이마빼기에다 달군 쇠로 낙인을 찍히는 벌을 받는다 해도 지나칠 게 없는데 말예요. 그래야만 헤스터도 이젠 무서운 줄을 좀 알 테고. 그런데 저 부정한 화냥년에게 가슴팍 옷자락에 뭔가를 붙이고 다니게 해 봤자 부끄러워하겠어요? 그 헤스터 년은 장식물로 그 자릴 감춰 버리고선 태연히 거리를 나돌아다닐걸……."

"하지만 아무리 그렇다 해도 그 형벌은……." 하고 어린아이의 손을 잡고 있는 한 젊은 여자가 한결 부드러운 목소리로 세 번째 여자의 말을 막았다.

"헤스터가 아무리 가슴에 붙인 걸 장식물로 감추어 본댔자 그 가슴속의 고통만은 가리워질지언정 지워질 리가 없을 거예요."

"가슴에 뭘 달든 이마에다 낙인을 찍든 그것은 다 소용없는 짓이라는 것을 모르시오?"

부인네들 중에서도 가장 매정하고 엄격해 보이는 여자가 외쳤다.

"저년은 우리 모두를 수치스럽게 만들었으니 죽어야 마땅해요. 아니, 저런 여자를 처벌할 법률 하나 없단 말입니까? 성서나 법령집 속에 엄연히 법률이 있는데도 판사님들은 그 법률에 의한 처벌을 내리지 않았으니, 자기 부인이나 딸들이 타락해 부정한 짓을 한다 하더라도 할 수 없는 일이 아니겠소!"

"원 아주머니들도!"

군중 속에 섞여 있던 한 사내가 여인들의 이야기를 듣고 참다못해 꾸짖듯 말했다.

"너무 험악한 이야기들을 하고 있군요. 당신네 여인들은 교수대에 오르는 두려움조차 갖고 있지 않았다면 미덕이란 아예 찾아보기도 힘들겠어요. 자, 조용히 하십시오. 감옥문이 열리고 있으니 이제 곧 프린 부인이 나타날 거요."

이윽고 감옥문이 안쪽으로부터 활짝 열리자, 맨 먼저 허리에 칼을 차고 손에는 관청의 깃대를 든 험상궂은 얼굴의 한 하급 관리가 어둠 속으로부터 햇빛을 받으며 그 모습을 드러냈다. 그 하급 관리의 얼굴은 청교도의 법전이 지닌 엄격함을 그대로 닮아 있었으며, 그의 직책이야말로 바로 이 법전을 죄인에게 그대로 집행하는 데 있었다. 그 관리는 왼손으로는 깃대를 높이 치켜들고 오른손으로는 연약한 젊은 여인의 어깨를 무겁게 짓누르듯이 앞으로 떠밀며 나왔다.

감옥 입구에 다다르자 여인은 타고난 듯한 위엄성과 강한 의지의 성격을 보여 주기라도 하듯, 당당한 태도로 어깨 위에 얹혀진 관리의 한 손을 뿌리치고는 그녀 스스로 앞을 향해 걸음걸이를 옮겨 놓았다. 그녀는 태어난 지 이제 겨우 석 달 남짓 된 어린아이를 품에 안고 있었다. 어린아이는 햇빛이 눈에 낯설기라도 한 듯이 작은 얼굴을 옆으로 돌렸다. 이 아이는 지하 감옥이나 어두운 토굴 방에서만 자라서 어둠에만 눈이 익숙해 있는 것 같았다.

아이의 어머니인 젊은 여인은 온 군중 앞에 자신의 모습이 온전히 드러나는 순간, 무슨 연유에서인지 품안의 아이를 더 바짝 끌어안았다. 그것은 어떤 모성애에 의한 것이었다기보다는 그녀의 옷에 수놓아져 있거나 매달려 있는 표시를 감출 수 있을까 해서였다. 그러나 다음 순간 그 치욕의 표시를 감추려고 해 보았자 또 다른 치욕은 감출 수 없다는 걸 이내 깨달은 그녀는 얼굴을 붉히며 아이를 한쪽 팔로 안아 내렸으며, 도도해 보이는 미소를 입가에 띠고는 별로 부끄러운 기색도 없이 광장에 모인 사람들을 휘둘러보는 것이었다. 그녀가 입은 상의의 가슴 부분에는 빨간 천에 금실로 수를 놓아 화려한 장식처럼 보이는 A란 글자가 붙어 있었다. 그 A란 글자는 너무도 정교하고 또 예술적으로 섬세하게 수놓아져 있었기 때문에 그녀가 입은 옷에 아주 잘 어울리는 장식품 같은 느낌이 들었다. 그 옷은 당시의 취향에 어울릴 정도로 화려했으나 그 A자만큼은 식민지의 사치 금지령이 허용하는 한계를 훨씬 벗어날 정도로 호화로운 것이었다.

이 젊은 여인은 키가 컸으며, 풍만한 몸에서 배어 나오는 우아함은 비길 데 없는 기품이 있었다. 칠흑의 풍성한 머릿결은 햇빛에 반사되어 윤기가 흘렀고, 윤곽이 뚜렷한 얼굴은 그녀를 한층 눈에 띄게 했다. 아름다운 피부색이 그랬고, 시원스레 드러난 넓은 이마가 그랬다. 크고 검은 눈동자는 사람을 끄는 매혹적인 인상을 주었다. 이러한 젊은 여인의 모습은 당시의 정숙한 귀부인 같은 자태 바로 그 자체였다. 그 모습은 오늘날 여성들의 모습이 연약하고 차분하고 섬세함으로 표현되는 것과는 달리, 그 당시에는 당당하고 위엄을 갖춘 모습의 특징이었다.

게다가 헤스터 프린이 감옥에서 나온 이때만큼 그녀가 그렇게 '귀부인'이라는 단어와 어울린 적은 없었다. 분명히 헤스터 프린의 침울한 불행의 빛을 보게 되겠거니 생각하고 있었던 주위의 사람들은 그녀의 얼굴이 더한층 아름답게 빛나고 있는 것을 보고 예상이 빗나갔다는 표정들이었고, 오히려 그녀를 둘러싼 불행이나 치욕이 후광처럼 빛나는 것을 깨닫고는 모두들 놀라서 아연해졌다. 그러나 좀더 제대로 관찰할 수 있는 눈을 가진 사람이 있었다면, 그런 헤스터 프린의 모습 속에서도 이루 표현할 수 없는 괴로움이 어려 있음을 느낄 수 있었을 것이다.

헤스터가 입고 서 있는 그 옷은 바로 오늘 입기 위해서 그녀 자신이 직접 만든 옷이었다. 이렇게 화려하게 만들어진 것을 보니, 그녀의 심리상태가 이루 말할 수 없는 자포자기와 절망 속에서 헤매었음을 말해 주는 듯했다.

그러나 사람들의 눈길을 끄는 동시에 이때까지 헤스터와 친분을 갖고 지내왔던 사람들까지도 그녀의 모습이 전혀 달라진 듯이 보이고 그녀를 생전 처음 만나는 것처럼 느끼게 한 것은 바로 섬세하고 화려하게 수놓아진 주홍글씨 때문이었다. 그것은 어떤 마력 같은 것이 작용하는 듯, 헤스터를 다른 사람들과의 평범한 관계에서 격리시켜 혼자만의 세계에 가둬 버린 것처럼 보였다.

"저 여자 바느질 솜씨 하난 그만이란 말이야!" 하고 구경꾼 틈 속의 한 여자가 말했다.

"그래, 저렇게 부정한 여자가 저런 모습으로 제 솜씨를 자랑하며 서 있을 사람이 또 어디 있겠어요. 글쎄, 아무래도 저건 훌륭하신 판사님들이 내린 처벌을 비웃고 오히려 자랑스럽게 여기고 있는 꼴이 아니고 뭐예요."

"글쎄, 아무래도 말이야……." 하고 늙은 여인들 중에서도 가장 험상스럽게 생긴 부인이 중얼거렸다.

"헤스터의 저 당당한 어깨에서 저 화려한 저고리를 확 벗겨 버렸으면 좋겠어. 그리고 저렇게 섬세하게 수놓은 주홍글씨 대신 내가 사용해서 낡아빠진 천 조각을 가슴에 붙여 주고 싶군 그래. 그 정도라면 가장 어울릴 텐데 말이야."

"여러분, 너무 그렇게 크게 말씀하시지 마세요!" 하고 한 젊은 여자가 속삭이듯 말했다.

"헤스터에게 들리겠어요. 그녀도 저 글씨를 수놓으면서 얼마나 가슴이 아팠겠어요?"

이때 마침 무섭게 생긴 그 관리가 깃대를 높이 치켜들며 외쳤다.

"자, 길을 비키시오! 자, 비켜서요! 국왕의 명령이오. 지금부터 오후 1시까지 여러분 누구나가 그 화려한 옷을 잘 볼 수 있는 곳에다 헤스터 프린을 세워 놓을 테니 길을 비키시오. 부정은 백일하에 드러나고 마는 정의로운 매사추세츠 주가 해오던 대로 헤스터를 햇빛 속에 세워 두겠소. 자, 따라와, 헤스터! 여기 광장에 모인 사람들에게 당신의 그 주홍글씨를 실컷 구경시켜 주는 거다!"

이윽고, 구경꾼들이 옆으로 비켜서자 한쪽으로 통로가 생겼다. 헤스터는 준엄한 표정을 한 남자들과 야박하고 무자비한 여인네들이 아무렇게나 늘어선 채 따라오는 구경꾼들 사이로, 무표정한 얼굴로 관리의 뒤를 따라 정해진 처형장으로 걷기 시작했다.

이 덕분으로 학교를 반나절이나 쉬게 되었다는 사실밖에는 아무것도 모르는 어린 학생들은 호기심에 찬 얼굴로 신바람이 나서 헤스터의 앞장을 서 달려가서는 자꾸만 돌아보며 그녀의 얼굴과 두 팔에 안긴 갓난아이와 가슴에 붙은 치욕의 글씨를 보려고 애를 썼다. 당시에는 감옥문에서 광장까지는 짧은 거리였다. 하지만 죄수의 생각으로 볼 때는 그 거리도 상당히 아득한 거리였음에 틀림없었다. 비록 그녀의 태도는 당당했지만 자기를 구경하기 위해 몰려오는 사람들의 발자국 소리를 들을 때마다 마치 자기의 심장이 길바닥에 내동댕이쳐져서 그들의 발길에 채고 짓밟히는 듯한 고통이 느껴졌기 때문이었다. 그러나 인간에게는 불가사의하고도 자비로운 하늘의 섭리가 마련되어 있으니, 그것은 고통을 당하는 자는 현재 자기가 얼마나 큰 고통을 이겨내고 있는지를 알지 못하지만 대부분 나중에 가슴을 파고드는 고통에 의해서만이 능히 알 수 있다는 것이다. 그러므로 침착하고 당당한 태도를 잃지 않고 헤스터 프린은 지금 겪어야 할 시련의 길을 걸어 나가 광장의 서쪽 모퉁이에 있는 처형대에 다다랐다. 그것은 보스턴에 처음으로 세워진 교회당의 처마 밑에 세워져 있어서 마치 교회당에 딸린 건물처럼 보였다.

사실 이 처형대는 1백여 년이라는 세월이 흐르면서 이미 현대인에게는 처형 장치의 일부라는 역사적이고 전설적인 유물에 지나지 않았지만, 옛날에는 프랑스 혁명당원들 사이에서 양민 교육에 더할 바 없는 성과를 거두게 한 단두대 못지않은 구실을 했던 것이었다. 그것은 간단히 말하자면, 목에 쓰는 칼이 있는 단상에 죄인을 세워 놓고 여러 사람들이 볼 수 있도록 칼 속에 목을 들이밀고 고개를 숙이지 못하게 하는 형벌이었다. 이 나무와 무쇠로 된 장치 속에는 바로 인간의 치욕이 분명하게 나타나 있었다. 죄인으로 하여금 그 죄인이 저지른 죄가 무엇이었든 간에 수치스러움으로 인해 그의 얼굴을 가리고자 하는 행위를 막는 것은 인간의 자연스런 본질을 거역하는 것이며, 가장 잔인한 짓이기도 했다.

그러나 헤스터 프린의 경우 그녀가 받은 판결은, 그토록 끔찍한 장치들 중에서도 머리에 칼을 쓰거나 족쇄 같은 것은 차지 않은 채로 정해진 시간 동안 처형대 위에 서 있어야 한다는 것이었다. 헤스

터는 자기가 어떻게 해야 하는가를 잘 알고 있었기 때문에 나무 층
계를 올라가, 한길 바닥에 선 사내의 어깨 높이 정도가 되는 자리에
서서 그 주위를 에워싼 군중들 앞에 자기 모습을 드러냈다.

　만약 이 청교도의 무리 중에 가톨릭 신자가 있었다면 이렇게 아름
다운 여인이 아이를 안고 있는 그림 같은 모습에서 유명한 화가들이
앞다투어 그리려 했던 저 성모 마리아의 모습을 머리에 떠올렸을 것
이다. 물론 대조에 의한 것이지만, 세상을 구원해 줄 아이를 안은 성
모 마리아의 이미지를 연상시키는 그 무엇을 말이다.

　하지만 헤스터의 경우에는 인간의 생활 중 가장 신성해야 할 모성
속에 씻을 수 없는 죄의 더러움이 자리하고 있었으므로, 세상은 이
여인의 아름다움으로 인해 더욱 어두워졌고 그녀가 낳은 아이로 인
해 더욱 타락된 듯싶었다.

　이러한 모습에는 두려움이 감돌고 있었다. 자기들과 같은 인간 중
하나가 죄를 짓고 모욕을 당하는 광경을 보고도, 그에 몸서리치기는
커녕 비웃을 정도로 사회가 타락해 있었다면 별문제지만 오히려 이
런 장면에서 으레 느끼게 되는 그런 두려움이 존재하고 있었다.

　만일 그녀에게 내려진 판결이 사형이었다 하더라도 이 헤스터 프
린의 치욕을 목격하고 있는 사람들은 한 치의 동요됨도 없이 처형장
면을 지켜볼 수 있는 강한 의지를 지닌 사람들이었을지 모르지만 아
직도 순박한 인간성을 잃지는 않았다. 아무튼 다른 사회에서는 이런
형벌을 단지 웃음거리로만 여겼을 뿐이겠지만 이 사람들에게는 냉정
함이라고는 전혀 없었다. 하물며 웃음거리로 넘겨 버리려는 지사며

판사, 총독과 목사, 장군들의 엄숙한 얼굴이 지켜 서 있는 그런 자리
에서는 제압당하여 저절로 수그러들고 말았을 것이 틀림없었다. 이
런 높은 직책을 갖고 있는 사람들이 교회당의 발코니에 앉았거나 서
서 제각기 처형대를 내려다보고 있었던 것이다. 이런 사람들이 자신
들의 지위나 관직의 권위를 나타내기라도 하듯이 고상함을 지닌 채
이런 장면의 일부분을 이룰 때, 판결의 집행은 정당하고도 효과적인
의미를 지닌다고 봐도 옳을 것이다. 그래서 군중들조차 하나같이 모
두 엄숙한 표정들을 하고 있었다.

　가엾게도 그 젊은 여인은 군중들의 시선이 모두 자기의 가슴에 집
중되어 있다는 압박감으로 시달렸지만, 가능한 한 자신이 견뎌낼 수
있는 데까지 참고 견디고 있었다. 그것은 참아내기 힘든 일이었다.
정열적이고도 격정적인 성격을 지닌 헤스터는 모질게 마음먹고, 군
중들에게서 쏟아져 나오는 우롱으로 가득 찬 모욕에 맞설 마음의 준
비를 하고 있었다. 그녀는 군중들의 엄숙한 기분이 자신을 더욱 괴
롭게 만들고 있다고 느꼈으므로 차라리 그들의 얼굴이 자기를 업신
여기는 비웃음을 띤 모습이었으면 했다. 만약 자기를 바라다보고 있
는 모든 사람들이 차라리 크게 웃어 버렸다면, 그녀 자신도 거기에
맞서기라도 하듯 미소를 보냈을지도 모른다. 그러나 납덩이처럼 무
겁게 자신을 짓누르는 이 침묵의 형벌을 꾹 참아야만 했던 헤스터는
차라리 숨이 넘어가도록 있는 힘을 다해 고함을 쳐대거나, 처형대로
부터 땅바닥으로 몸을 내던지거나, 아니면 이 자리에서 그대로 미쳐
버리는 게 더 나을 듯한 충동에 시달렸다.

그러나 자기가 모욕을 당하는 죄인이 되어 있는 이 장면 전체가 순간적으로 눈앞에서 어렴풋하게, 마치 흐릿한 형태의 꿈이거나 유령의 모습처럼 희미해질 때가 가끔 있었다. 그녀의 정신력이나 기억력은 뜻하지 않게 활발해져서 미국 서부 황무지의 한쪽 구석에 자리한 조그만 마을에서 벌어지는 이 거리의 장면과는 관계없는 장면들과, 뾰족한 모자의 차양 아래로 찌푸린 채 그녀를 바라다보는 얼굴들과는 다른 얼굴들이 자꾸만 생생히 떠오르곤 했다. 그리 대수롭지 않고 하찮은 추억거리들을 비롯해 유년시절 · 학생시절의 일들, 처녀시절 집에서 겪었던 여러 가지 사소한 일들이 그 뒤의 그녀의 생활에서 일어난 중대한 일들과 뒤섞이며 파노라마처럼 머리를 스쳐갔다. 지금 기억되고 있는 장면들은 모두가 하나같이 중요한 사건인 양 생생했으며, 혹은 그 모두가 연극처럼 부질없는 것 같기도 했다. 이러한 모든 기억들을 머릿속에 되살려냄으로써 지금 겪고 있는 현실의 잔혹하고도 준엄하며 무거운 고통을 애써서 잊어버리고 싶어 헤스터 자신이 꾸며낸 본능적 환상이었는지도 모른다.

어쨌거나 이 처형대는 헤스터 프린이 행복했던 저 어린 시절로부터 걸어온 인생 행로를 그녀에게 낱낱이 보여 준 하나의 전망대가 되어 있었다. 처형대에 서 있는 이 비참하고도 불행한 헤스터 프린에게는 그리운 고국 잉글랜드의 고향 마을과 태어난 집을 다시 볼 수 있게 했다.

이미 몰락해 가는 집이긴 했으나 잿빛의 석조 건물에는 그래도 유서 깊고 지체 있는 가문이었음을 말해 주기라도 하듯, 정문에 반쯤 지워져 가는 문장(紋章)이 아직도 남아 있었다. 뒤이어 이마의 머리털은 벗어지고 점잖은 흰 수염이 예스런 엘리자베스 왕조풍의 검은 연미복의 깃 위에까지 늘어진 아버지의 얼굴이 보였고, 어머니의 얼굴도 보였다. 어머니는 그녀의 기억 속에서 언제나 동정과 깊은 애정이 넘쳐흐르는 얼굴로 자리하고 있었으며, 세상을 떠난 후에도 딸이 걸어가는 길에 애정이 넘친 충고로 늘 곁에 머물러 주곤 하였다. 어린애 같은 순진함으로 아름답고 환하게 빛나는 자기의 얼굴도 보였는데, 그것은 언제나 자기가 들여다보던 어두운 거울 속에 환히 비쳐진 얼굴이었다. 이 거울 속에는 아주 나이가 많은 사내의 얼굴이 또 하나 보였다. 창백하고 수척한 모습의 학자다운 얼굴을 한 그는 등불 밑에서 많은 책들을 읽고 있었기 때문에 그 불빛만큼이나 흐릿한 눈을 하고 있었다. 그러나 이처럼 흐릿한 눈이 그가 인간의 내면을 꿰뚫어 보려고 하면 그 눈에는 이상하리만큼 밝은 빛이 보여지곤 했다. 헤스터 프린의 여성다운 마음이 그의 모습을 생각할 때면, 이 서재에 틀어박혀 학문에 몰두하는 은둔자 같은 사내는 보기 흉하게도 왼쪽 어깨가 오른쪽 어깨보다 치켜 올라가 있었다는 것이 먼저 떠올랐다.

다음 번으로 회상의 화랑에 떠오른 것은 어느 유럽 대륙 도시의 복잡한 좁은 거리와 드높은 잿빛 건물과 우람한 사원 그리고 고대풍으로 지어진 괴상한 건축 양식의 낡은 공공건물들이었다. 이 도시에서도 역시 저 불구의 볼품없는 학자와 인연이 맺어진 새로운 생활이 헤스터를 기다리고 있었다. 그것은 쓰러져 가는 벽을 뒤덮고 있는 녹색 이끼처럼 소용없는 것으로, 결코 그녀에게는 새로운 생활이라고 말할 수 없는 것이었다. 이처럼 계속해서 그녀에게 떠오르던 기억들 마지막에 청교도 식민지의 지저분한 광장이 보여졌다. 헤스터 프린은 광장을 메우고 있는 군중들의 뜨거운 시선을 받고 서 있었으며, 가슴에는 화려하게 수놓아진 주홍글씨를 달고 두 팔에 아이를 안은 채 처형대 위에 서 있는 것이었다.

과연 이것이 사실일까. 헤스터는 자신의 팔에 안겨 있는 아이와 가슴의 표시가 불현듯 현실인지 아닌지를 확인이라도 해 보려는 듯 고개를 숙인 채 자기 가슴의 주홍글씨를 조심스럽게 내려다보았다.

손가락으로 그것을 만져도 보았다. 품안의 아이는 그녀의 품에서 울음을 터뜨렸다. 그렇다! 이것은 바로 현실이었다. 이 밖의 모든 것들은 사라져 버리고 말았던 것이다.

발견

　자기에게 집중되어 있는 군중들의 엄숙하고 매정한 눈길 때문에 당황하고 있던 주홍글씨를 가슴에 단 여자는 군중들 속에서 자신의 시선을 끄는 사람의 모습을 발견하고는 그 생각을 잠시라도 잊을 수 있었다. 거기에는 한 인디언이 토인의 복장을 하고 서 있었는데, 당시는 인디언들도 영국 식민지를 잘 드나드는 때였으므로 이런 때에 인디언 하나쯤 나타났다고 해서 그것이 헤스터 프린의 주목을 끌 리는 없었다. 더구나 이 인디언이 주변의 다른 일이나 생각들을 잊게 할 수도 없는 일이었다. 이 인디언 곁에는 아무래도 동행인 듯싶은 백인 한 사람이 세련된 백인의 옷과 야만인처럼 보이는 옷을 뒤섞은 이상한 차림을 하고 서 있었다.

　몸집이 자그마한 이 백인의 얼굴은 노인의 모습은 아니었지만 깊은 주름이 새겨져 있었다. 그의 얼굴 생김새에서는 지성미가 풍겨나오고 있었으며, 오랜 정신수양을 계속해 오는 동안 육체 또한 정신을 닮게 되어 그것이 두드러져 나타나 보이는 그런 모습이었다. 이 사내는 자기의 모습을 조금이라도 감추려는 듯 어울리지도 않는 이상스러운 옷을 아무렇지도 않게 입고 있었지만, 헤스터 프린은 그의 어깨 한쪽이 다른 쪽 어깨보다 치솟아 있다는 것을 분명히 알 수 있었다. 그녀는 그의 야윈 얼굴과 불구스러운 모습을 알아차린 순간 품안의 아이를 힘주어 끌어안았고, 아이는 갑작스레 주어지는 힘에 놀라 다시 울음을 터뜨리고 말았다. 그러나 엄마의 귀에는 아이의 자지러지는 듯한 울음소리도 들리지 않는 모양이었다.

광장에 도착하여 그 사내는 헤스터 프린이 자기를 알아보기 전부터 계속해서 그녀의 모습을 지켜보고 있었다. 처음에 그는 무관심하게 바라보고 있었다. 내면 세계를 들여다보는 데만 익숙해져서 외면적인 것들이 자신의 내면 세계와 관련이 있지 않는 한 아무런 가치나 의미도 없다고 생각해 온 그런 사람이었던 것이다.

그러나 별안간 사내의 표정은 눈에 띄게 경직되었으며, 그의 눈길은 날카로워졌다. 마치 날쌔게 얼굴 위를 미끄러지듯 기어가던 뱀이 갑자기 멈춰 서서 똬리를 트는 모습을 눈앞에서 보기라도 하듯 고통으로 인한 공포의 표정이 되어 버렸다. 그의 격한 감정으로 어두워졌던 표정은 다음 순간 그의 의지의 힘으로 다스리는 것이 가능했기 때문에 그 한순간을 제외하고는 곧 담담한 표정으로 되돌아갔다. 잠시 후, 흥분의 빛은 이미 사라졌을 뿐만 아니라 마침내는 본성 깊숙이 가라앉아 버리고 말았다.

헤스터 프린의 시선이 자기에게로 향하고 있는 것을 보고 그녀가 자기를 알아보았다고 생각된 사내는 천천히 손가락을 들어 손짓을 해 보이고는 그 손가락들을 입술에 갖다 대었다.

그런 다음 사내는 옆에 서 있는 마을 사람의 어깨에 손을 얹으며 정중한 태도로 말을 건넸다.

"잠깐 실례하겠습니다만, 대체 저 여인은 누구인가요? 저 여인은 무슨 연유로 사람들 앞에 끌려나와 저 치욕을 당하고 있는 겁니까?"

"당신은 이 고장에 처음 오신 모양이지요?" 하고 마을 사람은 이상하다는 듯이 말을 걸어온 사내와 그 동행인 인디언을 번갈아 바라보며 말했다.

"그렇지 않다면야 당신은 헤스터 프린의 고약한 행실에 대한 소문을 듣지 못했을 리가 없을 텐데요. 저 여인이 바로 저 신성한 딤즈데일 목사님네 교회당에서 굉장히 추잡스런 짓을 저지른 장본인이지요."

"아, 그렇군요." 하고 사내는 대답했다.

"저는 이 고장 사정을 전혀 모르는 사람입니다. 여태껏 본의 아니게도 산지사방을 떠돌아다니게 되었습니다. 더군다나 비참한 재난까지 당하여 오랫동안 남쪽 인디언들에게 여태껏 붙잡혀 있다가, 이제야 겨우 우여곡절 끝에 풀려나서 여기 이 인디언을 따라 이곳까지 찾아오게 된 거지요. 그런데 이 이름이 확실한지는 모르겠지만, 헤스터 프린이라는 저 여자의 죄가 무엇인지, 왜 처형대에 서게 되었는지 좀 들려주십시오."

"그것 참 딱하게 되었군요." 하고 마을 사람이 말했다.

"그간 황무지에서 그렇게 고생을 하다가 이제 이 뉴잉글랜드와 같은, 죄를 저지르면 통치자나 일반 대중들 앞에서 심판을 받는 이런 성스러운 땅에 오셨으니 얼마나 기쁘시겠습니까? 저 여자는 말이지요, 원래 잉글랜드 태생으로 어느 학자의 부인이었답니다. 그간 암스테르담에서 오랫동안 살다가 얼마 전에 대서양을 건너와 이곳 매사추세츠 주에서 우리들과 운명을 같이할 결심을 했었다는군요. 그런데 학자, 그 프린 선생님 말입니다. 부인을 먼저 보내고서 자기는 뒤처리 관계로 뒤에 오기로 되어 있었답니다. 하지만 저 여자가 여기 보스턴에 자리를 잡고 2년이라는 세월이 지났는데도 그 프린이라는 학자한테서는 아무런 소식이 없었다지 뭡니까. 그래서 그 젊은 아내는 혼자 지내다 그만 부정한 행실을 저지르고 말았던 것이지요."

"아아, 그랬군요……."

낯선 사내는 어두운 미소를 띠며 말했다.

"말씀하신 대로 그렇게 아는 게 많은 학자라면 그런 것도 마땅히 책을 읽어서 알 수 있었을 텐데…… 그런데 실례지만 저 프린이란 여자가 안고 있는 아이는 이제 겨우 태어난 지 두세 달밖에 안 되어 보이는데, 저 아이의 아버지는 대체 누구란 말입니까?"

"그건 말이오, 그것을 아는 사람은 아무도 없습니다. 그 수수께끼를 풀어 줄 명재판관이 아직도 나타나지 않고 있지요." 하고 마을 사람이 대답했다.

"헤스터 프린이 도무지 입을 다문 채 열려고 하질 않아서, 재판관들이 아무리 타이르고 죄어서 알아내려고 해도 소용이 없답니다. 그 죄 지은 사내가 누군지 알 수는 없지만, 어쩌면 이 비참한 광경을 보고 서 있을지도 모르지요."

"그렇다면 이제 그 학자 자신이 그 비밀을 해결하기 위해 나타나야겠군요." 하고 사내는 다시금 미소를 지으며 말했다.

"그 사람이 아직도 살아 있다면 마땅히 그래야겠지요."

마을 사람들은 제각기 맞장구를 치며 대답했다.

"그런데 여기 이 매사추세츠의 재판관들은 저 여자가 젊고 미인이어서 유혹도 그만큼 강하여 결국은 거절하지 못하고 타락했으려니 여기고, 또 저 여자의 학자라는 남편도 틀림없이 바다의 고기밥이 되었으리라고 생각해서 공정한 법이 정한 심판을 내리지 못하였단 말입니다. 공정한 처벌이라면 마땅히 사형이 되었어야지요. 한데도 자비로우신 재판관 나리들은 헤스터 프린에게 처형대 위에 단 세 시간만 서 있게 하고는 그 후엔 평생 가슴에다 치욕의 표시를 달고 다니라는 분부만 내렸지 뭡니까?"

"재판관들의 현명하신 심판이군요." 하고 낯선 사내는 침통한 표정으로 고개를 끄덕였다.

"그렇게 함으로써 저 여자는 치욕의 글씨가 비석 위에 새겨질 때까지 죄악에 대한 산 교훈의 구실을 하게 된다는 뜻이겠지요. 하지만 그 부정을 저지른 상대가 저 여인과 함께 나란히 처형대 위에 서서 처벌을 받지 못하는 것은 언짢은 일이군요. 그러나 그 주인공이 누구인지 머잖아 알려지게 될 겁니다. 그가 누구인지 반드시 드러나게 되고말고요!"

사내는 쭉 이야기를 함께 나누었던 마을 사람을 향해 정중히 머리를 숙여 보인 후, 곁에 서 있던 인디언에게 몇 마디 소곤대더니 함께 군중 사이를 헤치고 사라져 갔다.

그 사내가 사람들과 이야기를 나누고 사라져 갈 때까지 처형대에 서서 뚫어지게 그를 내려다보고 있었던 헤스터는 너무도 집중해서 그를 보았기 때문에 마치 주위의 모든 모습들은 사라져 버리고 오직 그 사내와 자신만이 존재하는 듯했다. 만약 이런 상황이 아니라 그와 단둘이만 만나는 상황이었더라면 두려움은 더 컸을 것이다. 헤스터의 품에는 죄악의 씨앗인 아이가 안겨 있고, 가슴에는 치욕의 표시인 주홍글씨를 단 채 내리쬐는 한낮의 햇빛 아래 서 있을지라도. 마치 축제를 구경 나오기라도 한 듯한 마을 사람들은 행복한 가정의 난로 불빛 아래서나, 교회당에 나갈 때 여자들이 쓰는 베일 밑에서 볼 수 있는 얼굴을 뚫어지게 바라보고들 있을지라도. 이처럼 몸을 드러내놓고 치욕을 당한다는 것은 두려운 일이기는 했으나, 지금 헤스터에게는 이 모여든 구경꾼들 속에 서 있다는 것이 하나의 안전한 안식처처럼 느껴졌다. 그 사내와 얼굴을 맞대고 단둘이 만나는 것보다 그들 사이에 숱한 군중이 있는 편이 훨씬 나았다.

말하자면, 군중들 앞에 몸을 드러내 놓고 서 있는 것이 오히려 하나의 은신처처럼 여겨졌기에 그와 같은 구원이 없어져 버리는 순간이 올까봐 두려워하였다. 헤스터 프린의 머리는 이런 생각들로 온통 채워져 있었으므로 뒤에서 자신의 이름이 불려지는 것도 알아채지 못했다. 그러자 군중 전체에게 들릴 만큼 크고도 준엄하게 다시 그녀의 이름이 불려졌다.

"듣거라, 헤스터 프린!" 하고 그 목소리가 외쳤다.

앞서 이야기했듯이, 헤스터 프린이 서 있는 처형대 바로 위쪽에는 교회당에 붙어 있는 일종의 발코니, 즉 방청석이 될 수 있는 자리가 있었다. 그곳에 재판관들이 쭉 늘어선 가운데 당시의 공적 의식을 치르기 위해 마땅히 갖춰야 할 온갖 격식을 차리고 판결이 내려지는 그런 장소였다. 바로 그곳에 지금껏 우리가 얘기했던 그런 장면들을 보기 위해서 벨링검 총독이 그의 의자 둘레에 창을 든 세 명의 하사를 의장병처럼 세워 놓고 앉아 있었다. 총독은 나이가 꽤 들어 보이는 노신사로, 모자에 검은 깃털을 달고 외투의 가장자리에 수를 놓았으며 외투 안쪽으로는 비로드로 된 옷을 입고 있었다. 살아오면서 겪은 어려움을 보여 주듯 얼굴에는 주름이 져 있었다. 이 나라의 고위층에서도 대표자가 되기에 충분했다.

젊은이의 왕성한 혈기보다는 오히려 지긋한 연령에서 배어 나오는 중후함과 엄격함에 한층 더 의존하던 시대였기 때문이었다. 특히 이 사회에서 헛된 꿈이나 충동에만 매달리지 않았기 때문에 많은 성과를 이루었던 것이다.

벨링검 총독을 둘러싸고 있는 다른 직책 높은 인물들의 모습도 위엄 그 자체였으며, 그것은 권위 있는 모습이 신의 세계의 신성함을 지녔다고 여겨지던 시대에 참으로 어울리는 그런 모습들이었다. 그러한 사람들은 의심할 여지없이 선량하고 공명정대하고 현명한 사람들이었다. 하지만 전 인류를 뒤져 보아도 부정을 범한 여자의 마음을 심판하여 선과 악의 얽힘을 가려 주는 데 있어서, 지금 헤스터 프린이 고개를 돌려 바라본 엄숙한 표정의 그분들보다도 더 무능한 사람들을 현명한 사람들 사이에서 그 똑같은 숫자만큼을 골라내기란 결코 쉽지 않은 일이었을 것이다.

헤스터 프린은 모여 있는 군중들 속에서 한층 따뜻한 마음을 발견하고 그들에게서 동정을 기대할 수 있다고 생각했다. 이 가엾은 여자는 발코니 쪽을 보면서 자꾸만 몸을 떨었다.

헤스터의 고개를 돌리게 한 주인공은 유명한 존 윌슨 목사로서, 그는 그 당시에 보스턴에서 가장 오래된 목사였다. 당시의 성직에 몸담고 있었던 사람들이 거의 그랬듯이 그도 대학자이며, 부드럽고 친절한 성격을 지닌 사람이었다. 하지만 이런 온후한 성품은 그가 타고난 학자적 재능보다 덜 발달되었기 때문에 그로서는 자랑스럽게 여기어지기보다는 오히려 부끄럽게 생각되었다. 두건 밑에 희끗희끗해진 반백의 머리칼을 드러낸 채 서 있는 이 목사의 눈은 헤스터의 아이가 햇빛 때문에 깜박거렸던 것처럼 계속 깜박거리고 있었는데, 그것은 그의 눈이 서재의 램프 빛에만 익숙해 있는 까닭이었다. 그 모습은 낡은 설교집의 표지에서 곧잘 보게 되는 침침한 초상화와 흡사하였으며, 그런 초상화와 마찬가지로 이러한 경우에 나타나서 인간의 죄악이며 정열이며 고뇌에 관한 문제를 거론할 그런 아무런 권리를 갖고 있지는 않은 인물 같았다.

"헤스터 프린!" 하고 월슨 목사가 말했다.

"헤스터도 내 옆에 있는 이 젊은 목사의 설교를 들은 적이 많았겠지만 나는 이 목사와 계속해서 의논을 하고 있었소."

월슨 목사는 옆에 서 있는 얼굴이 창백한 젊은이의 어깨에 손을 얹으며 말을 계속했다.

"나는 하나님이 굽어보고 계신 이 자리에서, 사랑으로 충만한 이 젊은 목사님에게 부탁을 했소. 현명하고 덕망이 높은 행정관들과 이렇게 온 주민이 지켜보는 가운데 당신이 저지른 사악함을 깨우쳐 주도록 말이오. 이분은 여기 있는 그 누구보다도 당신에 대해 잘 알고 있는 사람이기에 우리가 설득하기에는 힘들었지만, 그는 당신을 잘 타일러 설득하든, 아니면 무섭게 다루든 어떻게 해서든지 당신을 유혹하고 타락시킨 그 사내의 이름을 알아내리라고 보고, 그만큼 방법도 잘 알고 있으리라 믿으니까. 그러나 이분은 그 의견에 선뜻 응하지 않았소. 이런 대낮에 많은 군중들에 둘러싸인 가운데서 여인에게 비밀을 털어놓도록 강요한다는 건 여인의 존엄성을 해치는 일이라면서 말이오. 우리는 수치스러운 일이란 죄를 범하는 데 있지 죄를 고백하는 데 있지 않다고 설득해서 이분을 납득시켰고, 다시 묻겠소. 자, 딤즈데일 선생의 생각은 어떻소? 이 가여운 여인의 영혼을 책임지는 것은 당신이어야 하겠소? 아니면 내가 맡아야겠소?"

발코니에서 위엄을 갖추고 앉아 있던 사람들 사이에 웅성거림이 일어났다. 그러자 벨링검 총독은 젊은 목사에 대한 존경이 어려 있는 부드러운 목소리로, 그러면서도 어딘가 준엄함이 깃든 목소리로 자기의 뜻을 말하기 시작했다.

"딤즈데일 목사, 저 여인의 영혼에 관한 일은 당신이 책임을 져 주셨으면 합니다. 그러니 그녀를 타일러서 그 증거와 결과를 고백받고 회개하도록 만드는 게 당신의 의무일 것 같소."

이 간곡한 부탁이 너무도 솔직하였기 때문에 군중들의 시선은 모두 딤즈데일 목사한테로 모아졌다. 이 젊은 목사는 영국의 유명한 대학에서 공부를 마쳤으며, 당시의 온갖 학문의 지식을 얻어 아직 닦여지지 않은 이 고장으로 들어온 사람이었다.

그의 웅변술과 종교적인 열성은 이미 목사로서의 양양한 전도를 보여 주고 있었으며, 뛰어난 용모에 높고 가파르게 솟아오른 하얀 이마, 수심 어린 커다란 갈색 눈 그리고 항상 떨리는 듯 감수성과 굉장한 자제력을 나타내 주는 굳게 다물어진 입술을 그는 가지고 있다. 이런 수려한 외모와 타고난 재능 그리고 학자적 이미지가 뚜렷이 나타남에도 불구하고, 이 젊은 목사는 아직은 안정감이 부족한 듯 보였고 또 어딘지 모르게 불안해 보였다. 마치 현실 세계에서 길을 잃고 헤매다 놀라서 그 후로는 혼자만의 세계에 앉아 있을 때만 안정을 되찾게 되는 그런 사람 같아 보였다. 그래서 목사로서의 직책이 허락하는 한 그늘진 샛길에 들어서길 원했고, 항상 해맑은 어린아이 같은 순수함을 지니고 있었다. 또한 막상 사람들 앞에 서야 할 때가 오면 어린아이의 신선함이 담긴 맑은 사상으로 늘 자신의 말이 천사가 전하는 말이라도 되는 듯 감명을 전하곤 했다.

지금 군중들 앞에서 소개되어진 사람은 바로 이런 젊은이였다. 그들은 부정한 행실의 죗값이긴 했지만 군중들이 모여 있는 앞에서 이 여인의 비밀을 알아내려고 했기에 곤란해진 이 젊은 목사는 입술이 바르르 떨렸고 두 볼에 핏기가 가시어 있었다.

"자, 저 여자에게 말을 해 보시오." 하고 윌슨 목사는 말했다.

"총독님이 말씀하셨듯이 이렇게 하는 것이 저 여인의 영혼을 위하는 것이라 보오. 그녀의 영혼을 맡게 될 당신의 영혼을 위해서도 중요한 일일 거요. 자, 진실을 고백하도록 그녀를 잘 설득해 주시오."

딤즈데일 목사는 기도라도 드리는 것처럼 조용히 머리를 숙이더니 이윽고 앞으로 걸어 나왔다.

"헤스터 프린!"

젊은 목사는 발코니에서 몸을 내밀고 헤스터 프린의 눈을 내려다보며 말하기 시작했다.

"당신도 여기 이분의 말씀을 들어서 나의 무거운 책임이 무엇인지를 잘 알겠지요. 당신이 마음의 평화를 위해서도 도움이 된다고 생각하고, 또 그대의 영혼을 위하고 이 세상에서 받는 형벌이 당신의 구원에 조금이나마 도움이 된다고 믿는다면 부디 당신과 함께 죄를 저지르고, 당신과 함께 고민하고 있을 그 사내의 이름을 밝혀 주시오. 그 사내에 대한 그릇된 동정이나 연민 때문에 침묵을 지키고 있어서는 안 됩니다. 헤스터여, 설령 그 사내를 그가 지키고 있는 고귀한 자리로부터 끌어내어 당신이 서 있는 그 치욕의 처형대 위에 같이 서게 하더라도, 그것 때문에 괴로워하며 일생을 보내는 것보다는 훨씬 나으리라 믿으오. 당신이 침묵을 지키고 있는 것은 죄를 숨겨 주는 것이고, 그 죄 위에 위선을 하나 더 덧붙여 줄 뿐이지 무엇이겠소. 하나님이 당신에게 이같이 군중 앞에서의 치욕을 견디게 하신 것은 당신의 마음속의 악과 겉으로 나타난 슬픔을 이겨내도록 하심이라오. 지금 당신의 입술에 내밀어져 있는 쓴술은 비록 쓰기는 하나 영혼에 이로운 것인데도, 자기 스스로 이 쓴술을 받아들일 용기도 없을지 모르는 그 사내에게 주기조차 꺼리고 있음을 잘 알아야 할 것이오.”

젊은 목사의 목소리는 떨리면서도 부드럽고 우렁찼으며, 그 말은 엄숙하게도 또박또박 끊어졌다. 너무나도 명백한 말의 의미에서보다는 그 말에 분명하게 담겨 있는 목사의 감정이 모든 사람들을 감동시켰기 때문에, 그 말을 듣고 있던 모든 이들은 가슴속에 똑같은 동정심이 싹트고 있었다. 헤스터의 가슴에 안겨 있던 아이에게조차 똑같은 영향이 미친 탓이었는지 아이는 눈을 딤즈데일 목사 쪽으로 돌리면서 기쁜 듯 또는 슬픈 듯 알 수 없는 소리를 옹알거리며 조그만 두 팔을 내뻗었다. 목사의 호소하는 소리가 너무나 간절하였기 때문에 사람들은 헤스터 프린이 그 사내의 이름을 밝히거나, 아니면 죄인 스스로가 자신의 신분이 귀하건 귀하지 않건 간에 무거운 죄책감을 견딜 수 없는 심적 변화로 인하여 처형대 위로 올라가지 않을 수 없으리라고 생각하였다.

그러나 헤스터는 고개를 옆으로 돌릴 뿐이었다.

“헤스터 프린! 하나님이 베푸시는 자비심에도 한계가 있는 법이오!”

윌슨 목사는 아까보다 좀더 거칠어진 목소리로 소리쳤다.

"그 어린아이까지도 목소리를 타고난지라 그대가 방금 들은 충고의 말이 옳다고 증명이라도 하려는 듯 소리를 내었거늘, 그 남자의 이름을 왜 고백하지 않소? 그자의 이름을 밝히고 회개한다면 그 가슴에서 주홍글씨를 떼어낼 수도 있게 될 것이오"

"안 됩니다!"

헤스터 프린은 윌슨 목사 쪽이 아니고 젊은 목사의 수심에 잠긴 깊은 눈동자를 똑바로 바라보며 대답하였다.

"저는 제 자신의 괴로움만이 아닌 그분의 괴로움까지 함께 참아내며 살아갈 것입니다. 이 글씨는 너무도 깊게 새겨져서 이제 떼어내더라도 소용이 없습니다."

"헤스터! 어서 말해라!"

처형대 주위에 모여 선 사람들 사이에서 냉엄하기 짝이 없는 낯선 목소리가 들려왔다.

"그 아이에게 아버지를 찾아 주려면 어서 말을 해라!"

"전 결코 말하지 않겠어요!"

헤스터는 송장처럼 창백한 얼굴이 된 채 너무도 자기 귀에 익은 그 남자의 목소리에 대답하였다.

"이 아이에겐 하늘에 계시는 아버지를 알게 해야 해요. 이 지상의 아버지는 결코 모릅니다."

"정말 말할 수 없다는 것인가?"

자기의 설득의 결과를 기다리고 있던 딤즈데일 목사는 손을 가슴에 얹은 채 발코니에 서 있다가 크게 한숨을 내쉬고는 제자리로 돌아왔다.

저 여인은 참으로 너그럽고 또 굳센 마음을 가졌구나! 그녀는 끝내 입을 열지 않을 듯하구나. 이 불쌍한 여인의 결심이 어쩔 수 없는 것임을 깨닫자, 윌슨 목사는 준비라도 한 듯이 죄악에 대하여 운집한 군중들에게 설교를 시작했다. 그것도 그녀의 가슴에 있는 주홍글씨와 관련지어 큰 목소리로 말하고 있었다. 목사가 주홍글씨에 대해 온갖 상징을 다 들어가며 한 시간 이상이나 열렬히 설교를 했기 때문에 군중들의 머릿속에 그려진 주홍글씨는 또 다른 공포의 빛을 띠게 되었으며, 마치 지옥의 불길 속에서 옮겨진 듯한 그런 느낌을 주었다. 그동안에도 헤스터 프린은 멍한 눈으로 밀려드는 피로에 젖어, 이런 모든 것에는 전혀 관심이 없는 듯이 처형대 위에 서 있었다. 이날 아침, 그녀는 연약한 여인의 몸으로써 견뎌낼 수 있을 때까지는 모든 걸 참고 견뎌내었다. 그녀는 기절을 하거나 동정을 바라면서 견딜 수 없는 강렬한 수치스러움에서 도망치는 성격은 아니었다. 그녀의 육체의 모든 기능은 제대로 움직이고 있었지만 정신은 돌처럼 굳어서 무감각한 채로 남아 있었다. 이런 상태에 있는 헤스터의 귀에는 설교자의 목소리는 단지 커다란 소음에 지날 뿐 아무런 도움이 되지 않았다. 그녀의 모든 시련이 막바지에 이르렀을 때, 하늘을 찌를 듯 날카롭게 아이가 울어대기 시작했다. 그녀는 기계적으로 아이의 울음을 달래어 보려고는 했으나 아이의 괴로움을 마음 아프게 느끼고 있지는 않은 것 같았다.

헤스터는 당당하고 고집스런 태도를 조금도 잃지 않은 채 다시 감옥으로 끌려갔다. 그리고 쇠못이 박힌 감옥문 안으로 자취를 감추어 마침내 군중들의 시야에서 사라지고 말았다. 그 뒷모습을 물끄러미 보고 있던 사람들은 헤스터가 감옥 안의 어두운 통로를 지날 때 가슴의 주홍글씨가 붉은빛을 내고 있었다고 말하는 것이었다.

만남

감옥으로 되돌아온 헤스터 프린은 신경이 극도로 흥분되어 혹시 스스로 목숨을 끊거나 불쌍한 어린아이에게 무슨 미치광이 짓이라도 하지 않을까 염려되었기 때문에 끊임없는 감시를 받게 되었다.

밤이 되자 욕설을 퍼붓기도 하고, 벌을 주겠노라고 으름장을 놓기도 해 보았지만 헤스터가 끝내 진정될 기미가 보이지 않자, 생각다 못한 간수장 브래킷은 의사를 부르는 게 좋겠다고 생각했다.

그 의사는 개화된 의료법에 조예가 깊은 인물로 소문이 널리 퍼져 있는 사람이었고, 토착민들이 알고 있는 숲 속의 약초에 관해서도 잘 알고 있었다.

사실 의사의 도움은 헤스터 자신을 위해서뿐만 아니라, 아이를 위해서도 더욱 절실히 필요했다. 아이가 엄마의 가슴으로부터 젖을 빨고 있는 동안에 아이는 엄마의 몸 전체에 스며 있는 혼란과 공포, 절망을 모두 흡수해 버리는 것 같았다. 지금 고통으로 자지러지듯 울어대며 몸부림치고 있는 이 아이는 엄마가 이날 하루 종일 견뎌내었던 마음의 상처를 그 작은 몸뚱이로 강렬하게 나타내고 있었다.

간수의 뒤를 조용히 따라서 어두운 감방 안으로 의사가 들어섰다. 그 의사는 오늘 낮에 군중들 사이에서 주홍글씨를 달고 서 있는 이 여자를 관심 있게 보았던 이상한 옷차림의 사내였다. 이 사내가 감방에서 머물게 된 것은 어떤 죄가 있기 때문이 아니었고, 자신의 몸값을 놓고 관리들과 인디언 추장이 협상을 하는 동안 이렇게 하는 것이 가장 자신에게 적당하고 편리하다고 판단했기 때문이다.

그 사내의 이름은 로저 칠링워드라고 하였다.

사내가 감방으로 들어서자마자 그 안이 갑자기 조용해져 버린 것을 보고 그를 안내한 간수는 자못 놀라고 있는 눈치였다. 아이는 여전히 고통스러운 듯 울음소리를 내었지만 헤스터는 쥐죽은듯 조용해졌던 것이다.

"여보시오, 미안하지만 나 혼자 환자를 보게 해 주실 수 없겠소?"

사내가 조용히 입을 열었다.

"곧 괜찮아질 겁니다, 간수님. 이제 곧 감방 안이 조용해질 겁니다. 내가 장담하지만, 헤스터 프린 부인은 이제부터 더욱 얌전히 명령을 받아들이게 될 거요."

"정말 그렇게만 해 주실 수 있다면……."

브래킷은 미심쩍은 표정을 지으며 말했다.

"저 여자는 귀신이라도 씐 사람 같습니다. 회초리로 때려서라도 그 귀신을 내쫓으려고 할 수 있는 한 해 보았지만 소용이 없더군요. 선생님이 그렇게 해 주신다면 그야말로 명의겠지요……."

자칭 의사라는 이 사내는 방안에 들어서자 정말 의사인 듯한 침착성을 보여 주고 있었다.

이윽고 간수의 모습이 사라지고 헤스터와 그 사내는 단둘이 얼굴을 마주하게 되었다.

이 낯선 의사! 처형대에 서 있던 헤스터가 이 사내와 눈이 마주쳤을 때 괴로워했던 것을 보면, 또한 감옥 안에 감도는 무거운 분위기로 보면 이들의 관계가 심상치 않음을 감지할 수 있었다.

침대 위에서 계속 몸부림을 치며 울고 있는 아이를 보자 그 사내는 무엇보다도 먼저 아이에게로 다가섰다. 아이를 살펴보고 달래야겠다고 생각한 듯했다.

사내는 조심스럽게 아이를 진찰하더니 옷 안에서 가죽 주머니를 꺼내어 그것을 열어제쳤다. 거기에는 많은 종류의 약이 들어 있는 듯했는데 그중 하나를 꺼내어 물이 가득 든 컵에 타 젓기 시작했다.

"지난날에는 연금술을 배웠었고……."

사내가 조심스레 입을 열기 시작했다.

"한 일년 남짓 약초의 효험에 밝은 사람들과 함께 지내오다 보니 나는 의학계에서 명의라 일컬어지는 사람들보다 훨씬 더 나은 의사가 되어 버렸소. 이 아이는 당신의 아이이고 내 아이는 아니니, 자, 이것을 받으시오. 이 아이는 내 소리도 모르고 얼굴 모습도 결코 내 아이는 아닌 듯하니 이 약을 당신 손으로 먹여 주도록 하오."

헤스터는 그가 내미는 약을 손으로 쳐 버리고 매우 의심스런 눈빛으로 그 사내의 얼굴을 바라보았다.

"당신은 아무것도 모르는 이 아이에게 복수라도 할 작정이세요?"

그녀는 작지만 불안스런 목소리로 속삭였다.

"이런 어리석은 여자 같으니!"

사내는 냉정해 보이기도 하고 따뜻하게 위로하는 것 같기도 한 어투로 대답했다.

"이 가엾게 태어난 불의의 자식을 해친다고 해서 내게 이로울 게 뭐란 말이오? 만일 당신과의 사이에서 태어난 내 자식이라 하더라도 이 약만큼 더 좋은 약은 없을 거요."

이성을 잃은 상태에서 여전히 망설이고 있는 헤스터를 보자, 사내는 아이를 두 팔에 안아들고 자기가 직접 그 약을 먹여 주었다. 약은 의사의 장담을 떳떳하게 증명이라도 하듯이 효능을 나타내기 시작했다. 어린 환자의 신음 소리는 잦아들었고, 괴로워 이리저리 뒤척이던 몸부림도 차츰 멈추었다. 어린 환자들이 고통이 사라지면 흔히 보여주는 모습처럼 얼마 지나지 않아 이 아이는 침대 위에서 깊은 잠에 빠져들었다. 단연 명의라 불려도 손색이 없을 만큼 능숙한 사내의 손은 헤스터를 진찰하기 시작했다.

그는 침착하고 세심하게 그녀의 맥을 짚어 본 다음 조용히 그녀의 눈을 들여다보았다. 그의 이러한 눈초리는 비록 낯익은 것이었지만 이렇게 가까이 있으면서도 마냥 낯선 사람처럼 침착함을 잃지 않고 있었기 때문에 그녀의 마음을 긴장시키고 있었다. 이윽고 진찰한 결과를 알게 되자, 그는 다른 약을 조제하기 시작했다.

"나는 레테나 네펜시같이 시름을 잊게 하는 약 같은 건 잘 모르지만……."

사내는 여인의 눈빛을 무감각하게 들여다보며 말했다.

"황야에서 야만인들에게 새로운 비법을 많이 배웠다오. 이것도 그중의 한 가지인데 패러셀서스(1493~1541년, 스위스의 연금술사) 시대부터 전해져 온 것으로, 나의 학문과 교환하는 조건으로 인디언들이 가르쳐 준 처방이오. 자, 마셔 봐요. 죄 없는 양심이 괴로움에는 최상의 처방이겠지만 나로선 그런 양심을 구해 줄 수가 없으니 말이오. 하지만 이걸로 사납게 끓어오르는 거센 물결 위에 끼얹어진 기름처럼 당신의 끓어오르는 격한 감정쯤은 누그러뜨려 줄 수 있을 거요."

사내가 컵을 내밀자 헤스터는 한참 동안 그의 얼굴을 바라다보았는데, 그 얼굴은 이제 두려움으로 인한 것이었다기보다는 이 사내가 이렇게 하는 속셈이 무엇인지 의심스러워하는 표정이었다.

그녀는 깊이 잠들어 있는 아이 쪽을 바라보았다.

"저는 죽어 버릴까 생각도 했어요. 죽었으면 하고 바라도 보았어요. 제가 감히 기도를 드린다는 것이 우습게 들리겠지만 제게 죽음을 내려주십사 기도도 드렸어요. 하지만 이 컵 속에 독약이라도 들었거든 제가 마시기 전에 당신이 다시 한 번 생각을 해 주세요. 보세요, 이렇게 입술에 닿고 있으니……."

"어서 마시도록 해요."

사내는 여전히 침착한 태도로 변함없이 말하였다.

"당신은 너무도 내 마음을 모르고 있구려. 헤스터 프린, 내가 그토록 속이 옹졸한 짓을 할 것 같소? 설사 복수를 꾀하고 있다손 치더라도 그 목적을 이루려면 내가 당신을 살려 두는 편이 나을 거요. 우선 당신의 생명을 위태롭게 하는 것으로부터 지켜 주고, 그다음에 당신의 가슴에서 치욕의 표시를 언제나 불타게 할 수 있도록 해야 하니까 말이오."

이렇게 말하며 사내가 길다란 집게손가락을 주홍글씨 위에다 대자, 그것은 헤스터의 가슴속을 타 들어가려는 듯 이글거리며 타오르는 것 같았다. 사내는 헤스터가 자기도 모르게 놀라는 모습에 미소를 지었다.

"당신은 살아서 많은 사람들의 눈앞에서, 한때는 당신의 남편이라고 불렸던 내 눈앞에서 그리고 이 아이의 눈앞에서도…… 당신의 불운을 견디어내란 말이오. 자, 더 오래 살기 위해서 어서 이 약을 마시도록 해요!"

헤스터 프린은 더 이상 망설임 없이 컵 속의 약을 들이켰다. 그리고 의사가 시키는 대로 아이가 잠들어 있는 침대 위에 걸터앉았다. 사내는 방안에 놓여 있는 의자를 끌어당겨 침대 가까이에 놓고는 그 위에 걸터앉았다. 사내의 이러한 태도를 보고 헤스터는 몸에 경미한 경련이 이는 것을 느꼈다. 왜냐하면 자신의 육체적 고통을 덜어 주기 위해 이 사내는 인간애나 원리 또는 세련된 잔인성으로 필요한 조치를 해내었기 때문이다. 그리고 남편으로서 치유될 길 없는 깊은 상처를 입게 된 것에 관하여 그녀에게 물어올 듯한 표정을 보았기 때문이다.

"헤스터."

나직하지만 찬 기운이 배어 나와 감옥의 공기가 긴장되었다.

"나는 당신이 내가 보게 된 그런 치욕스런 처형대 위에 어떻게 오르게 되었는지 따위는 알고 싶지도 않소. 그런 이유쯤은 짐작 못할 일도 아니지. 나의 어리석음과 당신의 나약함 때문이 아니었겠소? 항상 서고의 책벌레처럼 깊은 생각에 빠져서 지냈고, 나에게 존재하는 지식욕을 충족시키기 위해서 주어진 좋은 사절을 다 허비해 버렸소. 그리고 이렇게 쓸모없는 사람이 되어 버렸소. 이렇게 되어 버린 내가 당신과 같이 젊고 아름다운 여자에게 무엇을 해 줄 수 있겠소. 태어나면서부터 갖게 된 육체적 결함으로 인해서 나는 재능만 갖고 있으면 이런 결함 정도는 능히 젊은 여인에게 감춰질 수 있으리라 믿었나 보오. 세상 사람들은 나를 모두 현명하다고들 하지만, 진정 내가 현자였더라면 오래전부터 이러한 일이 일어나리라는 것도 알았어야 했고 내 자신의 이익을 구함에도 현명하지 않았어야 했소. 어둡고 황량한 숲을 나와서 이 그리스도 교도들의 식민지에 들어섰을 때, 헤스터 프린의 모습이 군중들 앞에서 죄인이 되어 처형대에 있는 모습으로 맨 처음 내 눈에 들어올 것이라는 것도 미리 짐작했어야 했소. 그것뿐만이 아니오. 우리들이 남편과 아내로 맺어져서 어깨를 나란히 하고 그 낡은 교회당의 층계를 내려오던 순간부터 우리들

의 인생 행로의 맨 끝에는 이처럼 주홍글씨가 붉게 타오르고 있는
것을 보았어야 했소.”

“당신도 잘 아시겠지만…….”

조용히 듣고 있던 헤스터는 비록 착잡한 심정이었지만 이 치욕의
표시를 겨냥한 말만큼은 참을 수 없다는 듯 입을 열었다.

“저는 당신에게 저의 본심을 감추어 본 적이 없었어요. 처음부터
우리 사이에는 사랑이 없었고, 또한 저는 당신을 사랑하는 척해 보
인 적도 없었어요.”

“맞는 말이오.”

그가 비웃듯이 말했다.

“내가 말했듯이 모든 게 내가 어리석었던 탓이지. 하지만 그때까
지의 나는 세상의 모든 것에 기쁨이 느껴지지 않았고, 나의 삶은 헛
된 것이었소. 나는 항상 따뜻한 불을 지펴 보고 싶었소. 내 가슴은
많은 손님들을 맞아들일 수 있을 정도로 넓디넓었지만 온기라고는
하나 없이 차갑기만 했소. 비록 나는 늙고 우울하고 불구의 몸이기
는 했지만, 세상 사람들 누구나가 손쉽게 주울 수 있는 그 조그만 행
복을 나도 쉽게 내 이 손에 움켜쥘 수 있으리라고 생각한 것이 그토
록 분에 넘치는 꿈일 줄은 정말 몰랐소. 그래서 헤스터, 나는 내 가
슴속에서도 제일 깊은 방으로 당신을 맞아들여서 당신이 있음으로써
생기는 따스함으로 당신을 따뜻이 해 주려고 했었소.”

“저는 당신을 배신했어요.”

헤스터는 조그맣게 중얼거렸다.

"그건 피차 잘못이었소. 꽃봉오리처럼 젊고 아름다운 당신을 이처럼 시들어 버린 내가 유혹해서 부자연스러운 인연이 맺어졌으니 내가 처음부터 당신을 배신했던 거요. 그래서 건전한 것을 생각하며 건전한 철학을 연구해 온 사람답게 나는 당신에게 복수를 한다거나 어떤 흉계를 꾸미지도 않겠소. 이로써 우리 두 사람에겐 서로 과실이 똑같아지지 않았소. 하지만 헤스터, 우리들 두 사람을 이렇게 만든 그 장본인은 살아 있겠지. 그 남자는 대체 누구요?"

"그런 건 묻지 마세요!"

헤스터 프린은 단호한 태도로 사내의 얼굴을 마주 보며 대답했다.

"그것만은 대답할 수 없어요."

"끝내 말하지 않겠단 말이오?"

사내는 어둡긴 했지만 자신 있는 미소를 지으며 말했다.

"가르쳐 주지 않겠다는 거지? 알겠소, 헤스터. 하지만 바깥 세계의 것이든 눈에 보이지 않는 정신적인 세계의 것이든 간에, 그 비밀을 알아내고자 전력하는 사람이 있다면 그 사람을 피할 수 있는 비밀이 세상에는 거의 없다는 것을 잘 알아 두시오. 당신은 비밀을 들추어 내기 좋아하는 군중들로부터는 비밀을 끝까지 숨길 수 있었는지도 몰라. 오늘 목사나 재판관들이 당신이 비밀로 간직한 사내의 이름을 밝혀내어 그 처형대 위에 나란히 세워 놓으려 했으나 당신은 끝까지 숨겨냈듯이 말이야. 하지만 나는 그 사람들이 갖고 있지 않은 다른 힘으로 당신의 비밀을 알아내겠소. 나는 책에서 진실을 발견했던 것처럼, 연금술로 황금을 얻었던 것처럼, 그 사내를 틀림없이 찾아낼 것이오. 그 사내를 알아내게 하는 힘이 나에겐 있소. 내겐, 내가 곁에만 가면 그를 두려움으로 몸을 떨게 하는 방법이 있소. 그리고 나도 이유 없이 몸이 떨릴 테지. 아무튼 그 사내는 내 손으로 꼭 알아내고야 말겠소!"

주름이 깊게 팬 얼굴을 한 그가 어쩌나 강렬하게 헤스터 프린을 바라다보았는지, 그녀는 그만 자기 마음속에 간직한 비밀이 드러나 보이는 게 아닌가 두려워 팔짱을 끼었던 두 손으로 가슴을 가렸다.

"난 그 사내를 꼭 찾아내고 말 테니까 당신이 끝내 가르쳐 주지 않아도 상관은 없소!"

사내는 마치 운명의 신이 자기 편이기라도 한 것처럼 자신만만하게 말하였다.

"그 사내는 당신처럼 옷 위에다 치욕의 표시를 달고 있지는 않지만 나는 그의 가슴속에서 그 글씨를 보고야 말겠소. 하지만 그를 위해 걱정하진 마오. 하나님이 친히 내리시는 형벌에 내가 감히 방해한다던가, 내 자신에게 해가 되는 줄 알면서 그 사내의 이름을 알아내어 인간들의 법률에 맡기려 한다고도 생각지 마오. 그 사내를 해하기 위해서 무슨 계략이라도 갖지는 않았나 의심해서도 안 되오. 혹시 그자가 신분이 높은 사람이라 하더라도 그의 명예에 손상이 되게 하지는 않을 것이오. 나는 세상의 명예 속에 그를 숨어 살 수 있도록 그냥 살려 둘 것이오. 그렇게 두더라도 그 사내가 누구든지 알아낼 수 있으니까!"

"당신은 자비를 베푸는 것처럼 보이지만 그 말씀들은 당신이 얼마나 무서운 사람인가를 알게 해 주는군요."

헤스터는 공포에 떨며 말하였다.

"한때는 내 아내였던 당신에게 한 가지 약속해 주기를 부탁하오."

사내는 말을 이었다.

"이 마을에는 나와 안면이 있는 사람이 하나도 없소. 헤스터 당신은 누구에게든 내가 당신의 남편이었던 사실을 말하지 말아 주오. 당신이 그 정부의 비밀을 이렇게 지키듯 나의 비밀도 지켜 주어야겠소. 다른 어떤 곳도 나와는 인간관계가 없으니 나는 이 고장의 한 곳에 나의 발을 붙이고 살아가겠소. 이곳에는 그래도 나와는 끊으려야 끊을 수 없는 관계가 있는 여자와 남자와 아이가 있기 때문이오. 그 관계가 사랑이건 미움이건, 또는 옳은 것이든 그릇된 것이든 간에 나에게는 아무런 상관이 없소. 헤스터 프린, 당신이 있는 곳에 내가 있고 당신이나 당신이 갖고 있는 전부가 다 내 것인 거요. 또한 그자가 있는 곳이기도 하지. 그러니 나의 비밀을 감추어 달란 말이오."

"당신은 왜 그런 걸 원하시지요? 자신의 비밀을 당당히 사람들 앞에 내보이고 왜 저를 질책하지 않으시지요?"

헤스터는 눈에 보이지 않는 미묘한 관계를 생각하고 부르르 몸을 떨었다.

"다른 이유가 있을지도 모르지만 부정한 아내의 남편에게 붙어 다닐 불명예 때문일 거요. 헤스터, 세상 사람들에게 당신의 남편은 죽어 버려서 소식이 전해져 올 리가 없다고 말해 주시오. 나는 아무도 모르게 이렇게 살다가 죽게 되기를 바라오. 행여 당신의 말이나 태도나 얼굴 표정 때문에 나를 알려지게 하지 마시오. 특히 당신의 정부에게 이 비밀이 알려지지 않도록 해야 하오. 만약 내 말을 어겼다가는 가만히 있지 않겠소. 그의 명예나 지위나 생명은 모두 내 손에 달려 있다는 것을 항상 잊지 마시오!"

"그분의 비밀을 지켰듯이 당신의 비밀도 지키겠어요."

"진정 맹세하겠소?"

사내는 성급하게 다시 물었다. 그녀는 다시 한 번 맹세를 다짐했다.

"자 그럼, 헤스터 프린."

자신은 로저 칠링워드라고 불리게 될 것이라고 그 사내는 말했다.

"이제 당신을 혼자 있게 해 주지. 이 어린애와 주홍글씨만 남도록. 그런데 어떻게 된 거요? 잠자는 동안에도 주홍글씨를 달도록 판결이 내려졌소? 당신은 악몽에 시달리거나 가위에 눌리게 될지도 모르는데 겁나지 않소?"

헤스터는 사내의 묘한 표정을 보고 의아스러운 듯 물었다.

"왜 당신은 저를 보고 웃으시는 건가요?"

"당신은 저의 영혼을 짓밟고 나를 속여서 약속을 받아낸 듯하군요. 당신은 마을 어딘가 숲 속에 살고 있는 악마와 같은 분인 듯싶어요."

"그렇지 않소. 당신의 영혼이 아니라 그것은……."

사내는 말을 끝맺지 않은 채 미소를 띠어 보였다.

바느질하는 여인 헤스터

헤스터 프린의 감옥생활은 마침내 끝났다. 감옥문이 열리고 햇빛을 받으며 그녀의 모습이 나타났다. 처형대 위에 서게 되었던 그날, 많은 사람들이 뒤를 따라왔고 누구나가 주홍글씨를 향해 손가락질을 하여 그녀를 더욱 치욕스럽게 만들었던 그날보다 지금 이렇게 혼자 감옥문 앞을 나서야 하는 것이 그녀에게 더 큰 외로움을 맛보게 했다. 따갑게 내리쬐고 있는 햇빛조차 이런 그녀의 슬픈 가슴에 새겨져 있는 주홍글씨만을 환하게 비춰 주고 있는 듯했다. 그때에는 날카로워진 신경과 자신이 지닌 온갖 투쟁적인 힘에 의해 몸을 지탱할 수 있었으므로 이 장면도 처참한 승리로 변화시킬 수 있었던 것이다. 더군다나 그것은 헤스터의 평생을 두고 오직 한 번 일어났었던 고립된 사건이었으므로 일상적인 생활에 쓰자면 몇 해 동안은 쓰고도 남을 생명력을 한꺼번에 쏟아부을 수가 있었다. 그녀를 심판한 법률은 커다란 힘을 가진 팔로 그녀를 파괴할 수도 있고 의지할 수 있는 힘도 가지고 있어 그녀가 죄인으로서 고통을 받고 있을 때 그 시련을 지탱시켜 준 셈이었다.

그러나 지금 아무도 없는 감옥문을 홀로 걸어 나옴으로써 헤스터에게는 평범한 생활이 시작되는 것이다. 이제 그녀는 아주 평범한 여자로서 그 생활의 무게를 지탱해 나가든지, 그렇지 않으면 그 밑에서 패배해 버리든지 기로에 서게 되었다. 내일은 내일대로의 새로운 시련이 닥쳐올 것이고 다음날도, 그 다음날도 제각기의 시련이 닥쳐올 것이다. 그 시련은 현재도 견뎌내기 어려운 시련과 역시 다를 바가 없을 것이다. 아득히 먼 미래의 나날들도 그녀에게 이 무거운 짐을 힘겹게 짊어지게 할 뿐 결코 이것을 벗어 버리게는 하지 않을 것이다. 오히려 하루하루 날이 더해 가고 해가 바뀌어 감에 따라 산더미처럼 쌓인 치욕 위에 고통만이 쌓여질 뿐이리라. 이처럼 오랜 세월이 흘러감에 따라서 헤스터 프린은 개성마저 잃게 되고 설교자나 도덕가들의 비난의 대상으로 남을 것이며, 부정을 저지른 여인을 나타내기 위한 일반적 상징이 되어 버리고 말 것이다. 이리하여 세상의 순진하고 정숙한 젊은이들은, 가슴에 주홍글씨가 불타고 있는 그녀를—한때는 훌륭한 가문의 딸이었으며, 어엿한 여인이 될 아이의 어머니이며, 예전에는 순수하였던 그녀를—죄 많은 인간이며, 죄 많은 육체 그리고 죄의 실체로서 바라보도록 가르쳐질 것이다.

마침내 그녀의 무덤에는 그녀가 죽어서까지 지고 가야 할 치욕만

이 묘비가 되어 남을 것이다.

그녀에게 내려진 판결은 그녀가 이 고장에서 살도록 제한하지 않았다. 그녀가 고향으로 되돌아가든지 아니면 유럽 어디로 떠나든지, 새로운 모습으로 자신의 정체를 감춘 채 자유롭게 살아갈 수도 있었다. 그녀의 야생적인 기질은 다른 생활풍습 속에서 쉽게 동화되어 무난히 살아갈 수 있을 것이다.

하지만…… 세상에는 저항할 수도 없고 피할 수도 없는 숙명과도 같은 운명적인 힘을 지닌 느낌이라는 게 있다. 그런 운명적인 힘은 인간으로 하여금 인생에 중대한 영향을 미친 큰 사건이 일어났던 곳으로부터 떠나지 못하고 그 주변을 헤매게 하는 것이다. 더구나 그 인생을 슬프게 한 색채가 어두우면 어두울수록 감정도 억누르기가 어려운 것이다.

헤스터의 죄와 치욕은 이 대지에 깊이 뿌리 박혀 있는 것 같았다. 처음보다 훨씬 동화력이 강한 새로운 생명이 순례자나 방랑자들조차도 익숙지 않은 수풀 지대를, 거칠고 황량한 그 숲을 헤스터 프린의 일생의 고향으로 만들어 놓았다. 행복했던 어린 시절과 순결한 처녀 시절의 오래전에 벗어던진 옷처럼 여전히 어머니 품속에 간직하고 있는 자신의 영국 고향까지도 이 마을과 비교해 보면 헤스터에게는 오히려 낯선 곳이었다. 헤스터를 묶어 놓고 있는 무쇠 사슬은 그녀를 괴롭게 만들었어도 그 사슬은 절대로 끊을 수도 없는 것이었다.

아마도 그녀는 제 마음속에 감추어진 비밀이 구멍에서 기어 나오려는 독사처럼 그녀의 가슴에서 꿈틀거릴 때마다 창백해졌는지도 모른다. 하지만 틀림없이 또 다른 감정이 그녀에게 숙명적이었던 장소와 오솔길에다 그녀를 얽매어 놓았을 것이다. 또 한 사람이 이곳에서 살고 있고, 이 길을 그의 발이 거닐고 있다. 그와 자기는 하나로 묶여진 몸이라고 그녀는 생각했다. 비록 그들의 관계가 지상에서는 인정받지 못할지라도 그로 말미암아 최후의 심판의 날에는 둘이 같이 심판의 자리에 있을 것이고, 그 자리를 두 사람의 결혼의 제단으로 삼아 앞으로 올 끝없는 징벌을 함께 받게 될 것이다.

자꾸만 영혼을 유혹하는 악마는 헤스터의 마음속에 이런 생각을 불러일으켜 놓고는 그녀가 그것을 붙잡았다가 다시 내던지려 할 때의 열정적이고 필사적인 발악을 보고 번번이 비웃어대곤 하였다. 헤스터는 그런 생각을 똑바로 바라볼 수가 없어서 얼른 머릿속 한구석에다 그 생각을 가둬 버리고 말았다. 그녀가 애써서 믿고자 했던 것, 즉 그녀가 결국은 뉴잉글랜드에 머물러 살겠다고 정한 이유에 대해 그녀가 생각해낸 결론은 반은 사실이었고 반은 자기 기만이었다. 그녀는 죄를 저지른 곳이 바로 여기니까 지상에서의 형벌도 이곳에서 받아야 한다고 혼잣말을 하곤 했다. 그러면 날마다 겪는 치욕의 아픔은 그녀의 영혼을 정화시켜 주어 마침내 잃어버린 것과는 다른 더욱 고귀한 영혼을 만들어 줄 것이리라. 자기가 겪은 순교의 결과로 더한층 성자다운 순결한 영혼이 되게 할지도 모른다고 그녀는 믿고 있었던 것이다. 그래서 헤스터 프린은 그 고장으로부터 달아나지 않았다.

반도의 변두리 못미처 인가와는 좀 멀리 떨어져 있는 동구 밖에 조그만 초가집 한 채가 있었다. 그것은 초기의 개척자에 의해 세워진 것으로서, 그 주변의 땅이 워낙 황폐해 농사가 되지 않는 줄 알자 곧 버려진 곳이었다. 더군다나 외딴 곳이어서 그때 벌써 이주민들 사이에 풍속이 되던 사교생활에도 불편한 곳이었다. 바닷가에 세워진 이 집은 세숫물처럼 고여 있는, 바다 너머 저편에 숲으로 우거진 언덕을 바라보고 서 있었다. 반도에서만 자라고 있는 이 작은 나무숲은 이 초가집을 가리고 있다기보다는 여기에 감추어져 있었으면 좋을 혹은 그러기를 바라는 무언가가 있다는 것을 암시해 주고 있는 것 같았다. 아직도 여전히 그녀에 대한 감시에 눈을 떼지 않고 있는 관청의 허락을 얻어, 헤스터는 이 작고 쓸쓸한 집에서 아이와 함께 빈약한 살림살이를 갖추어 살기 시작했다.

정착하기가 바쁘게 이상스럽게도 신비스런 그림자들이 이곳을 뒤덮었다.

이 여인이 어떤 이유로 인간의 사랑이 미치지 못하는 이런 곳에서 살아야 하는가? 이것을 이해하지 못하는 철모르는 어린애들은 그녀의 집 부근에 기어와서는 그녀가 창가에서 바느질을 하거나, 문에 서 있거나, 정원에서 일을 하거나 혹은 시내로 뚫린 큰길가로 나오거나 하는 모습을 구경하였다. 그리고 그녀의 가슴에 붙은 주홍글씨를 보고는 낯설고도 어떤 공포심에 사로잡혀 모두들 도망치곤 하였다.

헤스터의 신세는 외롭고, 그녀를 찾아 주는 친구도 하나 없었지만 그리 부족한 것은 없었다. 큰 것은 아니지만 한 가지 재주를 타고난 그녀는 그 솜씨를 보여 줄 비교적 적은 이 고장에서도 잘 자라는 아이와 자신을 위한 충분한 끼니 정도는 마련할 수가 있었다. 지금도 그렇지만 당시에 여인이 가질 수 있는 유일한 기술은 바느질이었다. 그녀는 가슴에 달고 있는 섬세하게 수놓은 주홍글씨로써 그녀의 상상력이 풍부한 솜씨의 표본을 보여 주고 있었다. 그 솜씨라면 궁중의 귀부인들은 좀더 화려하고 고상하게 장식하기 위하여 금은, 비단에다 인간의 교묘한 솜씨로 꾸며진 장식물을 서로 달고 싶어했을 것이다.

사실 청교도풍 옷의 특징이 단조로운 우중충한 색이고, 또 그러한 옷을 입고 있는 이 고장에서는 그녀의 솜씨로 만들어진 화려한 의상이 요구되는 일은 극히 없을지도 모른다. 그러나 정교하게 만들어진 제품을 요구하는 그 시대의 취향은 우리들의 엄격한 조상들에게도 그 영향이 미치지 않을 수 없었다. 그들은 없이 지내기는 매우 아쉬운 갖가지 유행 옷들을 벗어 버린 사람들이었지만, 성직자나 관리들의 취임식 등 새로운 정부가 국민들을 상대로 하는 여러 가지 행사에 위엄을 갖추게 하는 따위의 공적인 의식들은 정책상 장중하고 순수하면서도 용의주도한 장엄함을 특색으로 하였다. 높다란 깃이며 호화로운 허리띠며 화려하게 수놓은 장갑 등등은 권세 높은 벼슬아치들의 생필품으로 필요했다. 그리고 사치금지령은 이러한 것들이나 이와 비슷한 사치라도 평민에게는 금해지고 있었지만, 신분이 높거나 돈이 많아서 위엄을 갖추게 된 사람들에게는 쉽게 허용되고 있었다. 장례식용의 의복을 마련하는 데 있어서도, 시체에 입힐 수의

라든가 유가족들의 슬픔을 나타내기 위해서든 어떻든 갖가지의 상징적인 문장(紋章)이 든 검은 헝겊이나 눈같이 흰 리넨 천 등 헤스터 프린이 제공할 수 있는 따위의 일에 대해서는 일감이 자주 있었다. 또한 그 당시에는 유아복도 의식용 예복을 입었기 때문에 헤스터에게는 돈을 벌 수 있는 일거리가 되었다. 차츰차츰 시작되긴 했으나 그리 오래가지 않아서 헤스터의 수공품은 요즘에 말하는 이른바 유행이 되어갔다. 그토록 기발한 운명을 가진 여인을 동정해서인지, 아니면 볼품없고 가치 없는 것도 허구 가치를 지니게 하는 병적인 호기심 때문인지, 그도 아니면 지금과 마찬가지로 당시에도 구할 수 없는 물건을 어떤 사람에겐 쉽게 구할 수 있도록 만들어졌기 때문인지, 또는 그녀가 아니고선 채우지 못하였을 시대적인 공간을 헤스터가 채울 수 있었기 때문인지는 몰라도, 아무튼 헤스터는 하루 몇 시간 일하고 상당한 보수를 쉽게 벌 수 있었다. 어쩌면 허영심은 훌륭한 국가 행사를 위해 그녀의 죄 많은 손으로 바느질한 옷을 차려입고 스스로를 괴롭히려 함이었는지도 모른다. 그녀의 바느질 솜씨는 총독의 주름 진 깃 위에도 나타나 있었다. 군인들의 목도리에도, 목사의 허리띠에도 그녀의 자수가 놓여졌다. 아이들의 작은 모자도 장식용으로 꾸며졌다. 죽은 자들과 함께 관 속에 든 채 곰팡이가 슬고 썩어 가기도 했다. 그러나 신부의 청순한 부끄러움을 가려 줄 새하얀 면사포에 수놓기 위하여 그녀의 능숙한 솜씨를 청했다는 기록은 단 하나도 없었다. 이것이야말로 사회가 그녀의 죄에 대해서 언제나 냉혹한 분노를 가지고 지켜보고 있다는 증거였다.

헤스터는 자신을 위해서는 가장 소박하고 금욕적인 정도의 그리고 아이를 위해서도 아쉽지 않을 정도의 생활 그 이상을 바라지 않았다. 그녀 자신의 옷은 가장 초라한 옷감에다 색깔도 우중충한 것이었고, 장식품도 평생 몸에 달고 다녀야 할 주홍글씨 하나뿐이었다.

한편, 유난스레 상상력이 풍부해 보이는 어린아이의 옷은 어린 소녀에게서 일찍부터 싹트기 시작한 경쾌한 매력을 돋우는 데 도움은 되었지만, 한편으론 더욱 깊은 뜻이 내포되어 있는 것 같기도 했다. 거기에 대해선 나중에 다시 말하기로 하자. 헤스터는 아이를 치장하는 데 드는 경비를 제외하고는 모두 자기 신세보다 그리 가엾을 것도 없는 사람들을 돕는 데에 사용했다. 그러나 그들은 자기들의 끼니를 대주는 헤스터의 손길에 자주 모욕을 주었다. 헤스터는 자신의 예술을 좀더 뜻있게 쓸 수 있도록 많은 시간을 내어서 가난한 사람들을 위해 허름한 옷가지들을 마련하는 데 소비하였다. 이러한 일들을 하는 데에는 그녀의 죄를 속죄하는 의미로, 또 이런 너저분한 일들에 오랜 시간을 들임으로써 그녀는 진정으로 향락을 희생처럼 말끔히 바치고 싶었는지도 모른다.

헤스터는 천성적으로 화려하고 관능적인 동양풍의 특색, 즉 찬란하게 아름다운 취미가 높았으나 그녀의 일상생활의 어떤 부분에서도 그 정교한 바느질 솜씨를 빼놓고는 이러한 취향을 살려 본 적이 없었다. 여자란 원래가 섬세한 바느질 속에서 남자들이 모르는 쾌락을 맛보게 마련이다. 헤스터 프린에게는 아마도 바느질이 생의 열정을 표현해내는 동시에 그것을 누그러뜨리게 하는 하나의 방법이었을지도 모른다. 이 밖의 모든 기쁨을 그녀는 죄라고 하여 모두 거부해 버렸다. 이처럼 양심이 하찮은 일에까지도 병적일 만큼 간섭하는 것은, 이 여인이 진실되고 꾸준해서라기보다는 무언가 의심스럽고 어딘가 깊이 잘못되어 있는 참회의 마음에서 비롯되는 것인 듯했다.

이런 방법으로 헤스터 프린은 이 세계에서 자신이 할 일을 감당하게 되었다. 카인의 이마에 찍힌 낙인보다도 더 견디기 어려운 낙인을 여인의 몸으로서 가슴에 달고 다니게는 되었지만, 천성이 강한 성격과 뛰어난 재주를 지닌 그녀를 세상이 아주 추방시켜 버릴 수는 없었다. 그러나 어떠한 사회와 접촉하더라도 자기가 그 사회에 속하였다는 느낌을 갖게 한 적은 없었다. 그녀가 접촉하고 있는 사람들의 모든 언행과 그들의 침묵조차도 그녀는 세상에서 쫓겨난 여인으로서 마치 딴 세상에 살고 있는 것처럼, 혹은 일반 사람들과는 다른 기관이나 감각으로 사람들과 상종하는 사람인 것처럼 외떨어진 존재라는 걸 은근히 암시하는가 하면 분명하게 드러내서 말하는 경우도 종종 있었다.

그녀는 세상의 도덕적인 관심사와는 멀리 떨어져 있는 듯했으나 사실은 그 가까이에 있었다. 그것은 낯익은 가정의 난롯가를 다시 찾아온 유령이 자기의 몸 전체를 다시는 보여 주지도 느끼게 해 주지도 못하고, 단란한 가정의 기쁨을 함께 누릴 수도 없고 혈육간의 슬픔을 함께 나눌 수도 없는―가령 그런 불가능한 표현을 할 수 있었다고 해도 오직 공포와 소름 끼치는 반감을 불러일으킬 따름인― 것과 마찬가지였다. 사실상 그나마 헤스터로 하여금 세상 사람들과 가슴속에서의 어떤 유대관계를 느끼게 하는 것이 있었다면, 그것은 바로 이와 같은 감정과 쓰디쓴 조소뿐이었다.

당시는 섬세한 감정의 시대는 아니었다. 그러므로 헤스터는 자기 신세를 잘 알고 있었고 물론 잊어버릴 수도 없었지만, 세상 사람들이 가장 아픈 급소를 마구 쑤셔댈 때는 새로운 고통처럼 다시금 자신의 처지를 뼈저리게 느끼는 것이었다. 앞서 언급했듯이, 헤스터가 도움을 베풀고자 찾아간 가난한 사람들은 자기를 돕고자 내민 그녀의 손길을 가끔 악담했고, 상류층 귀부인들 역시도 바느질감을 얻고자 그녀가 찾아가면 그녀의 가슴에 독즙을 끼얹어 주기 일쑤였다. 여인들은 평소의 사소한 일들을 트집 잡아 기묘한 독약으로 사용하는 무언의 악의란 연금술을 깔고, 때로는 곪은 상처를 사정없이 건드리듯이 막을 길 없는 헤스터의 가슴속을 야비한 말들로 쑤셔대기도 했다.

오랫동안 자신을 잘 타일러 온 헤스터는 이젠 이런 공격엔 아무 반응도 하지 않았다. 다만 참을 수 없는 혈기가 창백한 두 뺨을 붉게 물들였다가는 이내 가슴 깊숙이 거두어지는 것이었다. 그녀는 정녕 참을성 많은 순교자와도 같았다. 하지만 적들을 위한 기도는 올리지 않았다. 사실 그들의 용서를 빌고픈 마음도 간절하였으나, 축복하는 말이 자칫 빗나가 저주의 말로 들리게 되지나 않을까 두려웠기 때문이었다.

헤스터는 영원불멸한 청교도의 법정이 내린 언도로 말미암아 교묘히 마련된 갖가지의 불안함을 느꼈다. 길거리에서 목사와 마주쳐

서 그가 훈계의 말을 시작하면, 사람들은 물밀듯이 몰려들어 이 죄지은 가엾은 여인을 에워싸고 얼굴을 찌푸리며 비웃었다. 안식일이 되어 그녀가 우주의 아버지이신 하나님의 미소를 바라고 교회당에라도 들어가면 불행히도 자기의 행실이 설교의 대상이 되어 있음을 발견하곤 했다. 그녀는 아이들을 두려워하기 시작했다. 딸아이 하나만을 친구 삼아 쓸쓸히 길을 가노라면, 어느 정도 거리를 두고 뒤쫓는 아이들이 무어라고 아우성들을 쳐대곤 했는데, 아이들 생각엔 그저 놀리는 장난감에 불과했지만 헤스터의 귀에는 더할 나위 없이 끔찍스럽게 가해지고 있었다. 이런 일들로 미루어 보아 이제 헤스터의 치욕은 온 천하에 널리 유포되어 모르는 사람이 없는 것처럼 생각되었다. 숲의 잎사귀들이 저희들끼리 그 어두운 이야기를 속삭였어도, 여름의 바람이 그 이야기를 속삭였어도, 겨울의 돌풍이 그 이야기를 요란스레 외쳐댔어도 그녀에게 이보다 더한 고통을 주지는 않았으리라!

낯선 사람들의 시선은 헤스터에게 새로운 아픔을 남겨 주었다. 누구나 그랬듯이 그들이 호기심 어린 눈길로 주홍글씨를 바라보면, 그것은 헤스터의 영혼 속에 다시 새롭게 낙인을 찍는 것이었다. 그럴 때면 그 주홍글씨를 두 손으로 감추어 버리고 싶은 심정이었으나 그녀는 언제나 참아냈다. 낯익은 시선 역시 그녀에겐 고통이었다. 이웃들의 냉담한 눈빛은 더욱 견디기가 어려웠다.

결국 사람들의 시선이 주홍글씨 위에 쏠리기만 하면 헤스터는 끔찍한 고통을 맛보았던 것이다. 그 표적이 붙어 있는 곳은 둔감해지기는커녕 날이 갈수록 불어나는 고통으로 더욱 민감해져 가는 것 같았다.

그러자 며칠에 한 번, 아니 몇 달에 한 번쯤 헤스터는 그 치욕의 글씨 위에 떨어지는 어떤 사람의 시선을 느낀 적이 있었다. 그 시선은 헤스터의 고통을 나누어 갖겠다는 듯 위로감을 느끼게 해 주는 것이었으나, 다음 순간이면 그 모든 것이 자취를 감춰 버리고 그 뒤엔 한결 더 쓰라린 고통이 밀려왔다. 왜냐하면 그 짧은 사이에 그녀는 또 하나의 죄를 지었기 때문이다. 진정 헤스터의 죄는 혼자 죄를 범한 것인가?

외로운 삶의 고통으로 말미암아 헤스터의 상상력은 기형적으로 바뀌었다. 만약 그녀가 좀더 섬세하고 나약한 여자였다면 더욱 달라졌을지도 모른다. 외적으로만 인연이 맺어진 이 작은 세상을 이리저리 오가노라면 문득 헤스터는—그것은 망상에 불과한 것인지도 몰랐지만, 그럼에도 불구하고 저항할 수 없을 만큼 강력한 것이었을 것이다—주홍글씨가 자신에게 새로운 감각을 부여하는 것 같은 것을 느꼈고, 또 그렇게 생각되어졌던 것이다. 주홍글씨 때문에 남의 가슴속에 숨어 있는 죄를 알아차리는 힘을 얻었다고 생각하자 헤스터의 온몸은 전율하였으나, 그러나 믿지 않을 수는 없었다. 그녀는 글씨의 비밀이 밝혀지게 될 것에 대해 두려움에 떨었다. 과연 그것은 무엇을 말함일까? 그것은 악마의 교활한 속삭임이 아니었을까? 그 악마는 아직은 절반밖에 끌어들이지 못한 이 투쟁하는 여인에게 겉으로만 순결한 척한다는 것은 거짓이며, 이 세상 어디에서나 진실만을 밝혀야 한다면 주홍글씨는 헤스터 프린의 가슴뿐만 아니라 많은 이들의 가슴 위에 타올라야 할 것이라고 말하려던 게 아니었을까? 그리고 그녀는 이 모호하지만 분명한 암시를 진실처럼 받아들여야 할 것인가?

여태껏 그녀가 겪은 비참한 경험 중에서도 이러한 의식처럼 지긋지긋한 경험은 없었다. 이처럼 아무 때나 강렬하게 솟구치는 감정 때문에 헤스터는 놀라고 당황했다. 헤스터가 경건과 정의의 본보기인 목사나 총독의 곁을 지나칠 때면 그녀의 가슴에 붙은 치욕의 글씨는 무엇인가를 느끼고 고동쳤다. 그럴 때마다 헤스터는 "나를 지배하는 악마는 과연 누구일까?" 하고 홀로 중얼거렸다. 마지못해 시선을 쳐들어 보면, 지상의 성자의 모습 외에 아무것도 없었다. 또한 소문에 의하면, 가슴속에다 평생 차가운 백설을 안고 지내왔다는 부인의 얼굴을 대할 때마다 그녀는 기이하게도 같은 입장의 동질감에 사로잡혔다.

햇살이 비치지 않는 백설과 헤스터의 가슴속의 치욕이 과연 어찌하여 동질감을 가지고 있다는 것일까?

전류에라도 감전된 듯 짜릿하게 흐르는 전율은 "헤스터여! 여기에는 너의 형제가 있다!"는 경고로 그녀의 정신을 흔들었다. 그래서 고개를 들어보면, 부끄러운 듯 곁눈질로 주홍글씨를 보다가 이내 두 뺨을 붉히며 외면하는 젊은 처녀의 시선과 마주쳤다. 마치 그 처녀는 주홍글씨를 한 번 본 것만으로도 자기의 순결이 훼손된 것처럼 느끼는 듯했다. 악마여! 치명적인 주홍글씨를 부적으로 삼는 악마여!

그대는 과연 젊은이나 늙은이나, 이 불쌍한 죄인에게서 우러러볼 수 있는 것은 아무것도 없단 말인가? 이와 같이 신념을 상실하였다는 것이야말로 죄의 가장 슬픈 결과였다. 그러나 자신의 실수와 가혹한 사회가 만든 법률의 희생물이 된 이 가엾은 여인 헤스터 프린이 이 세상 어느 누구도 자기만큼 무서운 죄를 지은 자는 없다고 믿으려 노력하는 것이야말로 아직도 그녀가 완전히 부패해 버리진 않았음을 증명하는 증거임을 우리는 알아야 할 것이다.

그 따분했던 시대에는 자신들의 상상력을 자극시키는 일이라면 무엇에다가든 괴상스런 공포를 덧붙이기 좋아했는데, 주홍글씨에 관해서도 저희들 나름대로 무시무시한 전설을 엮을 수 있었을 것이다. 그들이 주장하는 주홍글씨는 여느 물감 단지에서 물들인 천 조각이 아니라 지옥의 불로 새빨갛게 달군 것으로서, 헤스터 프린이 밤중에 나다닐 때면 어디나 환해진다고 믿었다. 이에 몇 마디 덧붙이고 싶은 것은 그 주홍글씨가 헤스터의 가슴에 깊숙이 불의 낙인을 찍었기 때문에 의심 많은 요즈음 세상이 인정하는 것 이상의 진실이 간직되어 있으리라는 것을 말해 두어야겠다.

펄

우리는 아직 아이에 대해서는 거의 이야기하지 않았다. 이 작은 생명은 헤아릴 길 없는 신의 섭리로 인하여 죄 많은 정열의 도가니 속에서 태어난 아름다운 불멸의 꽃송이와 같았다. 자라면서 그 작은 얼굴에 햇빛처럼 피어나는 총명함을 바라보는 어미의 마음은 얼마나 신비한 것이었을까? 헤스터는 아이를 펄(진주)이라고 불렀다. 이것은 아이의 용모를 나타낸 이름은 아니었다. 사실 아이의 얼굴에서는 진주가 표현하는 하얗고 깨끗한 그런 빛은 찾아볼 수가 없었다. 헤스터가 아이를 '진주'라 일컫는 데에는 그 아이가 자기의 모든 것을 바친 대가로 얻은 귀중한 존재라는 것, 그 어미 된 자의 유일한 보물이란 뜻에서였다.

참으로 이상한 일이었다. 사람들은 이 여인의 죄의 표적으로 주홍글씨를 주었다. 불행을 옮기는 강한 힘이라도 가지고 있었는지 헤스터처럼 죄를 가진 사람이 아니고선 그 누구도 인간적인 동감을 해 주지 않았다. 하지만 이렇듯 인간이 범한 죄의 직접적인 결과로서 신은 그녀에게 귀여운 아이를 주셨다. 비록 치욕을 겪은 어머니의 가슴에 안긴 이 아이는 인간의 종족과 그 후손을 영원토록 연결하여 주고, 마침내는 하늘나라에서 복 받을 영혼이 되게 해 주기 마련이었다. 그러나 이런 생각은 헤스터에게 희망보다도 근심을 안겨 주었다.

헤스터는 자기의 행실이 잘못된 것임을 잘 알고 있었으므로 좋은 결과를 기대할 수 없었다. 헤스터는 날마다 자라는 아이의 몸과 마음을 살펴보면서 혹시 자기에게 아이를 낳도록 한 죄와 닮은 난폭한 특성이 아이에게 나타나지 않을까 늘 염려하였다.

정말로 아이에게 육체적 결함이라곤 하나도 없었다. 완벽한 생김새와 왕성한 혈기, 그다지 써 보지도 않은 팔다리를 자연스럽게 놀리는 폼으로 봐서 이 아이는 에덴 동산에서 태어날 만한 가치가 있어 보였다. 그리고 최초의 부모가 에덴에서 쫓겨난 뒤에도 천사들의 장난감이 되어 그대로 남아 있어도 좋을 아이였다. 아이는 타고난 매력을 갖추고는 있었으나, 티 없는 미모와 통한다는 것은 절대로 아니었다. 아이가 입는 소박한 옷들은 보는 이들에게 최고로 잘 어울리는 옷이란 느낌을 받게 했다. 그러나 어린 펄은 결코 조잡한 옷은 입지 않았다. 어떤 병적인 의도에서 그의 어머니는 자기가 손에 넣을 수 있는 한 가장 화려한 옷감을 구해 아이가 사람들 앞에서 입을 옷을 최대한으로 솜씨를 발휘해 꾸몄다.

뛰어난 바느질 솜씨와 어미의 미모를 이어받은 듯한 자태는 굉장히 근사했다.

지금 어두컴컴한 오두막집의 마룻바닥엔 아이를 에워싼 광채가 원을 이루고 있는 것 같았다. 그러나 손수 짠 무명옷을 입고 거칠게 노는 바람에 옷이 찢어지고 더럽혀졌더라도 아이는 여전히 완전한 그림 같았다. 펄의 모습에는 다양한 마력이 어려 있었으며, 이 아이의 속에는 많은 모습들이 들어 있는 것 같았다. 농가의 딸이 지닌 들꽃과 같은 아름다움에서부터 아기 공주의 화려한 아름다움에 이르기까지 여러 층을 대표하는 아름다움이 간직되어 있었다. 하지만 펄에게는 언제까지나 함께할 것 같은 정열적인 색조가 있었다. 만약 이 아이가 가지각색으로 변화해 가다가 나약해진다면 아이는 이미 진주가 아니었을 것이다.

이러한 외면적인 변화는 아이의 내면 생활의 특징을 잘 나타냈고, 또한 그 특성을 잘 반영시킨 데 지나지 않았다. 아이의 천성은 다양함 가운데 아울러 깊이를 지닌 것 같았고, 그 천성은 ─ 그렇지 않다면 헤스터의 공포는 기우에 지나지 않는 것이다 ─ 그녀가 태어난 이 세상과 관련을 맺고 호흡을 같이하려는 마음이 없었다. 그런 펄에게 순순히 규칙을 따르도록 할 수는 없었다.

그애의 잉태에 있어서 이미 커다란 법칙 하나가 깨어졌다. 그 결과로 태어난 이 아이를 이루고 있는 성분은 찬란하게 아름다웠을지 모르지만, 아니 질서가 잡혀 있더라도 자기들만의 특유의 질서였으므로 그 가운데서는 변화와 정돈의 중심점을 찾기란 힘들고도 불가능하였다. 다만 헤스터만이 불완전하기는 하였어도 아이의 성격에 대한 설명을 할 수가 있었다. 그것도 펄이 정신 세계에서 영혼을 그리고 이 세상 물질에서 육체를 형성하던 그 중요한 때에 헤스터는 자신의 처지는 어떠했던가를 상기함으로써 아이의 특질을 헤아렸다. 어머니의 정열적인 상태가 아직 태어나지 않은 아이의 정신적인 삶의 매개체가 되었다.

그리하여 본래 하얗고 맑은 것이었을지라도 중간에 모체를 거치게 되어 주홍빛과 황금색 물이 들고, 화염 같은 광채가 어두운 그림자나 거친 빛이 서리게 된 것이다. 무엇보다도 그 무렵의 헤스터의 영혼의 투쟁이 펄에게로 옮겨진 것이다. 헤스터는 자신의 자포자기적이고 절망적이고 도전적인 기분, 변덕스러운 성미와 심지어는 그녀의 가슴이 품고 있는 먹구름 같은 우울과 절망까지도 아이 속에서 발견할 수가 있었다. 이러한 것들이 지금은 아이의 밝은 기질로 인하여 아침 햇살처럼 찬란히 빛나고 있는 듯하였으나, 앞으로 세속적인 삶에 이끌려 가는 동안에 적잖은 폭풍과 회오리바람을 일으키게 될지도 몰랐다.

당시의 가정교육은 지금보다 훨씬 더 엄격했다. 성경의 가르침을 지키기 위해서 얼굴을 찌푸리며 호되게 꾸중을 하였고 자주 회초리를 사용하기도 했는데, 실지로 이러한 것이 이미 저지른 잘못을 벌하는 방법이었을 뿐만 아니라 어린아이들의 미덕을 향상시키기 위한 건전한 양생법으로 이용되었다.

헤스터 프린은 지나칠 정도로 엄격함을 보임으로써 부당한 잘못을 저지르게 되는 일은 삼갔다. 다만 그녀는 과거 자신의 실수와 불행을 상기해 보면서 자기가 책임져야 할 아이는 엄격한 가운데 자상하게 키워 보려고 했다. 그러나 그것은 그녀의 힘을 능가하는 어려운 일이었다. 헤스터는 미소도 지어 보고 무섭게 찌푸린 얼굴도 해 보았으나 두 방법 모두 다 이렇다 할 효과를 거두지 못하자, 마침내는 아이의 충동대로 하도록 그냥 내버려두었다. 물론 육체적인 강제나 억압을 가한다면 그것이 계속되는 동안만큼은 효과가 있었다. 그러나 그것과는 달리 어린 펄의 지성에 호소하거나 감정에 호소할 양이면 아이는 그때의 자기 기분에 따라 받아들이기도 하고 거절하기도 했다.

펄이 갓난아이 적부터 어머니는 벌써 그의 유별난 표정에 익숙해졌다. 그 표정만 지었다 하면 어머니가 아무리 이성에 호소하고 나무라고 애걸하여도 소용이 없다는 것을 알게 되었다. 그 표정은 너무나도 이지적이고 종잡을 수 없이 고집이 세어 때로는 몹시 악의를 품고 있는 듯했지만, 대체로 여성적인 영혼의 흐름이 있는 것이 보통이어서 헤스터는 도대체 그 아이가 인간의 자식인지 아닌지를 의심해 보지 않을 수 없었다.

펄을 보고 있으면 요정이 잠시 동안 오두막집 마룻바닥에서 멋대로 장난을 치다가 조롱의 미소를 띠며 마치 하늘로 날아가는 것이 아닌가 하는 생각이 들었다. 그런 표정이 새까만 눈동자에 어릴 때 이상하게도 아득히 먼 몽롱한 존재같이 보였다. 마치 펄은 허공을

맴돌다 어디론가 사라져 버릴 것 같았다. 그때마다 헤스터는 부득이 펄에게로 쫓아가서 가슴에 끌어안고는 미친 듯이 입을 맞추어댔다. 그것은 사랑이 넘쳐흘러서라기보다는 펄이 분명히 피와 살을 갖춘 사람이지 결코 환상이나 요정이 아니란 걸 확인하고 싶어서였다. 어머니에게 붙잡힌 펄은 기쁨이 넘치는 아름다운 웃음소리를 내었으나 어머니로서는 전보다 더한층 의심스러운 생각을 품게 되었다.

자기에게는 온 세상이나 다름없는 귀여운 펄과 자기 사이에 이처럼 눈앞을 캄캄하게 하고 당혹하게 하는 이런 일 때문에 헤스터는 괴로워하면서 눈물을 왈칵 쏟기도 하였다. 그러면 펄은 자기가 하는 행동이 어머니에게 어떤 영향을 끼치는지 짐작도 못하는지, 이마를 찌푸리고 조그만 주먹을 단호하게 움켜쥐고는 그 작은 얼굴에 무섭고 냉담한 불만의 표정을 짓는 것이었다. 그러다가 인간의 슬픔은 겪어 보지도 이해하지도 못한다는 듯이 전보다 더 큰 소리로 웃어 버리는 것이었다. 그렇지 않으면 드문 일이긴 했지만 펄은 미칠 듯이 슬퍼서 흐느끼며 어머니에 대한 애정을 토막토막 고백하기도 하였는데, 마치 고백함으로써 자기에게도 따뜻한 마음이 있음을 증명하려는 듯이 보였다. 하지만 헤스터는 이 한 점의 바람과도 같은 애정을 안심하고서 받아들일 수가 없었다. 그것이 나타났다가 갑작스럽게 사라져 버리곤 했기 때문이었다.

이런 모든 일들을 곰곰이 생각해 보면, 헤스터는 자기가 제법 신령을 불러내기는 했지만 그 과정에서 어떤 변고가 생겨 불가사의한 신령을 조정할 주문을 잃어버린 사람과도 같은 느낌이 들었다.

그녀의 유일한 위안은 펄이 고이 잠들어 있을 때였다. 그때만큼은 펄이 분명히 자신의 아이란 자신감이 생겨 몇 시간 동안은 쓸쓸하나마 흐뭇하고 조용한 행복에 잠겼다. 작은 펄이 잠이 깨어 살며시 뜬 눈꺼풀 속으로 심술궂은 표정을 엿보일 때까지만이었다.

어느덧 펄은 항상 반겨 주는 어머니의 미소와 잔소리들을 벗어나서 사교를 즐길 수 있는 나이에 이르렀다.

펄의 새소리처럼 맑은 소리가 다른 아이들의 왁자지껄한 소리 속에 섞여 나오는 것을 헤스터가 들었더라면, 그 재잘대며 장난을 치는 아이들의 아우성 가운데에서 귀여운 펄의 목소리가 조화되어 나온다면 헤스터는 얼마나 행복했겠는가? 그것은 어림도 없는 일이었다. 펄은 태어날 때부터 아이들의 세계에서는 버려진 몸이었다. 악마의 자식이며, 죄의 표상인 펄은 세례받은 아이들 가운데 섞여서 놀 권리가 애초에 없었다.

그런데 펄이 자기의 외로움, 즉 자기의 둘레에 파괴되지 않는 원이 둥글게 쳐진 것 같은 운명, 요컨대 자기는 다른 애들과 비교할 때 그 처지가 다르다고 깨닫게 된 그 본능이야말로 더욱더 놀라운 것이었다. 감옥에서 풀려 나온 이래로 헤스터는 펄과 떨어져서 사람들 앞에 나서 본 적이 없었다. 펄 역시 마을 어디를 가든지 항상 어머니와 함께였다. 처음에는 아이로서 두 팔에 안겨 다녔고, 그 뒤에는 어머니의 집게손가락을 꼭 쥐고선 어머니가 한 발자국을 걸으면 자기는 서너 걸음씩 깡충거리며 건너뛰는 작은 동행인이 되었다.

펄은 마을의 아이들이 풀이 무성한 한길가나 집의 문간에서 청교도적 교육이 허용하는 지겨운 놀이를 하는 것을 보았다.

아이들은 교회놀이나 퀘이커 교도를 회초리로 벌주는 놀이, 인디언들과 싸워 이겨 머리 가죽을 벗기는 놀이나 멋대로 마녀 흉내를 내서 서로를 겁주는 그런 장난을 하고 있었다.

펄은 그런 놀이를 열심히 바라보기는 하였으나 그애들과 어울려 놀려고 하지는 않았다. 누가 말을 걸어오더라도 펄은 대꾸하지 않았다. 이따금 아이들이 주변에 모여들면 펄은 발끈 성을 내면서 무서운 표정으로 돌맹이를 주워들어 아이들한테로 내던지며 알아들을 수 없는 소리를 날카롭게 질러댔는데, 헤스터는 그 소리를 들을 때마다 몸서리를 치곤 했다.

사실, 세상에서 편협하기 짝이 없는 이 청교도들의 아이들은 펄과 그 어머니가 어딘지 이방인 같은 어떤 느낌을 희미하게나마 느끼고 있었기 때문에 마음속으로부터 모녀를 경멸하고 욕설을 퍼부을 때가 있었다.

펄은 그런 눈치를 알아채고는 어린 가슴에 상상할 수 없을 정도의 사무치는 증오심으로 대응하였다. 이렇게 무섭게 터뜨려지는 분노는 아이의 어머니에겐 일종의 위안마저 느끼게 했다. 왜냐하면 그 분노 속에서는 어머니를 자주 실망시켰던 광적인 변덕과는 다른 정직한 감정이 엿보였기 때문이었다.

그러나 그 속에 자기가 지니고 있던 죄악의 그림자가 나타나 있음을 보고 그녀는 소스라치게 놀랐다. 이와 같은 모든 적의와 격정은 절대로 양도할 수 없는 권리였고, 이로 말미암아 펄은 헤스터의 가슴으로부터 물려받은 것이었다.

펄의 성격 가운데에는 펄이 태어나기 전에 헤스터 프린 자신을 괴롭히고 있었던 요소가 유전되어 있는 것 같았다. 그러한 헤스터의 성질도 펄을 낳고 난 후부터는 모성의 힘으로 점차 누그러져 갔던 것이다.

펄은 어머니의 오두막집에서는 그 안에서나 밖에서나 여러 사람들과 친해야 할 필요를 느끼지 않았다. 끊임없이 이루어지는 펄의 창의력은 생명의 마력을 가지고 있어서 헤아릴 수 없는 많은 물체와 더불어 대화하게 하였다. 예를 들면 지팡이나 넝마 뭉치, 한 송이의 꽃 등 대화가 불가능한 얼토당토않은 물건들이 펄이 부리는 요술의 꼭두각시가 되어 겉모양도 변치 않은 채 펄의 마음속 세계를 무대로 삼는 모든 정신적인 연극에 등장하였다. 펄의 귀여운 목소리는 노소를 막론하는 무수한 인물들의 목소리가 되었다. 늙고 장엄한 소나무들이 바람결에 울리는 신음 소리나 그 밖의 우울한 소리들은 청교도의 장로들을 방불케 하였다. 또한 뜰 안에 자란 볼썽사나운 잡초들은 그 장로들의 아이처럼 보였으므로 펄은 사정없이 그 풀들을 짓밟거나 뿌리째 뽑아 버렸다.

펄이 자기의 상상력을 변화무쌍하게 나타내는 것은 정말 놀랄 만했다. 그러나 이처럼 단순한 공상력의 발휘라든가 자라나는 어린 마음에 장난기가 있다고 해서 특별히 총명한 것은 아니었다. 다만, 펄은 함께 놀 친구가 없었으므로 자기가 만들어낸 환상적인 친구들과 만나는 일이 남보다 더 많았던 것이다.

76

그러나 독특한 점은 이렇듯 자신의 마음속에서 창조해낸 환상들까지도 펄이 적의 있는 감정을 가지고 대한다는 것이었다.

펄은 한 번도 친구를 만드는 일이 없이 언제나 용의 이빨을 씨뿌리듯 넓게 뿌리고, 무장을 갖춘 적군이 솟아나게 되면 달려들어 한바탕 싸움을 벌였다. 나어린 이가 항상 적의에 가득 차 앞으로 싸워야 할 투쟁에서 자신의 대의명분을 유지하기 위해 맹렬한 힘을 길러야 한다는 것은 말할 나위 없이 슬픈 일이었다. 더구나 그 원인이 자기의 가슴속 깊이 있다고 느끼는 그 어머니의 슬픔이 얼마나 깊었겠는가?

펄을 보고 있노라면 헤스터 프린은 바느질감을 무릎 위에 떨군 채로 말소리인지 신음 소리인지 분간치 못할 소리를 외칠 때가 종종 있었다.

"오오! 하늘의 아버지시여, 당신이 아직도 저의 아버지시라면 제가 낳은 이 아이는 대체 무엇이옵니까?"

그러면 펄은 어머니의 부르짖음을 엿들었는지, 그렇지 않으면 몸부림치는 가슴의 격정을 더 미묘한 방법으로 눈치채고는 또렷하고 예쁜 그 얼굴을 어머니한테 향하여 요정처럼 미소를 지어 보이며 다시 놀이를 계속하는 것이었다.

펄의 태도 속에서 아직 우리가 언급하지 않았던 이상한 데가 또하나 남아 있었다.

그애가 세상에 태어나서 가장 눈여겨본 것은 무엇이었을까? 어머니의 미소였을까? 아니다! 하기야 이 세상의 다른 애들 같았으면 조그만 입가에 앳된 미소를 머금고서 엄마의 미소에 응답하였으리라. 그리고 훗날 그 미소가 너무나 희미한 것이어서 그것이 과연 미소였나 하는 의심으로 애정 어린 논란의 대상이 되었을 것이다. 하지만 펄의 경우에는 결코 그럴 리가 없었다.

펄이 생후 처음으로 알아본 것은, 헤스터의 가슴에 붙어 있는 주홍글씨였다.

어느 날, 어머니가 요람 위로 몸을 굽혔을 때, 그 주홍글씨 둘레에 수놓은 번쩍이는 금실에 시선이 갔던지 아이는 불쑥 손을 뻗어 주홍글씨를 붙잡았다. 펄의 얼굴은 분명히 철든 숙성한 아이 같은 미소를 뚜렷이 떠올리고 있었다. 그 순간, 헤스터 프린은 숨가쁘게 헐떡이며 운명의 상징인 주홍글씨를 움켜쥐고 본능적으로 그것을 떼어 버리려고 했다. 어린아이의 조그마한 손이 의식적인 듯 주홍글씨에 닿는 바람에 어머니가 느꼈던 괴로움은 이만저만한 것이 아니었다.

엄마의 괴로워하는 표정이 재미있기만 한 듯이 어린 펄은 다시금 엄마의 눈 속을 들여다보며 방긋 웃었다. 그때부터 헤스터는 아이가 잠들어 있는 때를 제외하고는 한시도 안심해 본 적이 없었다. 하기야 펄의 시선이 주홍글씨에 닿지 않고 몇 주일이 지나갈 때도 있었다. 그러다가도 또다시 시선은 불시에 찾아드는 죽음의 병처럼 이상한 미소와 야릇한 표정을 띠고 주홍글씨로 되돌아오곤 하는 것이었다.

어느 날 헤스터도 아이의 눈동자에 비친 자기의 얼굴을 들여다보고 있으려니까 변덕스런 요정 같은 표정이 아이의 두 눈 속에 나타나 보인 적이 있었다. 외롭고 번민이 많은 여인이란 까닭 모를 망상에 시달리기 일쑤이므로 헤스터는 조그만 거울 같은 아이의 눈동자 속에 비친 그 작은 얼굴이 자기의 초상이 아닌 다른 얼굴이란 생각이 들었다. 그 얼굴은 무척 낯익은 것이긴 했으나 원한에 가득 찬 것이기도 했다. 그 얼굴은 좀처럼 악의에 찬 미소를 지은 적은 없었으나, 그것은 마치 어떤 악령이 아이 속에 들어가 그애의 눈을 빌려 고개를 내밀고 비웃는 것 같았다.

그 후, 이때처럼 생생하지는 않았으나 똑같은 환상이 헤스터를 여러 차례 괴롭혔다.

펄이 뛰어다닐 만큼 자란 어느 여름날 오후였다. 그애는 들꽃을 따서 한줌 모아 가지고는 어머니의 가슴에 하나씩 던지다가 꽃송이가 주홍글씨를 맞추었을 때는 작은 요정처럼 깡충거리며 춤을 추었다. 처음에 헤스터는 손가락을 모아 가슴을 가리어 막을 자세를 하였다. 그러나 자존심 때문인지 혹은 체념 때문인지, 아니면 이 같은 고통으로 말미암아 속죄를 할 수 있으리라는 느낌에서였는지 그녀는 가리고 싶은 충동을 억제하고, 얼굴이 창백해진 채 꼿꼿이 버티고 앉아서 슬픈 표정으로 어린 펄의 싱싱한 눈동자를 바라보았다. 그래도 꽃송이는 계속 날아와서 거의 어김없이 표적에 명중하였고, 그럴수록 어머니의 가슴은 상처로 덮이고 말았으니, 헤스터는 이 상처를 아물게 할 약을 아무 데서도 구할 수 없었다.

마침내 펄이 탄환을 다 써 버렸는지 가만히 서서 헤스터를 빤히 응시하는 순간, 그 미소를 머금은 작은 요정의 얼굴이 바다와 같이 깊고 검은 눈동자 속에서 삐죽 내다보았다. 아니, 진정 내다보았건 그렇지 않았건 어머니는 그렇게 느껴졌다.

"얘야, 너는 누구지?"

어머니가 물었다.

"나 말이야? 난 엄마의 펄이지."

그녀는 실없는 소리로 물은 것은 아니었지만 그 순간 마음 깊은 곳에서 진지함이 우러나왔다. 펄이 너무나도 총명해서 자기가 세상에 태어나게 된 비밀의 마법을 알아차리고 이 순간에라도 자기의 정체를 드러내려는 것은 아닐까 하는 생각이 들어서였다.

"너는 정말 엄마의 아이지?"

"글쎄, 난 펄이에요!"

아이는 계속 익살을 부리며 대답했다.

"너는 엄마의 아이가 아냐! 넌 엄마의 펄이 아니야!"

깊은 슬픔에 잠겨 있을 때에는 농담을 하고 싶은 충동이 불현듯 일어날 때가 종종 있다.

"그래, 너는 누구지? 누가 널 여기로 보냈는지 그걸 좀 가르쳐 주렴?"

"엄마가 가르쳐 줘요!"

펄은 심각한 표정을 지으며 헤스터에게로 다가와 무릎에 앉았다.

"엄마가 말해 주세요!"

"너는 하늘에 계신 하나님이 보내 주셨어!" 하고 헤스터 프린은 말했다.

그러나 헤스터가 말할 때 망설이는 기색을 이 예민한 아이는 벌써 눈치를 챘다. 평소의 변덕이 작용했던 탓인지, 마귀가 충동질을 했던 것인지는 몰라도 아이는 조그만 집게손가락을 쳐들어 주홍글씨를 만졌다.

　"그분이 날 보낸 게 아니야!"

　펄은 단호하게 외쳤다.

　"나에겐 하늘에 계신 아버지가 없어!"

　"그만둬라! 펄, 조용히 해. 그렇게 말하면 안 돼!"

　복받쳐 오르는 괴로움을 억누르면서 어머니는 딸애를 쳐다보았다.

　"하늘에 계신 하나님께서 우리들을 모두 이 세상에 보내 주셨단다. 너의 엄마인 나도 이 세상에 보내 주셨으니 너도 물론이지! 그렇지 않다면 이 괴상한 요정 같은 꼬마야! 네가 어디서 왔단 말이니?"

　"말해 줘요! 말해 줘!"

　펄은 이제 진지함을 떠나 깔깔거리고 마룻바닥을 뛰어다니면서 되풀이하여 물었다.

　그러나 헤스터는 자신의 음침한 의심이 미궁에 빠져 있는 처지라서 그 물음에 대해 시원한 답을 해 줄 수가 없었다. 한편으로 웃고 한편으로 전율을 느끼면서 헤스터는 이웃 사람들의 말을 기억에 떠올렸다. 펄의 아버지를 찾다가 허탕을 치게 된 그들은 아이의 괴팍한 성질을 한두 가지 살펴보고는 가엾게도 어린 펄이 악마의 자식이라고 단언했다. 어미의 죄로 말미암아 이 세상에 태어난 악마의 씨 같은 자식들이 추하고도 악한 목적을 달성하고자 한다는 것은 옛날

가톨릭 시대부터 종종 있어 온 일이었다. 루터(종교 개혁을 한 마틴 루터)도 그의 적들인 수도승들의 주장에 의하면 지옥 종족의 자식이라는 것이었다. 뉴잉글랜드의 청교도들 가운데서 이렇듯 불행한 혈통을 가진 아이는 단지 펄 한 사람뿐만은 아니었다.

총독댁 저택에서

　어느 날 헤스터 프린은 한 켤레의 장갑을 가지고 벨링검 총독의
저택에 갔다. 이 장갑은 총독의 명령으로 그녀가 수를 놓고 술을 단
것으로서 아마도 어떤 성대한 행사를 위해 쓰여질 것이었다. 일반선
거 결과 불행히도 여태까지는 통치자였던 그가 정상에서 한두 계급
낮은 자리에 앉게는 되었지만, 그는 아직도 식민지의 행정 총독직
중에서 명예롭고 영향력 있는 자리를 차지하고 있었다.

　그녀에게는 수놓은 장갑을 전해 주는 것보다 훨씬 더 중요한 이유
가 또 한 가지 있었는데, 그것은 그 무렵 이 고장에 정착하는 문제에
대하여 당당한 권세를 가지고 활약 중인 사람과 의논할 일이 있어서
였다. 그녀는 종교나 통치 문제에 대하여 정부의 기강을 더욱 다지
기 위해 몇몇 지도자들이 자기에게서 아이를 빼앗아 가려 하고 있다

는 소문을 들었던 것이다. 이미 암시하였듯이, 펄을 악마의 자식이라고 생각할 바에야 어머니의 영혼에 대하여 염려하는 마음에서 청교교 신도들은 그녀의 앞길을 가로막는 장애물을 제거해 줄 필요가 있다고 주장하였다. 한편, 그 아이도 도덕적으로나 종교적으로나 성장할 가능성이 있고 마침내는 구원받을 수 있는 그런 바탕이 있다면, 헤스터 프린보다 더 훌륭한 사람의 보호를 받음으로써 유망한 장래를 갖도록 한다는 것이었다. 그러한 계획을 추진시키는 사람 중에서 벨링검 총독이 가장 열성적인 사람 중 하나라고 말해지고 있었다. 오늘날 같으면 기껏해야 시 행정위원회 당국에서나 취급되어질 정도의 하찮은 문제가 그 당시에는 공공연한 토론거리가 되어 마침내는 그 문제를 놓고 명성 높은 관리들이 편을 갈라 싸움을 했다고 하니 이상하다고도 우스꽝스러운 일이 아닐 수 없다. 그러나 이렇듯 소박하기만 했던 시대에는 헤스터와 펄 두 모녀의 행복보다는 공중들이 이상하게도 입법자들의 심의거리나 법령과 혼동이 되었다. 돼지 한 마리의 소유권을 놓고 식민지 입법부 내에 격렬하고 심각한 논쟁이 오갔을 뿐만 아니라, 그것으로 말미암아 입법기구 자체까지 고쳐지는 중대한 결과를 초래했던 때가 우리가 이야기하는 이 시대와 비슷한 때였다.

헤스터 프린은 근심에 가득 차서 자신의 고적한 오막살이를 떠나 총독의 저택을 찾아갔다. 외로운 여인으로서 공중들과 대결해야 하는 일이었지만 다행스럽게도 자연의 동정이란 뒷받침이 있었으므로 이 대결은 한번 겨루어 볼 만한 것이라는 생각이 들었다. 물론 펄도 동행했다. 이제는 어머니의 곁에서 제멋대로 뛰어다닐 만큼 성장했고, 아침부터 해질 무렵까지 쉴 새 없이 움직이는 나이가 되었으므로 그보다 더 먼 데까지라도 따라갈 수 있었을 것이다. 그렇지만 펄은 힘이 들어서라기보다는 일종의 변덕스런 기분에서 번번이 안아달라고 조르는 것이었다. 그러다가는 금방 내려달라고 조급하게 보챘고, 내려주면 앞서서 풀밭 길을 쾌활하게 뛰어다녔다.

풍요롭고도 화사한 펄의 아름다움에 대해서는 앞서도 말한 바 있었다. 펄은 짙으면서도 선명한 색조를 띠었으며, 눈부시도록 아름다웠다. 밝은 피부와 두 눈엔 강렬한 광채가 깊숙이 어렸다. 머리칼은 이미 윤택한 짙은 갈색을 하고 있어 훗날에는 새까만 색깔로 변할 것처럼 보였으며, 그녀의 몸 안에는 그녀를 뚫고 지나가는 거센 불길이 있었다. 펄은 순간에 느닷없이 태어난 아이인 것 같았다. 어머니는 타고난 상상력을 총동원하여 이 아이에게 색다른 재단에다 환상적인 금실로 넘치도록 수를 놓은 진홍빛 비로드 웃옷을 만들어 입혔다. 이렇듯 강렬한 색채는 펄이 아닌 다른 아이가 입었다면 그 얼굴은 핏기 없이 파리해 보였을 것이다. 그러나 펄의 아름다움은 이로 말미암아 더없이 잘 어울려서 그녀를 땅 위에서 춤추는 아주 밝고 작은 불꽃처럼 보이게 했다.

이런 펄을 바라보는 사람들은 으레 헤스터 프린이 가슴에 달아야만 했던 주홍빛 표적을 어김없이 연상했다. 아이의 모습 전체가 보여 주는 두드러진 특색, 즉 또 다른 형태의 주홍글씨요, 생명을 지닌 숨쉬는 주홍글씨였다! 어머니 자신이 빨간 치욕의 표시가 머릿속까지 온통 태워 버리는 붉은 표적을 닮아갔던 때문인지 주홍글씨와 흡사한 것을 만들어내고자 정성을 기울였다. 헤스터 프린은 많은 시간을 들여가며 병적인 재주를 부려 자신의 사랑의 대상과 자신의 죄와 고통의 표적을 함께 표현해내고자 했다. 사실상 펄은 두 가지를 함께 겸하고 있었다. 그리고 펄이 두 가지 구실을 겸했기에 헤스터는 그토록 완벽하게 펄의 모습으로 주홍글씨를 대신할 수가 있었던 것이다.

모녀가 마을 경계 구역 안으로 들어오자 청교도의 아이들은 놀이를 멈추고 정색을 한 얼굴로 쳐다보며 서로들 말을 주고받았다.

"얘들아, 저기 좀 봐. 주홍글씨를 단 여자가 온다. 그리고 주홍글씨랑 똑같은 게 옆에서 따라가고 있어. 자, 가서 우리 저것들에게 진 흙덩이나 던져 줄까?"

그러나 대담한 어린 펄은 이맛살을 찌푸리고는 발을 동동 구르며 주먹을 들어 위협하는 모습을 보이더니, 별안간 적의 한복판을 향해 거칠게 내달리자 아이들은 모두 달아나 버리고 말았다. 기세 등등하게 아이들의 뒤를 추격하는 펄의 모습은 어린이들을 괴롭히는 성홍열이나 또는 젊은이들을 처벌한다는 사명을 띤 채 털도 갖추지 못한 심판의 천사와도 같았다. 펄은 또한 끔찍스러울 정도의 큰 목소리로 고함을 치고 외쳐댔기 때문에 뺑소니치던 아이들의 마음을 공포로 떨게 만들었을 것이다. 마침내 승리를 거두게 되자 펄은 조용히 어머니 곁으로 되돌아와서 미소를 지으며 그녀의 얼굴을 쳐다보았다.

그 후로 두 사람은 아무 불상사 없이 벨링검 총독의 저택에 도착했다. 이 저택은 지금도 미국의 유서 깊은 마을에서라면 여전히 볼 수 있는, 전형적인 양식을 따라 지어진 대궐과 같은 목조 가옥이었다. 이런 집들은 지금은 이끼에 덮여 썩어 허물어질 듯한데다가, 어두컴컴한 방안에서 일어났다가 사라져 버린 많은 사건들, 즉 사람들의 기억 속에 남아 있거나 잊혀진 수많은 슬픈 일, 기쁜 일들로 인해 아주 음산한 기운이 감돌고 있다. 그러나 그 당시에는 싱그러움이 감돌았으며, 양지바른 창문으로 명랑한 빛이 스며 들어왔다. 진정 그 건물의 모습은 즐거움으로 빛나고 있었다. 사방의 벽은 유리 조각을 섞어서 바른 일종의 장식 벽돌로 덮어 표면에 햇빛이 비스듬히 비치면 마치 몇 줌의 다이아몬드가 뿌려진 것처럼 반짝거렸다. 이 화려한 위용은 근엄한 늙은 청교도 통치자의 저택보다는 알라딘의 궁전에나 잘 어울렸으리라! 그 집은 또한 당시의 특별한 취미에 알맞도록 이상하고 신비스러운 초상과 도형으로 장식되어 있었는데, 벽토를 갓 칠했을 때에 그려진 것이 이젠 굳어져서 후세 사람들이 감탄을 금치 못하는 것이 되었다.

펄은 이처럼 근사한 집을 보고 깡충거리며 뛰어다니더니 전면에 넓게 비추고 있는 햇빛을 거두어서 장난감으로 가지고 놀게 해달라고 떼를 쓰며 졸라댔다.

"안 돼, 펄!" 하고 어머니는 말했다.

"넌, 네 햇빛만 거두어야 해. 엄마가 걷어 줄 햇빛은 없어."

모녀는 문 앞에 다다랐다. 그 문은 아치형으로서 양쪽에 좁다란 탑 모양의 돌출부 같은 게 붙어 있었고, 거기에는 창살이 붙은 창이나 있었는데 필요할 때는 닫을 수 있는 나무 덧문도 딸려 있었다. 헤스터 프린이 현관에 매달려 있는 무쇠 장치를 들어 문을 두드리자, 총독댁의 종인 듯싶은 사람이 나타났다. 그는 자유 신분의 영국인이었으나 지금은 7년간 노예살이를 해야 했다. 그는 7년 동안만큼은 주인의 소유물이므로 소나 의자나 마찬가지로 팔고 살 수 있는 상품에 지나지 않았다. 그 노예는 푸른 옷을 입고 있었는데, 이것은 그 당시나 그보다 훨씬 전 시대부터 영국의 유서 깊은 가문에서 하인에게 흔히 입혀 온 것이었다.

"벨링검 총독님은 안에 계십니까?" 하고 헤스터는 물었다.

"네, 계십니다만……."

이 고장에 새로 이사 온지라 전에 본 일이 없는 주홍글씨를 보고 종은 눈이 휘둥그레져서 말했다.

"네, 지금 안에 계십니다. 하지만 목사님 두 분과 의사 선생님이 와 계셔서 지금은 만나실 수가 없겠는데요……."

"그래도 들어가야겠어요."

헤스터 프린은 그의 말을 막으며 들어섰다. 너무도 단호한 기품과 가슴의 주홍글씨를 단 그녀를 보고 아마도 그 지방의 귀부인이라고 짐작했음인지 종은 막으려 하지 않았다. 그리하여 헤스터와 어린 펄은 현관 안의 홀로 들어설 수 있었다.

벨링검 총독은 재산이 많은 고국의 신사들이 지은 저택을 본떠 이 집의 설계를 꾸몄지만 건축 재료의 성격이나 기후의 변화, 생활양식의 특징과 혹은 사교생활을 감안하여 여러모로 변형을 시켰었다. 그래서 이 집에는 널따랗고 천장이 높은 홀이 꽤 깊숙이 뻗어 있어서 그 집 안의 어느 방과도 직접 연결할 수 있는 통로가 되었다. 이 널따란 방 한 귀퉁이는 문 양편에 두 개의 탑처럼 우뚝 솟은 부분에 달린 창문을 통해 스며드는 광선 때문에 매우 밝았으며, 다른 한 모퉁이도 커튼에 의해 약간 가려지긴 했으나 고대의 책에서 흔히 볼 수 있는 아치형의 홀 창문을 통해 들어오는 햇살이 밝기를 더해 주었다. 그곳에는 푹신한 방석이 깔린 의자가 놓여 있었고, 방석 위에는 큼직한 책자가 놓여 있었는데, 그것은 아마도 영국의 연대기가 아니면 실질적인 문헌인 것 같았다.

홀에는 묵직한 의자 몇 개와 호화 장식을 한 탁자 하나가 놓여 있었는데, 의자의 등받이에는 참나무 꽃이 화환형으로 정교하게 새겨져 있었다. 이 모두가 엘리자베스 시대나 혹은 그 이전의 물건들로 벨링검 총독의 집안 대대로 물려져 온 가보들이었다. 탁자 위에는 옛날 영국풍의 손님을 환대하는 증거로 백랍으로 만들어진 커다란 컵이 하나 놓여 있었다. 헤스터나 펄이 그 컵 속을 들여다보았다면 막 마시고 남은 맥주의 거품을 볼 수 있었을 것이다.

벽에는 벨링검 가문의 조상들을 그린 초상화가 한 줄로 쭉 걸려 있었다. 그중에는 갑옷을 입고 있는 인물이 있는가 하면 위엄이 갖추어진 깃이 달린 예복을 입고 있는 인물도 있었다. 오래 묵은 초상화가 으레 풍기고 있듯, 기색들이 냉엄한 것으로 보아 세상을 떠난 귀인들의 초상화라기보다는 마치 유령과 같은 모습이었다. 그들은 살아 있는 자들의 살림이며 즐거움을 가혹하고도 편협한 눈초리로 보고 있는 것 같았다. 홀 벽에 대어진 참나무 판자 한가운데쯤에는 갑옷 한 벌이 걸려 있었는데, 이것은 초상화처럼 조상들이 물려준 유물이 아니라 최근에 만들어진 것으로서 벨링검 총독이 뉴잉글랜드로 건너오던 해에 런던의 유능한 무구사가 만든 것이었다. 강철로 만든 투구, 가슴과 목과 정강이를 가리는 갑옷 그리고 한 쌍의 장갑과 한 자루의 칼이 매달려 있었다. 전부가 그랬지만, 그중에서도 특히 투구와 가슴에 대는 갑옷은 얼마나 잘 닦여 있던지 새하얗게 반사되어 홀 바닥에 눈부신 광채를 던져 주고 있었다. 총독은 이 갑옷을 엄숙한 사열식 때나 연병장에 나갈 때마다 차려입었다. 피쿼트 전쟁(1636~1638년, 피쿼트 인디언과 이주민 사이에 있었던 전쟁) 때 바로 연대의 선두에 서서 빛을 발하였던 갑옷이었다. 총독은 변호사의 교육을 받았으므로 베이컨, 코프, 노이, 핀치 등의 직업적 동료들과 허물없이 지낼 수 있었으나 이 새로운 국가의 긴급사태가 벨링검 총독을 정치가이며 통치자, 군인으로 만들어 놓았던 것이다.

반짝이는 집의 정면을 보고 좋아했던 것처럼 펄은 눈부신 갑옷을 굉장히 좋아했으며, 거울처럼 맑게 닦여진 갑옷의 몸체 부분을 한참 동안이나 들여다보았다.

"엄마, 여기 이 속에 엄마가 보여요." 하고 펄이 외쳤다.

"자, 여길 좀 봐요!"

헤스터는 펄의 비위를 맞추느라 들여다보았는데, 이 갑옷의 복판이 볼록렌즈 같은 특수한 효과 때문에 주홍글씨가 엄청나게 커져서 헤스터의 모습 중 제일 두드러지게 눈에 띄었다. 헤스터의 모습은 주홍글씨 뒤에 완전히 감추어진 것 같았다. 펄은 투구에도 비쳐진 주홍글씨를 가리키며 엄마를 향해 미소를 지었는데, 이럴 때의 그 조그만 얼굴에는 언제나 나타나던 요정과 같은 영리함이 번뜩거렸다. 장난치며 좋아하는 펄의 모습도 어찌나 크고 뚜렷하게 비쳤는지 헤스터 프린의 눈에는 그 아이가 마귀 새끼의 모습으로 가장한 것 같았다.

"펄, 이리 오너라."

어머니는 딸애를 끌어당기면서 말했다.

"이리 와서 저 아름다운 정원을 보렴. 예쁜 꽃이 있을 거야. 숲 속에 있는 것보다 더 예쁜 꽃 말이야……."

이 말을 따라 펄은 쏜살같이 아치형 창가로 달려가 정원 길을 쭉 훑어보았다. 정원은 잘 다듬어진 잔디가 융단처럼 깔려 있고, 그 가장자리에는 미숙한 솜씨로 다듬은 관목들이 늘어서 있었다. 아마 이 집 주인은 대서양 너머의 이 땅에다 고국인 영국풍의 정원을 그대로 옮긴다는 것은 불가능한 일로 여겨 일찍이 단념해 온 것 같았다. 확트인 눈앞에 양배추가 자라고 있었고, 조금 떨어진 곳에 호박덩굴이 그 사이의 공간을 뒤덮고 있었다. 마치 이 커다란 황금빛 야채덩어리야말로 뉴잉글랜드가 총독에게 주는 가장 훌륭한 정원수라고 경종을 울리는 것 같기도 했다. 이 밖에도 몇 그루의 장미나무와 사과나무도 있었다. 이 사과나무는 우리네 초기 연대기를 읽으면, 블랙스톤 목사가 심은 사과나무의 후예였을지도 모른다. 황소 등을 타고 다녔다는 신화적인 인물이다.

펄은 찔레덤불을 보더니 붉은 장미 한 송이를 따달라고 보채기 시작했다.

"쉿, 아가야. 조용히 해요!"

이 말을 들은 펄은 조용히 하기는커녕 오히려 울음을 터뜨렸다.

"펄, 울지 말아요. 착하지? 쉿, 저기 총독님이 오신다. 다른 사람들도 함께 말이야!"

정말로 정원 길을 따라 사람들이 집을 향해 다가오고 있었다. 펄은 자기를 달래려는 어머니를 무시하고 사나운 고함 소리를 한바탕 지르고 나서야 겨우 조용해졌다. 어머니의 말에 순종해야겠다는 생각에서가 아니라, 낯선 사람들을 봄으로써 타고난 성격상의 날카롭고도 변덕스런 호기심이 발동했던 것이다.

꼬마 요정과 목사

벨링검 총독은 늙은 신사들이 집에서 한가로울 때 입는 느슨한 가운에다 헐렁한 모자를 쓰고 제일 앞서 걸어오면서, 손님들에게 자기의 저택을 구경시키며 개량 계획에 대해서 길게 설명하는 듯했다. 희끗희끗해진 턱수염 밑에는 제임스 왕조 때의 유행을 본떠 섬세하게 만든 폭 넓은 주름 옷깃이 있어서, 그 위에 보이는 머리는 흡사 커다란 쟁반 위에 얹힌 세례 요한의 머리와도 같았다. 총독의 풍모는 너무나도 위엄스러웠다. 우리의 근엄한 조상들이 인생은 한낱 시련과 투쟁일 뿐이라 말하고 생각하는 버릇이 있었고, 또 의무감이 생기면 언제든지 재산과 생명을 기꺼이 바칠 뜻이 있노라고 했다고 해서 자기 손아귀에 이미 들어와 있는 안락과 호사의 수단 방법마저도 거부했다고 생각한다면 그것은 우리의 오산이다.

한 가지 예를 든다면, 눈처럼 새하얀 턱수염이 벨링검 총독의 어깨 위로 보이고 있는 존 윌슨 목사 같은 사람도 결코 그러한 일이 없다. 이 목사는 배와 복숭아는 뉴잉글랜드의 풍토에 잘 길들을 수 있을 것이며, 자주색 포도는 양지바른 뜰의 담장 위에서라면 어떻게든 자라날 수 있을 거라는 등의 의견을 말하고 있었다. 기름진 영국 교회의 부유한 품안에서 살아온 이 노목사는 훌륭하고 안락한 것이라면 무조건 좋아하는 취미를 가진 사람이었다. 그가 강단에 섰을 때나 헤스터 프린 같은 죄를 지은 사람을 공공연히 질책할 때엔 아무리 엄격한 태도를 취하였더라도, 개인적인 생활에서는 자비롭고 인정이 많았으므로 세상 사람들로부터 당대의 어느 목사보다 따뜻한 호감을 받고 있었다.

총독과 윌슨 목사의 뒤로 두 손님이 따라 들어왔다. 그중 한 사람은 독자들도 아마 기억하겠지만, 헤스터 프린이 치욕을 겪는 장면에서 마지못해 일익을 맡았던 위인인 아더 딤즈데일 목사였다. 그리고 그 옆 목사에게 꼭 붙어 서서 오는 사람은 의술에 매우 능하다는 로저 칠링워드란 노인으로서, 그는 3년 전에 이 고장에 정착하였다. 이 의사는 젊은 목사와 매우 절친한 사이였는데, 목사는 자기의 직분에 충실하여 몸을 돌보지 않고 희생적인 노력을 기울이다가 최근에 건강이 매우 나빠졌다는 소문이었다.

총독은 층계를 올라가 큰 홀의 창문을 활짝 열어젖뜨렸는데 바로 그 앞에서 조그만 펄의 모습을 발견했다. 커튼의 그림자는 헤스터 프린을 뒤덮어 그녀의 모습은 거의 보이지 않았다.

"이건 또 누군고?"

벨링검 총독은 눈앞에 나타난 조그만 진홍색의 어린애를 보고 놀란 표정을 지었다.

"정말 내가 제임스 왕 때 영화를 누리던 이래로 처음 보는 것이로다! 당시엔 궁전의 가면무도회에 초대받는 걸 무한한 영광으로 여겼었지! 경축일이면 이런 요정 같은 작은 아이들이 구름처럼 몰려들었는데, 우리는 그애들을 사회자의 아이들이라고 했었지. 그런데 이런 손님이 어떻게 해서 우리 집에 오셨나?"

"정말 그렇군요!"

목사가 말을 받았다.

"어떤 작은 새이기에 저토록 새빨간 깃털을 가졌을까? 햇살이 오색 찬란하게 칠해진 유리창을 비추어 그 무늬가 마룻바닥에 반사될 때나 이런 걸 본 듯한데…… 그것도 옛날 고국에서의 일일 뿐. 애, 아가야. 넌 뉘 집 애이며, 너의 엄만 왜 너를 이렇듯 이상한 옷을 입혀 주던? 너도 그리스도를 믿는 아이니? 너도 교리문답을 알고 있니? 그렇지 않다면, 저 그리운 영국 땅에다 로마교의 다른 유물들과 함께 몽땅 버리고 온 줄만 알았던 그런 장난꾸러기 요정이나 마귀 새끼가 아니냐?"

"난 우리 엄마의 아이예요."

주홍빛 환상이 말했다.

"그리고 내 이름은 펄이랍니다!"

"펄이라고? 아니야, 차라리 루비가 낫겠다. 산호나 그렇지 않으면

빨간 장미꽃이냐.”

늙은 목사는 이렇게 말하며 어린 펄의 뺨을 쓰다듬고자 손을 내밀어 보았으나 헛일이었다.

“그런데 너의 엄마는 어디 계시냐? 옳거니! 그래, 알았다!”

그는 회심의 미소를 띠면서 벨링검 총독에게로 얼굴을 돌리고 속삭였다.

“얘가 바로 지금 우리들이 의논하던 그 아이입니다. 그리고 불행한 여인 헤스터 프린도 여기 있군요…….”

“그래요? 저런 아이의 엄마라면 주홍글씨 여인이라는 것을 알아챘어야 했을 텐데요! 아무튼 마침 잘 온 것 같소. 당장 이 문제를 상의해 보기로 합시다.”

벨링검 총독은 세 사람의 손님을 데리고 유리문을 통해 홀로 들어섰다.

“헤스터 프린.”

총독은 본래의 준엄한 시선을 주홍글씨 여자에게로 던지면서 말했다.

“사실, 요즘 그대 일로 여러 차례 의논이 많았소. 그 내용인즉, 저 아이의 영혼을 유혹에 걸려 넘어져 허우적거리는 당신에게 맡겨 두는 것이 과연 권위 있고 영향력 있는 우리들이 양심껏 하는 일인가 하는 점이오. 그애의 어미로서 그대가 말해 보도록 하시오. 저 아이를 그대의 품에서 떠나게 하여 소박한 옷을 입게 하고, 엄격히 교육시켜 하늘의 진리를 따라 키우는 것이 그애의 일시적인 행복이나 영원의 행복을 위해서도 좋지 않을까? 그대의 생각은 어떠하오? 이런 의미에서 그대가 저애를 위해 할 수 있는 일은 무엇이겠소?"

"저는 이것으로부터 배운 것을 저의 펄에게 가르쳐 줄 수 있습니다!"

헤스터 프린은 가슴의 주홍글씨에 손을 대며 다부지게 말했다.

"여인이여, 그것은 그대의 치욕의 표시야!"

총독은 엄격하고 강제적인 어투로 말하였다.

"우리가 그대의 아이를 남의 손에 맡기려 하는 것은 바로 그 주홍글씨의 수치 때문이 아니겠소."

"하지만……"

헤스터는 창백해진 얼굴로 애써 마음을 가라앉히며 작고 조용한 목소리로 대답했다.

"이 표적이 저에게 가르쳐 줍니다. 하루하루, 바로 지금 이 순간에도 가르쳐 주고 있어요. 저 아이가 더욱더 현명하고 바르게 살아갈 수 있을지도 모를 교훈을요. 그것이 제게 있어 아무런 이익도 없을지 모르겠지만……"

"우리들은 신중하자는 생각에서……"

벨링검 총독은 말을 이었다.

"앞으로 어떻게 행동해야 옳을지 잘 생각해야 합니다. 윌슨 목사님, 여기 펄을, 그게 이 아이의 이름이랍니다. 이 아이를 잘 살펴보시고 그 나이 또래의 아이들이면 반드시 알고 있어야 할 기독교 교육을 받았는지 안 받았는지 시험을 해 봐 주십시오."

그러자 늙은 목사는 안락의자에 앉아 펄을 자기 무릎 사이로 끌어당겨 안으려 하였다. 하지만 어머니의 품 외에는 누구한테도 따뜻한 포옹 한 번 받아 본 일이 없었던 펄은 열려진 창밖으로 쏜살같이 도망쳐 이제라도 막 날아가려는 붉은 깃털의 열대조처럼 층계 위에 우뚝 섰다. 윌슨 목사는 이렇듯 갑작스런 아이의 태도에 몹시 놀란 듯했다. 하긴 어떤 아이들이든지 할아버지처럼 인자한 그를 이제껏 잘 따랐기 때문이었다. 늙은 목사는 당황한 빛을 애써 가다듬으며 다시 시험해 보고자 했다.

　　"펄."

　　목사는 매우 엄숙한 태도로 말하였다.

　　"장차 그 가슴에 값비싼 진주를 달려면 하나님의 말씀을 명심하며 살아야 한다. 펄, 누가 너를 만들어 주셨는지 너는 알고 있겠지?"

　　펄도 자기를 만든 것이 누구인가는 너무도 분명히 알고 있었다. 왜냐하면, 헤스터 프린은 믿음이 두터운 가정에서 태어났고, 펄에게 절대자이신 하늘의 아버지에 관한 얘기를, 아무리 미숙한 나이라 해도 인간의 정신을 가졌다면 비상한 흥미에 이끌려 귀기울이게 될 진리를 가르쳐 주기 시작했기 때문이다. 펄은 3년 동안에 얻은 지식이 많았고, 그래서 뉴잉글랜드 종교 입문서나 웨스트민스터 교리문답의 첫머리 정도는 시험을 보면 — 설령 이름난 책들의 겉장이 어떻게 생겼는지는 몰라도 — 눈감고도 치를 수 있었을 것이다. 하지만 아이들이든 어른이든 누구나 조금은 가지고 있고, 특히 펄의 경우엔 남보다 열 갑절이나 더한 심술이 눈치도 없이 이 중요한 시기에 펄의 입을 꼭 다물게 했다. 펄은 아무런 두려움도 없이 윌슨 목사님의 질문에 번번이 대답을 하지 않았고, 손가락을 입에 문 채로 자기는 누가 만들어낸 것이 아니라 감옥문 앞에 자라난 찔레덤불 속에서 자기 어머니가 따온 것이라고 말하였다.

이런 괴상한 생각을 하게 된 것은 아마도 펄이 창밖에 서 있을 때 그 가까이에 총독 저택의 붉은 장미가 눈에 띄었기 때문이었거나, 아까 지나쳐 왔던 감옥문 앞에 핀 찔레꽃이 문득 생각났기 때문이었을 것이다.

로저 칠링워드 노인은 얼굴에 옅은 미소를 띠면서 젊은 목사의 귀에다 대고 무언가를 속삭였다. 신통한 의술을 지닌 이 노인을 힐끗 바라본 헤스터 프린은 비록 자기의 운명이 존망의 기로에 놓여 있는 순간임에도 노인의 모습이 몹시도 변해 있는 것에 경악하지 않을 수 없었다. 그녀와 친숙하게 지내던 때보다 훨씬 흉악스러웠으며, 어두웠던 안색엔 한층 더 우중충한 그림자가 드리워져 있어서 노인의 모습이 몹시 기형적으로 보이게 했다. 아주 잠깐 동안 그의 시선과 마주쳤지만 그녀는 그 순간에 벌어지고 있는 눈앞의 현실에 주의를 집중시켜야 했다.

"이건 너무도 끔찍하군."

펄의 대답에 귀기울이던 총독은 애써 평정을 찾으려는 듯 말했다.

"나이가 벌써 세 살씩이나 되었는데도 누가 자기를 만들어 주었다는 것도 모르다니! 이 아이는 자기의 영혼은 말할 것도 없고 타락이나 앞으로의 운명에 관해서도 아무것도 모를 것이 틀림없소. 여러분,

이제는 더 이상 알아볼 필요도 없는 것 같소이다."

헤스터는 펄을 붙잡아 힘껏 가슴에 당겨 안으면서 매서운 표정으로 청교도인 노총독을 쏘아보았다. 그것은 세상으로부터 버림받고 쫓겨난 자기의 외로운 마음에 단 한줄기 희망이 되어 온 펄이었으므로, 그녀는 이 세상 모든 사람들이 덤빈다 해도 포기할 수 없는 권리가 자기에게 있다고 여겼으며, 죽는다 해도 그 권리를 지켜야 한다고 생각했다.

"이 아이는 하나님이 제게 보내 주신 아이입니다!"

그녀는 부르짖었다.

"하나님께서는 당신들이 제게서 빼앗아간 모든 것을 보상해 주시고자 이애를 주셨어요. 이애는 저의 행복이지만 또한 고통이기도 합니다. 제가 이렇게 이 세상에 존재할 수 있는 건 펄이 있기 때문이에요. 펄은 또한 저에게 벌도 주고 있어요! 이애는 제가 사랑할 수밖에 없는 주홍글씨예요. 그래서 저의 죄에 대한 엄청난 징벌의 힘도 가지고 있어요. 하늘이 무너진다 해도 당신들은 이애를 빼앗아갈 수 없어요! 그전에 제가 먼저 죽어 버리겠어요!"

"불쌍한 사람이야!"

인정이 있는 노목사가 말했다.

"그애는 잘 돌봐 줄 거라오. 그대가 돌봐 주는 것보다도 훨씬 더 잘 말이오."

"하나님께선 이애를 저에게 돌보라고 보내셨어요."

헤스터는 거의 고함을 치다시피 되풀이해서 말했다.

100

"저는 이애를 절대로 내놓을 수 없어요!"

이 말을 마치고 그녀는 어떤 충동처럼 젊은 딤즈데일 목사에게로 얼굴을 돌렸다. 지금까지는 거의 한 번도 그 목사에게 시선을 돌린 적이 없었다.

"저를 위해서 무슨 말씀이든 좀 해 주세요! 당신은 저의 목사님이셨지요. 제 영혼을 책임지고 계셨던 분이니까 이분들보다는 저를 잘 아시잖아요? 저는 절대로 이애를 내놓지 않겠어요! 저를 위해서 꼭 한 말씀만 해 주세요. 목사님은 제 마음을 잘 아시잖아요. 저분들에게선 찾아볼 수 없는 동정심도 있으시니까. 그러니 제 마음을 헤아려 주세요. 어미의 권리란 과연 무엇이며, 그 어미 된 자가 자식 하나와 주홍글씨밖에 없을 때 그것에 대한 애착이 얼마나 강한지를 아시겠어요? 부디 은총을 주세요. 이애만은 절대로 빼앗을 수 없어요. 제발 그 점을 생각해 봐 주세요!"

어쩔 수 없는 상황이 헤스터 프린을 광란 속으로 몰고 있음을 느끼며 그의 과격하고 열의에 찬 호소에 젊은 목사는 갑자기 창백해진 얼굴로 앞으로 나섰다. 유난히 신경질적인 체질이라 흥분되면 언제나 하는 버릇대로 자기 가슴을 손으로 움켜쥔 채였다. 그는 헤스터가 치욕을 겪던 법정에 참석했던 그때보다도 더욱 근심에 쌓이고 수척해 보였다. 몸이 허약해져서인지, 아니면 다른 이유가 있어서인지는 알 수 없어도 그의 깊고 그윽하면서도 너무나 검고 큰 눈동자엔 난처함과 괴로움으로 인한 우울함이 가득 차 있었다.

"이 여인의 말 속에 진실이 담겨져 있습니다."

젊은 목사는 상냥하면서도 떨리는 목소리로, 그러나 홀 안이 온통 울려서 속이 빈 갑옷이 진동하리만큼 쩌렁쩌렁한 목소리로 말하기 시작했다.

"헤스터의 말뿐 아니라 그녀의 가슴에 사무치는 감정 또한 진실이 넘쳐흐르고 있습니다. 하나님은 그녀에게 아이를 보내셨고, 우리가 보기에도 괴팍한 그애의 성질이나 욕망에 대한 본능적인 지식도 그녀에게 주셨습니다. 이것은, 다른 사람이 갖지 못하는 것입니다. 그러니 이 모녀의 관계에는 대단히 신성한 어떤 것이 간직되어 있는 게 아닐까요?"

"도대체 무슨 말을 하는 거요, 딤즈데일 목사?"

총독이 말을 가로챘다.

"그 말의 뜻을 분명히 밝혀 주시오!"

"들으신 대로, 그녀의 말엔 진실이 있습니다." 하고 목사는 계속해서 말했다.

"만일 우리가 다른 각도에서 생각한다면, 모든 생명의 창조자이신 하나님 아버지께서는 죄를 짓는 행동을 무심히 넘기심으로써 추악한 육욕과 신성한 사랑 모두를 인정하고 계시다는 결과가 되지 않겠습니까? 아버지의 죄와 어머니의 치욕으로 태어난 이 아이를 기를 수 있도록 간곡히 호소하는 제 어미의 심정에 여러 가지로 영향을 미치고자 하나님이 손수 내려주셨습니다. 이 아이는 용서의 뜻으로서, 이 여인의 일생에 단 한 번 주어진 것입니다. 이 일은 어쩌면 헤스터가 말한 대로 천벌을 내리기 위한 것인지도 모릅니다. 가령 뜻하지 않

은 순간에 찾아드는 괴로움이라든가 그 괴로운 기쁨의 순간에 느껴
지는 번민 등 가슴 아픈 가시로, 연거푸 찾아오는 고뇌란 말입니다!
그녀는 이 불쌍한 어린것의 옷차림에다가 그런 생각을 나타낸 게 아
닐까요? 이 옷을 보면 그 가슴을 태우고 있는 빨간 표시가 불현듯
생각나게 된단 말입니다."

"역시 옳으신 말씀이오."

윌슨 목사는 외쳤다.

"나는 또 저 여인이 자기 아이를 광대로나 만들려는 생각밖에 없
는 줄 알았구려."

"아닙니다. 그건 천만의 말씀이지요."

딤스데일 목사는 계속 말을 이었다.

"헤스터는 하나님께서 이애를 세상에 태어나게 한 그 존엄한 기적
을 잘 깨닫고 있을 겁니다. 그리고 하나님의 은총으로 어머니의 영
혼을 살리고 더 깊은 수렁에서 보호하려 한 것을 이애도 느낄는지
모르지요. 죄인들에게 진실 속에서 느끼는 충만한 기쁨도 환희도 될
수 있으며, 영원한 슬픔도 될 수 있는 이 어린아이를 그녀에게 자신
이 직접 맡게 하는 게 좋을 것 같습니다. 그러면 이 아이는 어미 손
에서 의롭게 키워지고, 한순간도 지난날 자신의 타락을 잊지 못하게
해 줄 것이며, 그러면서 조물주와의 절대적인 약속처럼 아이를 가르
쳐 주님의 품으로 돌려보내면 그 아이 역시 어머니를 그곳으로 이끌
어 간다는 것을 가르쳐 주게 되겠지요. 이런 점에 있어서 죄 많은 어
미가 죄 지은 아비보다는 더 많은 행복을 누릴 것입니다. 그러니 헤

스터 프린을 위해서나 가엾은 그녀의 어린아이를 위해서나, 우리는 하나님 아버지의 뜻대로 그들을 내버려두어야 할 것입니다."

"당신은 지금 매우 흥분하셨소."

늙은 로저 칠링워드가 목사를 향해 빙그레 웃으며 말했다.

"그러나 지금 젊은 형제가 한 말에는 중요한 뜻이 있습니다." 하고 월슨 목사가 덧붙여 말했다.

"어떻습니까, 벨링검 총독. 가엾은 여인을 위해서 얼마나 잘된 변론입니까?"

"정말 그렇소."

총독이 대답하였다.

"그 말은 우리의 문제를 한동안 그대로 보류해도 별문제가 없다는 것 같구려. 이 여인이 앞으로 더 이상의 추문을 일으키지 않고 있는 한은 말입니다. 그러나 이 아이한테 교리문답에 대한 정기시험은 치르도록 해야만 하겠소. 그 문젠 목사님이나 딤즈데일 목사가 수고해 주십시오. 그리고 적당한 시기에 학교에도 가고, 마을의 회합에도 나갈 수 있도록 마을의 관리들이 신경을 써 주어야겠습니다."

젊은 딤즈데일 목사는 사람들 곁에서 몇 걸음 물러나 커튼이 가려진 창문가에서 얼굴의 일부만 내비치고 있었다. 열띤 호소 때문에 햇빛을 받은 목사의 그림자는 마룻바닥에서 사뭇 떨고 있었다. 거칠고 변덕스런 꼬마 천사 펄은 살며시 목사에게로 다가가 두 손으로 그의 손을 꼭 움켜쥐고는 그 위에 자기 뺨을 갖다대었다. 그 애무하는 폼이 얼마나 다정하고 얌전했는지 아까부터 주시하고 있던 헤스터는 혼잣말로, "저것이 나의 펄인가?" 하고 계속해서 중얼거렸다. 하지만 헤스터는 펄의 가슴속에 자리잡기 시작한 사람을 발견하였다. 비록 그것이 미친 듯이 격렬하게 표출되기가 일쑤였고, 지금처럼 조용하고 부드럽게 나타난 적은 거의 한 번도 없었지만……

오랫동안 못내 그리웠던 헤스터의 애정을 제외하면, 본능적으로 자연스럽게 우러나와 진정 사랑받을 만한 행동을 보여 주는 듯한 그 아이의 애정 표현이야말로 가장 흐뭇한 것이었다. 젊은 목사는 주위를 둘러본 후 어린아이의 머리에 손을 얹고 잠시 주저하다가 그 이마에 입을 맞추었다. 이렇듯 평소와는 다른 이런 기분이 어린 펄에게 더 오래 지속되진 않았다. 펄은 웃음을 터뜨리며 날듯이 홀 바깥으로 뛰어나갔기 때문에 윌슨 목사는 그애의 발가락이 바닥에 닿았는지 의심하며 바라보았다.

"아무래도 저 꼬마 녀석은 요정들의 마법을 가지고 있나 보오."

그는 딤즈데일 목사를 향해 말했다.

"저애는 요술할멈의 지팡이가 없어도 하늘을 날 것 같은걸요."

"정말 신비한 일이군요."

로저 칠링워드 노인도 함께 동조했다.

"저 아이에게서 미친 어미의 기질을 찾아내기란 쉬운 일입니다. 여러분, 저애의 성격을 분석하고 저애의 모습을 바탕으로 하여 아이 아버지의 정체를 추적해내는 건 학자들의 연구로써 불가능한 일이라고 생각하십니까?"

"글쎄요. 하지만 이런 문제를 가지고 속된 학문의 단서를 따른다는 것은 죄가 되는 일이겠지요."

월슨 목사는 정색하며 말했다.

"차라리 금식을 하고 기도를 드리는 것이 옳을 것입니다. 하나님 아버지의 뜻으로 그 죄를 밝히려 하실 때까지 그 신비는 그대로 두는 편이 옳을 것입니다. 그리하면 선량한 그리스도 교도들은 누구나 다 저 가엾고 버림받은 여인에게 아버지의 사랑을 베풀 만한 자격을 갖게 될 것임을 믿을 테니까요."

일이 이렇게 만족스러운 결말을 보게 되자 헤스터 프린은 펄과 함께 총독의 저택을 떠났다. 모녀가 층계를 내려갈 때, 방의 창문 하나가 활짝 열어젖혀지면서 벨링검 총독의 누이동생인 심술쟁이 히빈즈 부인이 화창한 창밖으로 얼굴을 내밀었다고 전해지는데, 이 부인은 몇 해 후에 마녀란 죄목으로 처형된 여인이었다.

"여봐요, 쉿!"

그녀의 불길한 얼굴은 싱그러운 활기를 띤 그 집 분위기에 어두운 빛을 던져 주는 것 같았다.

"오늘 밤 우리들과 함께 안 가겠소? 오늘 밤 숲에는 재미있는 사람들이 많이 올 거라오. 헤스터 프린, 당신도 우리랑 한패가 될 거라고 악마한테 약속까지 해 놓았는데……."

"죄송하군요. 악마에게 제가 미안해하더라고 전해 주세요."

헤스터 프린은 승리의 미소를 띠면서 상냥하게 말했다.

"저는 집에 남아서 우리 펄을 돌봐 주어야 해요. 하기야 당신들에게 제 애를 빼앗겼더라면 저도 기꺼이 숲 속으로 가서 악마의 명부에 제 이름을 적어 넣었을 거예요. 그것도 제 피로 말이에요."

"어차피 당신도 그리로 오게 될 텐데 뭐." 하고 마녀는 얼굴을 찌푸리면서 창 안으로 사라졌다.

그런데 여기 이 허빈즈 부인과 헤스터 프린과의 만남이 사실이고 헛된 소문이 아니었다면, 타락한 어미와 그 죄의 대가로 생긴 아이의 관계를 끊어서는 안 된다고 주장하던 젊은 목사의 말이 옳았음을 증명하는 셈이 된다. 이로써 펄은 이미 어머니를 사탄의 유혹에서 건져내었던 것이다.

의사

로저 칠링워드란 이름 아래, 독자들도 기억하다시피 자신이 더 이상 발설하지 않기로 결심한 또 다른 이름이 숨겨져 있다. 그리고 그는 자기의 본명이 세상 사람들의 입에서 다시는 오르내리지 못하도록 굳게 마음먹은 터였다. 그것은 헤스터 프린이 치욕을 당하던 날, 구경하는 군중들 틈에서 늙고 지친 여행자 차림의 사내 하나가 뭇사람들 앞에서 죄의 상징인 양 세워진 헤스터를 바라다보고 있었던 것과 관계되기도 한다. 그 사내는 그 여인에게서 가정생활의 따스함과 단란함을 기대했었다. 그러나 헤스터는 정숙한 부인으로서의 명성은 이미 사내들의 발아래 짓밟혀 버렸다. 처형대에 서 있는 그녀의 주위에서는 치욕의 말들이 끊임없었다. 헤스터의 일가나 순결했던 처녀시절의 친구들에게 이 소문이 퍼진다면, 결국은 그녀의 수치밖에 전해질 것이 없었다. 그리고 그 수치는 틀림없이 그녀와 친구들의 관계가 얼마나 신성한 것이었는가와는 상관없이 퍼져 나갈 것이다. 그런 이유에서 죄지은 헤스터와의 관계가 누구보다도 긴밀하고 신성했다는 사내가 일부러 나타나서 하잘것없는 상속권을 요구 ― 요구하지 않고도 자기가 선택하기에 달렸는데 ― 하겠는가 말이다. 사내는 수치의 단상에 헤스터와 나란히 서서 수모를 당하지는 않으리라 결심하였다. 헤스터 프린만이 그를 알고 있으므로 자기의 정체를 모든 사람들에게 감추고 그녀의 침묵에 대해서는 열쇠와 자물쇠를 함께 손아귀에 쥔 채 자기 이름을 인간사회의 명단에서 빼내기로 하였다. 그리고 자신의 과거 인적 사항에 대해서 그는 이미 깊은 바다 속에 가라앉아 사라진 인물로, 오래전부터 떠돌았던 소문대로 대양 밑바닥에 빠져 죽은 사람처럼 세상에서 완전히 지워지기를 원했다. 이 목적이 일단 이뤄진다면 보다 새로운 호기심과 새로운 목적이 다시 싹트게 될 것이다. 실제로 이것은 죄스러운 일이 아니라 해도 음흉한 일이었다. 그러나 자기의 재능을 모두 활용해야 할 만큼 힘든 일임에는 틀림없었다.

이와 같은 결심을 실행하는 방법으로 그는 로저 칠링워드라는 이름 아래 청교도들의 마을에 거처를 정하고, 자신이 지닌 풍부한 학문과 지혜밖에는 아무것도 세상에 내세우려 하지 않았다. 지난날의 연구로 말미암아 당시의 의학 지식에도 조예가 깊었으므로 의사로 행세하였고, 의사로서 인정도 받고 있었다. 이 식민지에서 의학과 외과 기술에 정통한 사람은 극히 드물었다. 아마 그런 사람들에게는 많은 사람들이 대서양을 건너오게 된 원인인 신앙적 열의가 없었는지도 모를 일이다. 신의 창조물 중 가장 완벽한 인간의 신체 구조를 연구하면서 숭고한 그들의 정신은 물질화되고 신비로운 인체의 복잡한 속을 헤매다가 삶의 본체를 정신적으로 살피는 버릇을 끝내 잃어버리고 만 것인지도 모른다.

아무튼, 보스턴 사람들의 건강은 의학과 관계가 있는 한은 집사이자 약제사인 노인의 손에 달려 있었다. 이 약제사의 신앙심은 면허장보다 훨씬 유리한 증명서 구실을 해 왔었다. 그리고 하나뿐인 외과 의사는 날마다 버릇처럼 면도하듯 그 고상한 기술을 발휘하는 것이었다. 이러한 의술계에 있어서 로저 칠링워드의 등장이야말로 태양 같은 존재가 아닐 수 없었다. 그는 오래 지나지 않아 우람하고도 장엄해 보일 만큼 고대 의학의 체계에 익숙함을 세상에 드러냈다. 그것은 여러 가지의 다른 성분이 합쳐져 만병통치약이 만들어진다는 것 등이었다. 더욱 도움이 된 건 그가 인디언들에게 잡혀 있을 때, 약초나 초근에 대한 풍부한 지식을 많이 얻을 수 있었던 일이다. 그는 자연이 무지한 야만인들에게 베푼 은혜랄 수도 있는 간단한 약재를, 자신은 저명한 의사들이 몇백 년에 걸쳐 이루어 놓은 유럽의 약전 못지않게 믿고 있다는 사실을 환자들에게 숨김없이 말하였다.

이 학식이 높은 이방인은 적어도 겉으로 드러난 모범적 종교생활을 했으며, 도착하자마자 딤즈데일 목사를 자신의 정신적 지도자로 선택하였다. 학자로서의 명성을 아직도 옥스퍼드에 떨치고 있는 이 젊은 목사는 열렬한 숭배자들로부터 하나님이 정해 주신 사도에 못지않다는 인정을 받고 있었다. 만일 그가 사람의 평균 수명만큼 살아서 일할 수 있다면 일찍이 교회의 초기에 교부들이 자리잡지 못한 신앙을 위해 이바지한 위대한 공로를 아직도 신앙이 나약한 뉴잉글랜드에 남기게 될 것이라고 입들을 모았다. 그러나 이 무렵 딤즈데일 목사의 건강은 눈에 띄게 쇠약해지기 시작했다. 목사의 생활 습성을 잘 알고 있는 사람들은, 젊은 목사의 얼굴이 창백해진 것은 그가 연구에 지나치게 골몰해 있는데다 목사의 직분에 빈틈없이 신경을 쓰고, 그의 영적인 등불을 흐리게 하는 세속적 일들의 조잡함을 스스로 지키기 위해 자주 금식을 하고 철야 기도를 하기 때문이라고 하였다. 그중 어떤 사람은 딤즈데일 목사가 정말 죽을 지경에 이르렀다면 그것은 세상이 더 이상 그가 발을 디딜 가치조차도 없어졌다는 증거라고 주장하기도 하였다. 한편 목사 자신은, 만약 하나님이 자기를 데려가는 게 옳다고 여기신다면 그것은 자기가 이 세상에서 신의 사명 가운데서도 가장 보잘것없는 일조차도 자신이 부적합하다는 생각 때문일 거라는 특유의 겸손함으로 말했다. 목사의 건강이 악화된 원인에 대해서는 서로의 의견들이 달랐지만 아무튼 쇠약해졌다는 사실만큼은 의심할 여지가 없었다. 그의 몸은 나날이 수척해져 갔다. 그의 목소리는 아직도 맑고 청아했지만 우울한 징조가 엿보였고, 사소한 일로도 흠칫 놀라거나 혹은 뜻하지 않은 일로 놀라움을 당하면 가슴에다 손을 얹은 채 얼굴을 붉혔다가 이내 창백해지는 것이 어딘가 괴로워하고 있음이 역력하였다.

젊은 목사의 건강이 악화되어 서광과도 같은 그의 생명이 금방이라도 꺼질 것 같은 절박한 시기에 때마침 로저 칠링워드가 이 마을에 나타났던 것이다. 이 사내는 의술을 갖춘 사람으로 알려지게 되었고, 보통 사람의 눈에는 쓸모없이 보이는 것들에서 숨은 묘약을 찾아내는 사람처럼 약초와 들꽃을 모으고, 풀뿌리를 캐고, 숲의 나뭇가지를 꺾는 모습이 이따금 눈에 띄었다. 또한 그는 거의 초인간적이라고 할 만큼의 과학 지식을 쌓고 있는 케넬름 다그비 경이나 그밖의 고명한 인사들과 서로 서신 왕래를 한다던가 혹은 같이 일하던 동료 사이라고 말한 적도 있었다. 적어도 학계에서 그만큼 높은 위치에 있는 사람이라면 왜 그가 이런 고장으로 오게 되었을까? 보다 편리한 대도시에서 활동해야 할 사람이 이 황무지에서 무엇을 얻으려는 것일까? 이런 물음에 답하기라도 하듯 소문은 떠돌았다. 어느덧 그 이론적 근거도 없는 중문은 지각 있는 사람 몇몇도 믿게 되었고, 독일의 모 대학에서 저명한 의사를 하늘로 날라다 딤즈데일 목사님네 현관에 내려놓음으로써 하나님께서는 완벽한 기적을 베푸셨다는 것이었다. 이보다 좀더 현명하고 신앙이 깊은 사람들도 하나님께서 그 뜻을 펼치실 때 기적적인 간섭이라는 극적 효과를 노리지 않아도 그 뜻을 이룰 수 있으리라는 것을 잘 알고 있으면서도 로저 칠링워드의 때를 맞춘 듯한 출현에는 하나님의 섭리가 함께하고 있으리라고 믿게 되었다.

젊은 목사에 대한 의사의 깊은 관심이 이런 생각을 더욱 뒷받침해 주었다. 처음 의사는 교구민으로서 목사에게 접근하여 천성이 예민하고 속을 터놓지 않는 목사로부터 친구로서의 경의와 신임을 얻고자 노력했다. 그는 목사의 건강 상태에 크게 놀랐으나 고쳐 주고 싶은 마음도 간절했으므로, 빨리 손을 쓰면 좋은 결과를 얻을 수 있다는 희망에 자기가 치료하고자 열망했다. 딤즈데일 목사의 많은 신도들은 의사의 솔직한 치료 제안을 간곡히 권하였다. 그러나 딤즈데일 목사는 신도들의 간청을 넌지시 뿌리쳤다.

"제겐 약이 필요치 않습니다." 하고 말할 뿐이었다.

그러나 안식일이 돌아올 때마다 얼굴은 더 창백해지고 목소리는 더욱 떨렸으며, 가슴 위에다 손을 얹는 것이 오랜 습성처럼 되다시피 하였는데, 어찌하여 젊은 목사는 그런 말을 하는 것일까? 목사는 자신의 일부에 싫증을 느낀 걸까? 죽기를 기도하는 것일까? 보스턴에 퍼져 있는 선배 목사들과 교회의 집사들은 딤즈데일 목사에게 이렇게 되풀이해 질문하였다. 그들은 하나님의 섭리로 보내진 도움을 함부로 물리치는 것은 죄라고 타이르며 목사님에게 충고했다. 그리하여 잠자코 듣고만 있던 목사는 마침내 의사의 진찰을 받겠노라고 결심하기에 이르렀다.

"진정 하나님의 뜻이라면…… 그렇다면……." 하고 의사 로저 칠링워드의 진찰을 받는 자리에서 딤즈데일 목사가 말하였다.

"나의 노력과 슬픔과 죄와 고통이 내 생명과 함께 끝나서, 이승의 것은 무덤에 묻히고 영혼에 관한 것은 나를 따라 영원한 세계로 사라진다 하더라도 나는 만족하겠습니다. 당신이 나에게 의술을 시험하느니보다는 그게 더 좋겠군요."

"아아!"

로저 칠링워드는 꾸며낸 태도인지 본래의 성격인지는 알 수 없으나 그의 특징인 침착한 태도로 말하였다.

"젊으신 목사님들은 보통 그런 식의 말씀을 하시죠. 젊은 사람들에겐 생명의 뿌리가 깊이 박히질 않아서인지 삶을 너무 쉽게 포기하거든요. 그리고 하나님과 더불어 지상을 거닐었던 덕망 높은 분들은 아마 세상을 떠난 새 예루살렘의 황금길도 주님과 함께 거닐고 싶겠지요."

"아닙니다."

젊은 목사는 두 손을 가슴에 얹고 이마엔 고통의 빛을 띠면서 대꾸하였다.

"천국에 가서 거닐 자격이 내게 주어진다면 차라리 이승의 고생을 즐기며 살아가리다."

"훌륭한 사람은 스스로 자신을 낮추어 말하더군요."

의사는 말했다.

이리하여 그 이상한 로저 칠링워드 노인은 딤즈데일 목사의 건강을 보살펴 주는 주치의가 되었다.

의사는 목사의 병을 고치는 데도 목적이 있었지만, 목사의 체질과 성격을 파악하는 데 더 큰 호기심이 있었다. 주치의는 의도적으로 목사와 많은 시간을 보냈다. 그는 목사의 건강에 도움이 될 약재의 성분을 갖춘 약초를 채집할 양으로 같이 바닷가나 숲 속을 거닐며 많은 이야기를 나누었고, 목사가 틀어박혀 지내는 서재로도 가끔씩 놀러가곤 하였다. 노의사와 한자리에서 지내노라면 목사는 어떤 매력 같은 것을 느꼈다. 목사는 의학을 하는 사람들에게서의 지적 세련미와 광대한 사상을 발견하며 자기와 같은 동료 목사들 가운데선 좀처럼 찾아볼 수 없는 넓고 자유로운 사상을 가졌음을 깨달았던 것이다. 목사는 의사에게서 이런 특성을 발견하고는 기쁘고 놀라웠다. 딤즈데일 목사는 진정한 목사요 진정한 종교가로서 경건한 감성이 매우 발달했고, 그의 정신은 믿음의 길을 줄기차게 달려서 세월의 흐름에 따라 믿음의 깊이를 더욱 깊고 견고하게 다질 만한 사람이었다. 목사는 어떠한 사회에서도 자유사상을 따르며 살 사람은 못 되었다. 그가 믿음의 평화를 얻기 위해서는 자기 주변에 신앙의 압력을 느껴야만 했다. 이 압력이 무쇠 같은 손아귀로 자신을 속박할 때만 그는 지탱할 수 있었다. 그럼에도 불구하고 목사는 평소 남들과 대화를 나눌 때와는 색다른 지성을 통하여 우주를 볼 수 있을 때, 마음은 떨려도 구원을 느끼며 기쁨을 느끼기도 했다. 이것은, 창문을 열어젖혀 숨막힐 듯 갑갑한 서재 안을 좀더 시원하고 자유로운 공기로 바꾸는 것과도 같았다. 이 서재 안에서의 목사의 생활은 등불과, 차단된 햇살과, 책에서 풍기는 곰팡이 냄새로 말미암아 자신의 인생을 소모하고 있었다. 그러나 새로운 공기는 너무나 신성하고 싸늘하여 그 속에서 오래 숨쉬고 있으려니 불안해졌다. 그래서 목사는 함께 지내는 의사와 더불어 그들의 교회가 정통이라고 부르는 울타리 안으로 다시금 숨어들곤 하였다.

로저 칠링워드는 두 갈래로 자기의 환자를 유심히 관찰하였다. 즉, 환자가 일생의 생각에 잠겨 익숙한 사상의 한계를 벗어나지 않았을 때와, 색다른 도덕적 풍경 속에 던져지면서 그 새로운 상황에서 성격상 새롭게 떠오를 때에도 그를 관찰하였다. 의사는 사람을 치료하려면 우선 그의 사람됨을 알아야 하기 때문이었다. 감정과 지성을 지닌 인간이라면 육체의 병도 감정과 지성의 영향을 받게 마련이다. 아더 딤즈데일의 경우는 활발하고 예민한 사고와 상상력을 갖고 있으며, 감수성도 강했으므로 육신의 병도 거기에서 영향을 받은 듯싶었다. 그래서 의술도 뛰어나고 친절하며 우정이 두터운 의사 로저 칠링워드는 환자의 동굴 같은 어두운 가슴속 깊이 파고들어 보물을 찾는 사람처럼 조심스레 그의 사상을 살폈고, 지난날의 기억을 들추어내고자 하였다. 이런 것을 끝까지 추적할 만한 능력을 가진 사람이 기회와 권리를 가졌다면 숨은 비밀이라도 정체를 드러내지 않을 수 없을 것이다. 만약 비밀을 간직한 환자라면 의사와의 접근은 피해야 했을 것이다. 또한 의사의 타고난 총명함과 직관력으로, 그러나 자부심이 강해 남에게 자기 본위적으로 비춰지지 않는 정도의 사람이라면, 자기의 마음과 환자의 마음을 통하게 하는 타고난 재주가 있어서 환자가 마음속에 지니고 있는 생각을 모르는 사이에 실토하도록 유도하는 능력이 있다면, 이런 말을 들어도 표정 하나 바꾸지 않고 이따금씩 잘 알아들었다는 듯 외마디 대꾸로만 받아들인다면 그리고 의사로서 인정받은 그의 유리한 장점까지 합친다면, 마침내 자기 자신도 알지 못하는 사이에 환자의 상처받은 영혼은 긴장을 녹여 어두우면서도 투명한 물결을 이루어 흘러내리다가 그 속에 품고 있던 비밀을 낮처럼 환히 드러내고야 말 것이다.

로저 칠링워드는 위에서 열거한 특징들을 모두 갖추고 있는 사람이었다. 그리하여 세월이 흐름에 따라 우리가 말한 대로 교양이 높은 이 두 사람 사이에는 일종의 친분이 이루어졌다. 두 사람은 인간의 사상과 학문적 연구 사이를 오가며 서로 가까워졌고, 서로의 공과 사를 막론한 여러 가지 문제와 윤리와 종교도 논하였다. 서로의 개인적인 문제까지도 화제로 삼았다. 그러나 목사에게 숨겨져 있을 것으로 생각하였던 비밀은 목사의 의식을 벗어나 의사에게 알려진 적은 아직 없었다. 의사는 딤즈데일 목사의 육신의 병조차 아직 제대로 파악하지 못하였다는 의심마저 생겼다. 목사는 좀처럼 그의 마음을 터놓지 않았으니 참 이상한 일이었다.

그로부터 얼마 후에 로저 칠링워드의 귀띔으로 딤즈데일 목사의 친구들은 의사와 목사가 한집에 살 수 있도록 주선하였다. 그러면 목사의 건강이 더 빨리 회복되리라는 생각에서였다. 몹시 바랐던 일이어서 마을 사람들은 대단히 만족해했다. 이번 일이야말로 목사를 위해서 더할 나위 없이 좋은 방법이라 생각하였던 것이다. 젊은 목사에게 충고를 해 줄 만한 자격을 가진 사람들은 정신적으로 헌신하고자 하는 처녀들 중에서 한 명을 골라 목사의 아내로 삼을 것을 권하기도 했다. 그러나 지금 같아서는 그가 남의 권유로 아내를 맞이할 가능성은 전혀 없었다. 그는 목사가 독신을 지키는 것이 교회의 계율이기라도 하듯 이런 권유를 모두 뿌리쳤다. 또한 딤즈데일 목사는 늘 남이 차린 식탁에서 맛없는 부스러기 음식을 먹고, 남의 난롯가에서 몸을 녹이며 일생을 추위에 떨어야 하는 것이 운명인 사람이기를 스스로 원했다. 젊은 목사를 아들처럼 사랑하고 경애하는 이 영리하고 경험 많고 인정이 풍기는 노의사야말로 늘 목사의 몸 가까이에서 시중을 들어 줄 수 있는 유일한 사람이 된 성싶었다.

이 두 사람이 살게 된 새로운 집은 지체 높고 믿음이 두터운 과부의 집으로, 후에 거룩한 킹스 채플이 세워진 터전 일대를 모두 차지하고 있었다. 한편으로는 본래 아이작 존슨네 묘지가 있는 땅이었으며, 진지한 사색을 북돋우기에 알맞은 분위기로 목사나 의사가 각자 일하기에도 적합한 곳이었다. 어머니 같은 마음씨를 지닌 과부는 딤즈데일 목사에게 햇볕이 잘 드는 현관 쪽 방을 쓰도록 하였다. 양지바른 그 방은 창문에 드리워진 묵직한 커튼으로 필요할 때엔 낮도 밤처럼 만들 수가 있었다. 사방의 벽에는 고블랭(15세기 중엽 프랑스에서 양탄자를 직조하기 시작한 형제)이 짠 벽걸이가 드리워져 있었는데, 아직 색깔이 바래지 않은 그 벽걸이에는 다윗과 밧세바 그리고 예언자 나단의 이야기가 그려져 있었다. 벽걸이 속의 아리따운 여인 밧세바는 재난을 예고하는 예언자 나단과 함께 음울하지만 뛰어난 미모를 보이고 있었다. 창백한 목사는 여기에다 양피지로 장정한 반절판(半折板)—초기 교부들이 지은 글들이며, 유대교의 법률학자들이 쓴 총서며, 수도승들의 글 등등—들을 많이 쌓아 놓았다. 이런 글들에 대하여 신교회의 목사들은 몹시 비난하고 배척하면서도 그것들을 읽어야만 했다.

이 저택의 또 다른 귀퉁이엔 로저 칠링워드의 서재 겸 실험실을 마련하였다. 현대의 과학자들이 만족할 만한 수준은 아니었고, 기껏

해야 증류기 하나와 능숙한 연금술사들이라면 충분히 활용할 수 있는 약재나 화학약품을 혼합하는 기구 따위가 갖춰져 있을 뿐이었다. 이렇게 편안한 상태로 학구적인 두 사람의 세계가 각자 정해지면서 이 두 사람은 허물없이 서로의 거처를 오가며 상대방의 연구를 흥미롭게 살펴보곤 하였다.

그런데 아더 딤즈데일 목사의 친구들 중 지혜로운 사람들은 앞서 이야기한 대로 젊은 목사의 건강을 회복시킬 목적 — 많은 사람들이 공적인 장소나 가정 혹은 남몰래 기도를 하여 간절히 이루어지기를 원하던 — 에서 섭리의 손길이 이 모든 일을 이루어 준 것이라고 생각하였는데, 이것은 매우 타당한 생각이었다. 그러나 또 한 가지 밝혀 둘 것은 이즈음 일부 사람들 중에서 딤즈데일 목사와 이상한 늙은 의사와의 관계를 또 다른 견해로 생각하기 시작하였다는 점이다. 무식한 대중들이 자기들의 편견으로 독자적인 관찰을 꾀하고자 할 때 사실을 왜곡하는 수가 많다. 그러나 군중들이 조금은 여유 있고 따스한 가슴에서 일어난 직관을 기초로 하여 판단할 경우에는, 그 결론은 심오하고 정확하여 마침내는 신비롭게 계시된 진리와도 같을 때가 있다. 이번 일에서도 군중들이 로저 칠링워드에 대한 자기들의 좋지 않은 편견을 옳다고 주장할 만한 어떤 사실상의 증거나 논거를 갖고 있는 것은 아니었다. 그러나 한 가지만은 사실이었다. 약 30년 전 토머스 오버베리 경의 살해 사건 당시 런던의 시민이었던 한 늙은 수직공이 칠링워드가 지금과는 다른 이름으로, 비록 그 이름을 생각해내진 못했어도 오버베리 사건에 관련된 유명한 노마술사 포어만 박사와 일행이었다고 주장한 것이었다.

또 몇 명은 이 의사가 인디언들에게 붙잡혀 있을 때 토인 무당들과 어울려 주문을 외우며 토인들의 의술을 배웠노라고 말하기도 하였다. 그 토인 무당들은 마법에 능통하여 번번이 마법을 써서 기적적으로 병을 치료한다는 소문이 자자하였다. 냉철한 판단력과 관찰력을 가져서 평상시 같으면 사람들로부터 인정받을 만한 수많은 사람들은 로저 칠링워드의 얼굴이 그가 이 마을에 들어와 사는 동안, 특히 딤즈데일 목사와 함께 지내게 된 이래로 많이 변모하였다고 장담하였다. 처음에 그의 표정은 의젓함과 아울러 고요하고 명상적이면서도 학자다운 멋이 풍겼는데, 지금은 전에 볼 수 없었던 추악한 무엇이 서려 있어서 그를 바라보면 볼수록 그 표정이 더욱 추악해진다는 것이었다. 흔히 아무 생각 없이 남의 말 하기 좋아하는 무지한 사람들은 그의 실험실에서 쓰이는 불은 지옥에서 가져온 것으로서, 지옥에서 쓰는 연료로 그 불을 피우기 때문에 그의 얼굴이 그 연기에 그을려 검어지고 있다는 것이었다.

요컨대 아더 딤즈데일 목사는 기독교 세계의 다른 여러 신성한 사람들과 마찬가지로 악마 혹은 악마의 사자의 침노를 받고 있는데, 그것이 로저 칠링워드의 탈을 쓰고 있다는 소문이 널리 퍼지고 있었다. 이 악마의 사자가 하나님의 허락을 얻어 목사의 곁으로 파고 들어가 그의 영혼을 좀먹기 위한 흉계를 꾸미고 있지만, 지각이 있는 사람들은 어느 쪽이 승리를 거둘 것인가는 의심할 여지도 없이 목사가 그 싸움에서 필연코 얻고야 말 승리의 영광으로 거룩한 모습이 되어 나오길 기대했다. 그러는 가운데서도 목사가 승리를 향해 싸워 나가며 겪어야 할 뼈저린 고통을 생각하면 매우 가슴 아픈 일이었다.

아아! 가엾은 목사의 눈동자 깊숙이 어려 있는 우울과 공포의 빛을 볼 때, 그 전쟁은 매우 괴로운 모양이다. 또한 그 승산 역시 확실하지 않은 것이다.

의사와 환자

　　로저 칠링워드 노인은 평소의 성격이 온화하고 다정하다고 할 수
는 없으나 친절한데다 바깥 세상과의 모든 일에 있어서는 한결같이
순박하고 고지식한 사람이었다. 그가 탐구하고자 하는 것이 무엇인
지는 모르나 진실만을 추구하는 판사처럼 엄정하고 성실하게 관찰해
들어가는 폼이, 그가 풀려고 하는 문제는 사람들 사이의 애정이나
남에게서 받은 푸대접 같은 게 아니라 허공에 나타나는 선이나 도형
같은 기하학적인 문제인 것만 같은 느낌을 주었다. 그러나 이런 관
찰이 계속되는 동안 무서운 매력이랄까, 나타나진 않지만 맹렬한 필
연 같은 것이 노인의 마음을 사로잡고 꼭 해내지 않고서는 물러나
주지 않을 듯 물고 늘어졌다. 그는 마치 금덩어리를 파는 광부처럼
불쌍한 목사의 가슴속을 파고 들어갔다. 아니, 어쩌면 송장의 가슴에

박힌 보석을 훔쳐내려고 무덤을 파헤치지만 죽음과 부패밖에는 찾아내지 못한 송장 도둑이라는 표현이 더 정확할 것이다. 만약 이것이 진정 그가 찾는 것이었다면, 그의 영혼을 위하여 어찌 슬픈 일이 아니랴!

가끔씩 의사의 두 눈에서 검게 타오르는 불길한 빛은 마치 용광로의 불빛이 투영되는 것 같기도 했고, 존 번연(John Bunyan)이 쓴 『천로역정』에서처럼 산마루에 있는 무서운 문에서 튀어나와 순례자들의 얼굴을 비춘 괴화의 섬광 같기도 했다. 이 음흉한 광부가 캐들어 가는 땅은 만족할 만한 자질을 갖추고 있었는지도 모른다.

"아더 딤즈데일……." 하고 어느 때, 노인이 혼자 중얼거렸다.

"모두가 순결하게 여기고 보기엔 매우 정신적인 인물 같지만, 그러나 아버지와 어머니 때부터의 동물적인 성격을 물려받았어. 이 방향으로 좀더 깊이 파 보아야겠어."

그래서 어두컴컴한 목사의 머릿속을 줄곧 더듬어 들어가서 인류의 안녕을 위한 드높은 희망, 영혼에 대한 정열적인 애정, 순수한 감정, 고상한 정신이라는 갖가지 고귀한 자료들을 샅샅이 뒤지다가— 이러한 것들은 사색과 연구로 다듬어지고 하나님의 계시로 밝혀져 있었으나, 제아무리 황금과 같은 가치를 지녔다 해도 이 모든 것은 의사의 눈에는 한낱 쓰레기만도 못할지도 몰랐다—그는 이윽고 실망하고 갔던 길에서 다시 돌아와 또 다른 방향을 향해 탐색을 시작하는 것이었다. 조심스런 걸음으로 살금살금 걸으면서 사방을 두루 살피며 더듬어 나가는 노인의 태도는, 잠이 설들어 있거나 혹은 눈을 활짝 뜬 채 누워 있는 사람의 방으로 그 방 주인이 눈동자처럼 소중히 여기고 있는 보물을 훔치러 들어가는 도둑과 똑같았다. 미리 조심은 하고 있었으나 마룻바닥은 이따금 삐걱대었고, 옷깃은 살랑거리며 스치는 소리를 냈다. 좀 가까이 다가서려면 자기의 그림자가 **방 주인의 얼굴** 위를 덮쳤다. 다시 말해서 비상할 정도로 예민한 신**경을 가진 딤즈데일**은 가끔 정신적 육감에 의해 자기 마음의 평화를 해치는 것이 자기에게 다가오고 있다는 것을 막연히 느끼고 있었다. 그러나 연륜과 직관적인 감수성을 지니고 있는 로저 칠링워드는 딤즈데일 목사가 소스라치게 놀라 시선을 그에게로 던지기라도 하면 친절하며 주의 깊고 동정심이 많은, 절대로 주제넘게 상대방을 침범하지 않는 친구로서 앉아 있을 따름이었다.

병든 사람이 흔히 그렇듯이 딤즈데일 목사도 병적 경향에서 모든 인간을 의심하는 습성이 없었더라면 이 노인의 성격을 아마 좀더 완벽하게 파악할 수 있었을 것이다. 목사는 그야말로 친구조차도 믿는 일이 없었기 때문에 정작 적이 나타났어도 그것이 적인 줄을 몰랐다. 그래서 목사는 여전히 의사와 친근한 교제를 나누며 그를 서재로 반겨 맞아들이기도 하였고, 실험상 찾아가서 잡풀이 효능 있는 약으로 변해가는 과정을 심심풀이 삼아 구경하기도 하였다.

어느 날, 목사는 이마에 손을 댄 채 묘지 쪽을 향해 열려 있는 창틀에 팔꿈치를 대고 로저 칠링워드와 이야기를 나누고 있었다. 의사는 지저분하고 흉하게 생긴 한 다발의 풀을 열심히 관찰하고 있었다.

"의사 선생."

목사는 풀덤불을 곁눈질해 보며 말했다. 그 무렵에는 사람이든 물건이든 똑바로 쳐다보는 일이 없는 게 목사의 버릇이 되어 있었다.

"선생은 어느 곳에서 그런 흐늘흐늘하고 꺼먼 잎사귀가 붙은 풀을 모아 오신 겁니까?"

"바로 저기 묘지에서요."

하던 작업을 멈추지 않은 채 의사는 말하였다.

"처음 보는 풀이라서…… 묘비도, 그 어떤 죽은 자에 대한 기념될 만한 것도 없는 무덤 위에서 발견했어요. 마치 이 풀들만이 죽은 자를 기념하는 역할을 했었다는 듯이…… 아마 시체의 심장에서부터 돋아나 그 시체와 함께 묻힌 무서운 비밀을 간직하고 있는 것이나 아닌지 모르겠군요. 그가 살았을 때 미리 고백했더라면 좋았을 것을……."

"아마도……."

목사는 말하였다.

"그 사람도 무척 고백하고 싶었으면서도 차마 못했던 것인지도 모르지요."

"왜요, 왜 못했을까요?"

의사가 되물었다.

"무엇 때문에 고백하지 못했던 것일까요? 모든 자연의 힘이 죄악의 고백을 절실하게 바라고 있는데요. 그래서 이런 시꺼먼 잡초가 비밀을 간직한 가슴에서 자라 나오는 것입니다. 고백할 수 없던 죄를 밝히기 위해서 말입니다."

"하지만 선생, 그것은 당신의 망상에 불과합니다. 내가 아는 바로는, 인간의 마음과 더불어 무덤에 묻혀 버릴지도 모를 비밀은 말이든 무슨 표적으로든 간에 그것을 드러낼 수 있는 힘은 하나님의 자비심만이 하실 수 있습니다. 이런 비밀을 숨김으로써 죄를 지은 마음을 모두 숨긴 이들이 송두리째 밝혀질 때까지 간직하고 있지 않으면 안 됩니다. 내가 성경을 읽고 해석한 바로는 인간의 생각과 그 행위를 폭로하는 것이 당연한 천벌이라는 것으로 이해해선 안 될 것입니다. 그것은 분명히 천박한 견해이지요. 내 생각이 터무니없는 것이 아니라면 비밀을 밝히려는 것은 모든 지적인 사람들의 지적 만족을 더해 주기 위한 것이고, 이 사람들은 그날이 와서 어두운 인생의 문제가 명백하게 되는 것을 보려고 기다리는 거예요. 이 문제를 완전히 해결하려면 인간의 심중을 훤히 알아야겠지만, 내 생각으로는 선생이 운운하는 것과 같은 비밀을 가진 마음은 최후의 날이 오면 마지못해서가 아니라 말할 수 없이 기쁜 마음으로 서슴없이 실토할 것입니다."

"그렇다면 어째서 이 세상에선 그것을 털어놓지 않는 것일까요?"

로저 칠링워드는 목사를 곁눈질하며 물었다.

"무슨 이유로 죄 있는 자들이 이처럼 커다란 기쁨을 좀더 빨리 못 누린다는 것입니까?"

"대체로 사람들은 그렇게들 하고 있지요."

목사는 괴로워서 가슴이 마구 뛰고 있는 듯 가슴팍을 움켜쥐고 말하였다.

"많은 사람들이, 가엾은 불쌍한 영혼들이 나에게 비밀을 고백했어
요. 임종의 자리에서뿐만 아니라 경력이 왕성하고 명성이 한창 좋을
때에도 말입니다. 그런데 이렇게 죄를 쏟아 놓고 나면 그 죄 많은 형
제들이 말입니다, 마치 자신의 더러워진 입김으로 질식할 뻔하다 겨
우 자유로운 공기를 들이마신 사람처럼 후련한 느낌을 받지요. 그건
너무나도 당연한 것 아니겠습니까? 어찌하여 사람을 죽인 가엾은 자
가 죽은 시체를 내동댕이쳐 세상이 처리하도록 맡겨 두지 않고 자기
가슴속에 묻어 두려 한단 말입니까?"

"그러나 어떤 사람은 자기의 비밀을 가슴속에 파묻어 두고 있지
요." 하고 의사는 침착하게 말하였다.

"옳습니다. 그런 사람들도 물론 있지요." 하고 딤즈데일 목사는 대
답하였다.

"하지만 뚜렷한 이유를 내세우지 않더라도 그것은 그 사람의 천성
이 입을 열지 못하게 하는지도 모르지요. 이렇게도 생각해 볼 수 있
지 않겠어요? 죄를 느끼고 있기는 하지만 그보다는 하나님의 영광과
인간의 행복에 대한 열의가 더 큰 사람들의 눈앞에서 어둡고 흉악한
자신의 모습을 차마 밝히지 못하는 것이겠지요. 일단 모습을 드러내
고 나면 그 뒤론 선행을 할 수도 없고 아무리 좋은 일을 해도 과거
에 저지른 악행을 보상할 수 없을 테니까요. 그래서 형언할 수 없는
괴로운 심정으로 사람들 사이를 오가면서 갓 내린 눈처럼 결백한 체
하지만 가슴만은 씻으려야 씻을 길 없는 죄악으로 물들고 멍들어 있

단 말입니다."

"그 사람들은 자기 자신을 속이고 있는 격이지요."

로저 칠링워드는 평소보다 유난히 강한 어조로 말하며 집게손가락으로 손짓을 하였다.

"그들은 마땅히 겪어야 할 치욕을 두려워하는 겁니다. 인간에 대한 사랑이나 하나님을 섬기는 여성 같은 신선한 충동은 그들의 가슴속에 악의 씨와 함께 공존하고 있는지 그렇지 않은지 모를 일입니다. 그들의 죄악이 문을 열고 불러들인 마귀는 가슴속에다 지옥의 씨를 뿌리고 있을 것입니다. 그런데도 만약 그들이 하나님께 영광을 돌리겠다고 원한다면, 그 더럽혀진 손을 하늘을 향해 치켜들어서는 안 될 게 아니오? 이웃을 위하여 봉사하겠다면 스스로 굴욕을 겪어서 양심이 존재함과 힘을 발휘하고 있음을 보여 주어야지요. 경건하고 현명한 딤즈데일 목사! 당신은 하나님의 진리를 드러내는 것보다 잠시 속이는 것이 하나님의 영광과 인간의 행복을 위해 낫다고 제가 믿기를 바라는 겁니까? 분명히 말해서, 그런 자들은 자신을 속이는 자들입니다!"

"그럴지도 모르지요."

젊은 목사는 이치에 맞지 않을 뿐더러 자기와는 관계없고 적절하지 않은 일은 토론하기 싫다는 듯 무관심하게 말했다. 사실 목사는 지나치게 신경과민인 자기의 성격을 건드리는 화제라면 무엇이든 회피하는 재능이 있었다.

"그런데 유능하신 의사 선생께 묻겠습니다만, 이 쇠약한 몸뚱이를 친절히 돌보아 주시는데 무슨 회복의 기미라도 발견된다고 생각하십니까?"

그때 로저 칠링워드가 미처 대답하기도 전에 근처 묘지 쪽으로부터 깔깔대는 어린아이의 맑은 웃음소리가 들려왔다. 여름철이라 열려진 창밖으로 목사가 이내 시선을 돌리자, 헤스터 프린과 귀여운 펄이 뜰을 따라 걸어가는 모습이 시야에 들어왔다. 펄은 화창한 날씨처럼 아름다웠으나, 언제나처럼 고집스러운 장난기에 싸여 있었다. 이럴 때마다 펄은 동정심이나 인간의 접촉의 세계 같은 것에서 완전히 동떨어진 곳에 있는 듯 보였다. 펄은 불경스럽게도 이 무덤에서 저 무덤으로 까불며 건너다니다가 크고 널따란 문장이 달린— 어느 저명 인사의 무덤인지도 모른다 —비석 앞에 이르자 거기 올라가 춤을 추기 시작했다. 어머니가 좀더 얌전히 굴라고 타이르며 애원하는 바람에 그 말을 따르기라도 하듯, 어린 펄은 무덤가에 자란 가시 돋친 우엉 열매를 따 모았다. 그 열매를 한줌 쥐고는 어머니의 가슴을 수놓은 주홍글씨의 선을 따라 붙여 나갔다. 열매는 가시 때문에 달라붙어 떨어지지도 않았으며, 헤스터는 그것을 떼어 버리려 하지도 않았다.

바로 이 순간, 로저 칠링워드는 창문가로 다가서서 무서운 표정으로 미소를 머금고 아래를 내려다보았다.

"저 아이의 성질 속에는 법도 없고 권력에 대한 존경이 없어 옳고 그르고 간에 사람의 명령이나 의견을 들어 줄 줄도 모르는 아이야."

혼자 중얼거리는 것인지 옆의 목사에게 건네는 것인지도 모르게 그의 얼굴은 무표정했다.

"저번에는 저애가 스프링 레인에서 소 먹이는 물통에 든 물을 하 펄이면 총독에게 뿌리는 걸 보았소. 도대체 무슨 애가 그런지, 그 요 사스러운 행동은 분명 악마가 아닐까요? 저애도 애정을 갖고 있을까 요? 무슨 생존의 원칙 같은 거라도 저애한테서 엿보이는 게 있습니 까?"

"아무것도…… 원칙에 어긋나는 자유밖에는 아무것도 가진 게 없 을 겁니다."

딤즈데일 목사는 진작부터 이 문제를 깊이 가슴속에서 생각해 온 듯 조용하게 대답하였다.

"저애가 선을 행할 수 있을지는 나도 확실히 모르겠습니다."

펄은 두 사람이 나누고 있는 이야기를 들은 듯했다. 왜냐하면 명 랑과 총명이 뒤섞였으면서도 장난꾸러기 같은 미소를 지으며 창문을 올려다보던 펄이 딤즈데일 목사를 향하여 가시투성이인 우엉 열매를 던졌기 때문이다.

예민한 목사는 난데없이 날아드는 우엉 열매를 피하려고 깜짝 놀 라 몸을 움찔하였다. 목사의 겁먹은 태도를 보고 펄은 좋아서 어쩔 줄을 몰라하며 그 작은 손바닥을 쳐댔다. 그래서 헤스터 프린도 무 심히 위를 올려다보았다. 잠시 네 사람의 시선이 동시에 엉켰다. 이 윽고 펄이 웃음을 터뜨리며 부르짖었다.

"엄마! 이리 와요! 빨리 이리로 안 오면 저 늙은 마귀가 엄말 붙잡 아 가요! 마귀는 벌써 목사님을 붙잡았어요. 빨리 엄마! 빨리 안 오면 붙잡힌다니까! 그래도 마귀는 이 조그만 펄은 못 잡을걸!"

그렇게 말하며 펄은 어머니를 잡아끌고 무덤 사이를 제멋대로 뛰고 춤추며 돌아다녔다. 펄은 이미 세상을 떠나서 땅에 묻힌 세대와는 아무 상관도 없고 아무 인연도 없음을 주장하는 듯했다. 펄은 마치 새로운 요소에서 새로 태어난 것같이 제 마음대로의 생활이 허용될 수밖에 없고, 자기 자신이 바로 법이나 마찬가지라서 어떤 괴벽한 일을 하여도 죄가 되지 않는 그런 아이였다.

"저기 가는 여인은 말이지요!"

한참 만에 로저 칠링워드 노인이 다시 입을 열었다.

"저 여자는 과거의 과실은 어떻든지 간에 당신이 말한 그 숨은 죄라는 비밀을 조금도 갖지 않은 사람이올시다. 헤스터 프린은 가슴에 주홍글씨를 달았으니 그만큼 덜 불행하다고 생각지 않으십니까?"

"정말 그럴 것이라고 믿습니다. 그러나 본인이 아닌 내가 무어라고 대답할 수는 없습니다. 그녀의 얼굴에는 차라리 보지 않았으면 좋을 그런 괴로움이 어려 있어요. 그렇지만 내 생각으로는 괴로움을 받는 사람의 입장에서 보면 가엾은 헤스터처럼 괴로움을 자유롭게 표시하는 편이 가슴속에 숨겨 두는 것보다 나을 것 같군요."

대화는 여기서 중단되었다.

조용한 침묵에 대응하듯 의사는 뜯어 온 풀을 다시금 뒤적이며 정돈하기 시작했다.

"조금 전에 제게 물었지요?"

의사가 입을 열었다.

"목사님의 건강에 대한 저의 판단을?"

"네, 그랬습니다."

목사는 대답하였다.

"듣고 싶습니다. 죽어도 그만이고 살아도 그만이니 숨기지 말고 솔직하게 얘기해 주십시오."

"그렇다면 기탄없이 말씀드리겠습니다."

의사는 여전히 약초를 뒤적거리는 한편으로 주의 깊은 시선을 목사에게 던지며 말했다.

"당신의 변은 이상해요. 병 자체는 그리 대단치 않으며 표면상으로 나타난 것도 없습니다. 적어도 제가 증세를 관찰한 바로서는 말이지요. 지난 몇 달째 하루도 빠짐없이 당신을 살펴보고 표면에 나타나는 증세를 관찰하다 보니, 저는 당신을 심한 병에 걸린 환자로 여길 수밖에 없을 것 같습니다. 하지만 지식이 많고 주의 깊은 의사라면 고칠 가망성이 없는 환자는 아니지요. 그런데 뭐라고 해야 좋을지…… 그 병의 정체를 알 듯하면서도 모르겠군요."

"당신은 수수께끼를 하고 계시는 것 같군요."

얼굴이 창백해진 목사가 창밖을 곁눈질하면서 말했다.

"그럼 더 솔직히 말할까요?"

의사는 말끝을 잠시 흐렸다가 다시 이었다.

"용서하십시오, 목사님. 실례가 되겠지만 아무래도 말씀드려야…… 당신의 친구로서 그리고 하나님의 가호 아래 당신의 생명과 육체의 건강을 책임진 자로서 제가 우선 한 가지 묻겠습니다. 목사님은 병의 증세에 대해 숨김없이 제게 모든 걸 보여 주셨습니까?"

"어째서 그런 말씀을 하시지요?"

목사가 창백한 얼굴을 들며 말했다.

"의사를 불러 놓고 아픈 곳을 감추고 있는 것은 어린애 장난이 아니고 무엇이겠습니까?"

"그럼 내가 모든 것을 알고 있다는 말인가요?"

로저 칠링워드는 강한 지성의 빛이 번쩍이는 눈초리로 목사의 얼굴을 노려보며 신중히 덧붙였다.

"그럼 좋습니다. 한 번만 더 실례하겠습니다. 의사가 고작해야 환자의 신체 밖으로 나타난 증세밖에 모른다면 자기가 고쳐야 할 병의 절반밖에 치료할 수 없어요. 육체의 병은 육체 자체의 병으로 그친다고들 생각하지만 실은 정신적 고민의 한 징조에 지나지 않을 수도 있어요. 제 말이 다소간 비위에 거슬리는 면이 있더라도 용서하십시오. 당신은 제가 아는 사람들 중에서 육체와 정신이 가장 밀접하게 결합되어 혼연일체가 되어 있는 분이지요. 육체는 정신의 도구일 뿐이니까요."

"그렇다면 더 이상 내가 부탁드릴 게 없겠군요."

목사는 의자에서 성급하게 일어나며 말했다.

"내 생각으론 선생은 영혼을 치료하는 약은 취급하지 않을 테니까요."

"그래서 병이라는 것은……."

로저 칠링워드는 목사의 항의에는 개의치 않고 변함없는 어투로 불쑥 일어서서 작달막하고 까무잡잡한 몸뚱이를 창백하고 파리한 목사 앞에 다가세우며 말을 계속하였다.

"당신의 정신에 아픈 곳이 생기게 되면 그와 관련된 육체의 병이 나타나게 마련이지요. 그러므로 당신의 의사로 하여금 육체의 병을 고치게 하려면 먼저 그 의사한테 영혼이 받은 상처나 괴로움을 밝혀야 할 것입니다."

"천만에! 그것은 안 되오! 속세의 의사에겐 절대 안 될 말입니다!"

딤즈데일 목사는 두 눈을 커다랗게 뜬 채 그 번쩍이고 매섭게 보이는 눈초리를 로저 칠링워드 노인한테 돌리며 버럭 소리를 질렀다.

"당신한테는 말할 수 없어요. 하지만 내 영혼에 정말 병이 있다면 나는 유일하신 영혼의 의사이신 하나님께 내 병을 맡길 것입니다. 그분이 나를 고쳐 줄 생각이 있으시면 고쳐 주실 테고 죽이시기도 하실 거요. 하나님은 정의와 지혜에 비추어 옳다고 생각하신 대로 나를 처분해 주실 겁니다. 어째서 이런 일에 간섭이죠? 당신은 대체 어떤 사람이죠? 괴로워하는 자와 하나님 사이에서 가로막고 나서는 당신은 대체 누구냐 말입니까?"

목사는 미친 듯이 방을 뛰쳐나갔다.

"이런 방법도 나쁘진 않군."

로저 칠링워드는 의미심장한 미소를 짓고 목사의 뒷모습을 바라보며 중얼거렸다.

"별로 손해 볼 건 없어. 금방 우린 또 친해질 테니까. 그런데 이상도 하지, 감정이 격해 미친 사람 같잖아. 한번 격정에 사로잡혔으니 앞으로도 격해지면 또 그렇게 되겠지. 그전에도 이자는, 이 신앙심이 깊은 딤즈데일 목사는 그 가슴의 격정에 휩쓸려서 아마도 무서운 일을 저질렀을 거야."

두 사람이 전과 같은 입장에서 그전과 같은 친분을 되찾는 것은 그리 어렵지 않은 일이었다. 목사는 혼자서 몇 시간을 생각한 끝에 너무 흥분해서 이성을 잃고 추태를 부렸다는 것을 깨달았다.

그리고 아무리 생각해 보아도 그 추태에 대한 변명이나 구실이 될 만한 건더기를 의사의 말 속에서 찾아볼 수가 없었다.

목사는 자기가 원하였던 충고를 친절한 노의사가 직책상 마땅히 해 주었던 것뿐인데 그 노인의 친절을 그런 식으로 대했다는 사실에 놀라고 있었다. 이렇듯 후회하는 마음이 된 목사는 지체하지 않고 의사를 찾아가 충분한 사과를 했고, 계속하여 치료를 해달라고 청하였다. 그의 치료 덕분으로 완전하진 못해도 자신의 나약한 생명을 여태껏 지탱해 올 수 있었는지도 몰랐다. 로저 칠링워드는 기다렸다는 듯 이를 쾌히 응낙했고, 계속하여 목사의 건강을 보살폈다. 아무튼 그는 목사를 위해 최선을 다해 치료하였으나, 치료를 마치고 환자의 방을 나갈 때에는 입가에 정체 모를 미소를 띠곤 했다.

이런 표정은 딤즈데일 목사 앞에선 한 번도 나타난 적이 없었지만, 의사가 그 방문턱을 넘어서기가 무섭게 뚜렷이 나타났다.

"보기 드문 증세란 말이야……."

의사는 고개를 갸웃거리며 중얼거렸다.

"좀더 깊이 파고들어야 해. 영혼과 육체가 참 이상한 조화를 이루고 있단 말이야. 의학적인 목적만을 위해서도 이 문제는 철저히 풀어야 해."

앞서 이야기한 사건이 있은 후 얼마 지나지 않아서의 일이었다.

딤즈데일 목사는 대낮에 검은 활자로 된 큼직한 책을 책상 위에 펼쳐 놓은 채 자기도 모르게 깊은 잠에 빠져 있었다. 아마 그 책은 잠을 잘 오게 하는 그런 종류의 문학 작품이었던 모양이다. 목사가 이처럼 깊이 잠들어 있음은 참 놀라운 일이었다. 왜냐하면, 그는 보통 나뭇가지에서 뛰노는 작은 새처럼 가볍게 잠들기 때문이었다. 그런데 이렇게 깊은 잠이 들었으니 이상한 일이 아닐 수 없었다.

그는 너무나 깊숙이 잠들어 있어서 늙은 칠링워드가 조심하는 법도 없이 방으로 들어왔건만 목사는 의자에서 꼼짝하지도 않았다.

의사는 환자 앞으로 곧장 다가서서 그의 가슴에 한 손을 대고 여태까지는 의사에게 보인 적이 없는 앞가슴을 조심스레 젖혔다.

이때, 딤즈데일 목사는 몸을 약간 움직이며 한순간 부르르 몸을 떨었다.

얼마 동안 그렇게 들여다보고 나서 의사는 방을 나갔다. 하지만 의사의 얼굴엔 경악과 환희와 공포가 뒤섞여 미칠 듯한 무서운 표정이 깃들어 있었다. 아니, 그야말로 너무나 기쁜 나머지 보기 흉할 정도로 미친 듯이 기뻐하는 표정이었다. 마치 그 기쁨을 눈과 얼굴만으로는 표현해낼 수가 없다는 듯 그의 흉측하게 생긴 온몸을 통해 나타내었고, 마침내는 미친 듯이 천장을 향해 두 팔을 번쩍 쳐들고는 마룻바닥을 발로 쿵쿵 구르며 기괴한 몸짓을 해댔다.

이처럼 기뻐서 어쩔 줄 모르는 로저 칠링워드의 모습을 본 사람이 있다면, 한 귀한 영혼이 천국에서 쫓겨나 지옥으로 떨어지게 되었을 때 악마가 어떤 태도를 취하는가를 새삼 남에게 물어 볼 필요가 없었을 것이다.

　그러나 의사의 환희와 악마의 환희 사이엔 차이점이 있었다. 의사의 뇌리 속에는 한 가닥의 놀라움이 깃들어 있었기 때문이다.

마음속의 비밀

앞에서 이야기한 일들이 있은 후, 목사와 의사와의 사이는 겉보기에엔 별다른 게 없었으나 사실은 전과 딴판이 되었다. 현명한 로저 칠링워드의 앞길은 명백한 확신으로 훤히 틔었다. 사실 그 길은 그가 처음부터 걸어가려고 계획했던 길은 아니었다. 겉으로는 온화하고 다정다감하고 혹은 냉철해 보였던 로저 칠링워드는 근래에 와서 악의 마음이 고개를 들어 일찍이 아무도 제 원수에게 해 보지 못했던 지극히 교묘한 복수를 꾀하기 시작했던 것이다. 이 무정한 의사로서는 공포와 양심의 가책, 고뇌, 후회, 아무리 뿌리쳐도 소용없이 달려드는 죄의식 등 이 모든 것을 털어놓게 할 수 있는 오직 한 사람의 친구가 되어 주는 것이 최상의 복수였다. 무엇이든 동정하고 용서해 주는 큰 마음을 지닌 세상으로부터 감추어진 죄 많은 슬픔을 냉혹하고 용서를 모르는 이 늙은 의사 앞에 털어놓게 하는 것이다. 왜냐하면 그것 외에는 복수의 빚을 충분히 갚을 다른 방법이 없었기 때문이다.

하지만 목사의 수줍고 신경질적이며 민감하고도 소극적인 태도가 이 계획을 순조롭지 못하게 했다. 그렇다고 해서 로저 칠링워드는 사태를 전혀 불만스럽게 생각하지는 않았다. 왜냐하면, 이것도 하나님이 — 보복하는 자와 당하는 자를 모두 자기 뜻대로 이용하여 벌주어야 할 것을 도리어 용서하고 — 의사의 검은 흉계를 이루어 주는 셈이 되었던 것이다. 의사에게 신의 계시가 내린 것이나 마찬가지라고 해도 과언이 아니었다. 그것이 천국에서 온 것이든 그 어떤 세계에서 온 것이든 그의 목적을 위해서는 아무래도 좋았다.

아무튼 그 계시 덕분에 의사는 그 후부터 딤즈데일 목사와 사귀는 가운데 목사의 외적 존재뿐 아니라 마음속의 영혼까지도 눈앞에 낱낱이 드러난 것처럼 이해할 수가 있었다. 그때부터 의사는 가엾은 목사의 마음속 깊숙이 파고들어 그 속에서는 한낱 구경꾼이 아닌 주연의 구실을 하게 되었다. 그는 목사를 마음 내키는 대로 다루었다. 고뇌의 맥박을 갖고 목사를 흥분시키고자 원하면 목사는 언제나 고문대 위에 올라가야 하는 상태였으므로 고문대를 조정하는 용수철만 알면 되었다. 의사는 이 장치를 너무나 잘 다루고 있었다. 그가 난데없이 목사를 공포에 사로잡히게 하려 들면, 마치 마술사가 지팡이를 흔들어 무서운 유령들을 솟구치게 하듯 숱한 유령들이 저마다 주검의 형상을 하거나 혹은 그보다 더 무서운 치욕의 갖가지 탈을 쓴 무수한 무리들이 목사를 에워싸고 그의 가슴을 향해 손가락질하였다.

의사의 계획은 너무나 완전하고 교묘하게 행해져서 목사는 자기의 신변을 노리는 어떤 흉악한 존재가 있음을 어렴풋이 짐작하고는 있었지만 그 정체가 무엇인가를 알아내지는 못했다. 이따금씩 목사는 수상쩍고 두렵게 여기면서 전율할 정도의 증오감으로 그 노의사의 변신스러운 모습을 바라다보았다. 목사의 눈에는 의사의 몸짓이나 걸음걸이, 희끗희끗한 턱수염이나 옷매무새 등 그의 자질구레한 동작 하나하나가 모두 혐오감을 주는 것뿐이었다. 이것은 목사가 스스로 깨닫지 못하는 사이에 자라난 깊고 깊은 반감을 의사에게 품고 있다는 확실한 증거였다.

딤즈데일 목사는 이러한 불신과 혐오감을 품게 된 이유를 알아낼 수가 없었으므로 자기 가슴을 어떤 병적인 독이 침범하고 있다고 느끼고 그 독소에 모든 예감을 결부시켜 생각하였다. 목사는 로저 칠링워드에게 언짢은 감정을 품은 자신을 오히려 책하였고, 그런 감정이 예고하는 눈앞의 경고는 보지 못하였다. 목사는 자신의 옹졸함을 뿌리 뽑지는 못했으나 일방적인 무슨 주의처럼 노의사와의 친교는 두텁게 유지해 갔다. 이리하여 그는 의사에게 흉계를 성취할 수 있는 기회를 항상 주고 있는 셈이었다.

복수자는 외롭고 비참했다. 오히려 희생물이 될 사람보다 훨씬 비참했다. 육체는 병으로 아프고 영혼은 시달림 당하며, 불공대천의 원수의 흉계에 사로잡혀 있으면서도 딤즈데일 목사는 사뭇 성직자로서의 명망이 드높았다. 그의 명망의 대부분은 슬픔의 대가인 듯했다. 목사의 의지적 지성, 도덕적 이해력, 감동을 경험하고 그것을 전달하는 한 그러한 것들은 그의 일상생활의 가책과 고민에 의해 항상 특출나게 활동적인 상태였다. 나날이 위로 치닫기만 하는 그의 명망은 차분하게 얻은 동료 목사들의 명성을 능가하였다. 이 목사들 중 몇몇의 저명 인사들은 딤즈데일 목사가 이 세상에 태어나 닦은 것보다 더 오랜 세월에 걸쳐 성직에 관한 오묘하고 깊은 학문을 닦았기 때문에 이 젊은 목사보다 더 견실하고 귀한 배움을 깨우쳤다고 해도 과언이 아닐 그런 학자들도 있었다. 그리고 젊은 목사보다 한층 강인한 이지(理智)를 갖고 있는 사람들로서 훨씬 더 예리하고 깊은 이해력을 가진 사람들도 많았다.

이런 이해력에다 교리적인 요소만 적당히 배합하면 지극히 훌륭하고 능력 있는 그리고 엄격한 부류의 성직자들도 있었다. 또한 정말 성인과 같은 목사로서 서적의 연구에도 끈기 있게 임하고, 사색하면서 그 지적 기능이 희한한 경지에 도달해 보다 좋은 세계와 정신적 교류를 함으로써 신령스럽게 된 사람들도 있었다. 이 성자들의 생활은 너무나 순결하고 성스러워서 몸에는 인간의 옷을 걸쳤지만 그 자체만으로 천국에 들어갈 수 있는 그런 사람들이었다. 그런 사람들에게 결여된 점이 있다면, 오순절 날 하나님이 선택받은 제자들에게 불같은 혀처럼 내리는 은혜였다. 불같은 혀는 알아들을 수 없는 낯선 외국어로 말하는 언변이 아니라 가슴속에서 우러나오는 말로 온 인류에게 내리신 성령을 상징하는 것이었다.

이들 신부들은 다른 점으로 보아선 진정한 사도감들이었으나 공교롭게도 귀중한 성직자임을 입증해 줄 하늘의 증거인 불같은 혀를 갖지는 못하였다. 그들은―제아무리 원하였어도―알기 쉬운 말과 형상으로 가장 높은 진리를 표현해 보려 시도하였으나 소용없었다. 그들의 음성은 그들이 항상 살고 있던 높은 세계로부터 까마득히 그리고 불확실하게 들려왔다.

딤즈데일 목사는 성격상의 여러 가지 특징으로 보아 마지막에 예를 든 사람들과 같은 부류에 속할 것이 틀림없었다. 목사가 운명으로 짊어지고 비틀거리는 죄악과 고민의 무거운 짐 때문에 중도에서 기가 꺾이지 않았더라면, 그는 신앙과 신성의 드높은 산봉우리까지도 올라갈 수 있었을 것이다. 그러나 딤즈데일 목사는 높은 봉우리의 기슭에서 비틀거리는 신세가 되어 아주 얕은 데서 비천한 사람들과 자리를 같이하게 되었다. 그렇지만 않았더라면 천사들도 그의 목소리에 귀를 기울이고 회답하였을지 모른다.

하지만 그의 무거운 짐이야말로 죄를 범한 많은 사람들에게 인간에 대한 따스한 공감이 우러나오게 했는지도 모른다. 그래서 그의 마음은 형제들과 떨기도 하고, 그들의 고통을 받아들여 자신의 고통의 물결을 슬프고도 설득력 있는 웅변에 기울임으로써 수많은 형제들의 마음속에 전하였다. 그의 설교는 언제나 사람들의 마음을 휘어잡았으며, 어떤 때는 무서운 생각이 들 정도였다. 사람들은 무슨 힘이 이토록 자신들을 감동시키는지 알지 못하였다. 그들은 이 젊은 목사야말로 신성이 빚어낸 기적과 같다고도 생각하였다. 또한 신의 지혜와 꾸짖음과 사랑을 알려 주는 신의 대변자라고 생각하였다. 그들의 눈에는 목사가 밟고 서 있는 땅까지가 성역처럼 여겨졌다.

교회의 처녀들은 목사 앞에 서면 창백한 얼굴이 되곤 했는데, 그것은 종교적인 정열에 익숙한 그녀들이 순결한 가슴에 타오르는 열정을 신에 대한 사랑으로 믿고 그것을 하나님이 가장 기뻐하실 제물로 생각하였기 때문이다. 늙고 쇠약한 신도들은 딤즈데일 목사가 허약해져 그가 자신들보다 먼저 세상을 떠나리라 짐작하고는, 자기가 죽거든 그 뼈를 젊은 목사의 성스러운 무덤 가까이에 묻어달라고 자식들에게 간곡히 부탁하는 것이었다. 그러나 정작 딤즈데일 목사는 자기 무덤에 대해 생각할 때, 과연 그 무덤 위에도 제대로 풀이 자랄 것인가를 스스로에게 묻곤 하였다. 왜냐하면 필시 그 무덤에는 저주받은 것이 묻히게 될 테니까!

뭇사람들의 존경을 받는 목사였기 때문에 그가 받는 마음의 고통은 더욱 컸다. 진실을 숭배하고 모든 사물이 생명 속의 생명으로서 신성한 본질을 지니지 않는 것은 모든 것이 중요성이나 가치를 느낄 수 없는 그림자 같은 허상이어서 아무런 의미도 부여할 수 없다는 것이 목사의 진정한 본심이었다. 그러면 목사의 정체는 무엇이었을까? 실체일까? 아니면 모든 그림자 중에서 가장 희미한 허상일까? 강단에 섰을 때, 목사는 목청을 돋우어 신도들에게 자기의 정체를 밝혀 주고 싶었다.

"여러분 앞에 서 있는 성스런 성직자 차림을 가장한 이 사람은, 신성한 강단에 올라서서 창백한 얼굴로 하늘을 우러르며 여러분을 대신하여 전능하신 하나님과 더불어 사귀어야 할 이 사람은, 일상 생활에서 에녹과 같이 성스러움이 깃들었다고 믿어 주시는 이 사람은, 한 발자국 떼어놓을 때마다 빛을 남기어 이 빛을 등불 삼아 뒤따라오는 순례자들을 천국으로 인도하기에 충분하다고 느끼시는 이 사람은, 여러분의 자녀들에게 세례의 손길을 얹었던 이 사람은, 여러분의 친구들이 임종하는 마지막 순간에 기도를 올려주며 그들이 이제 막 버리고 온 세상에서 어렴풋이 듣게 되는 아멘 소리와 더불어 편안히 눈을 감는다고 믿게 해 주는 이 사람은, 여러분의 목사라고 그토록 믿어 주시며 존경과 신뢰를 받고 있는 이 사람은 참으로 추악하기 그지없는 악인이요, 위선 덩어리입니다!"

  딤즈데일 목사는 강단에 올라섰을 때 이와 같은 말을 하지 않고서는 내려오지 않으리라는 결심을 한 적이 한두 번이 아니었다. 헛기침을 하고 목소리를 가다듬고 한숨을 깊이 들이마신 적도 많았다. 들이마신 숨을 다시 내쉴 때 그 호흡을 통해 영혼의 흉악한 비밀이 토해져 나가길 빌었다. 여러 번, 아니 몇백 번이나 그는 실지로 말을 했었다. 분명히 말했었다. 과연 어떻게 말했었던가? 목사는 청중들에게 자기는 비열하기 이를 데 없는 인간이요, 간악한 죄인이요, 상상할 수도 없는 악한이라며 전능하신 하나님의 불같은 노여움으로 말미암아 나날이 소멸되고 있는 자기를 보고도 그 사실을 모르는 신도들이 참으로 딱하다고 말했었다. 이보다 더 솔직하고 분명한 말이 또 있을까? 교인들은 깜짝 놀라 자리에서 벌떡 일어나서 목사를 그가 더럽혀 놓은 강단으로부터 끌어내리려 하지는 않았다. 신도들은 한마디도 빠뜨리지 않고 듣고 난 후에도 오히려 목사를 더 존경하게 되었다. 교인들은 자책하는 목사의 말 속에 얼마나 무서운 의미가 숨겨져 있는지 상상조차 못했던 것이다.

"믿음으로 충만하신 목사님이셔!"

그들은 설교에 감탄하며 말했다.

"지상의 성자 그대로야. 그가 해맑은 자기 영혼 속에서조차 그토록 많은 죄를 찾아냈는데 당신이나 나의 영혼 속에는 얼마나 많은 끔찍스런 죄악이 차 있겠소."

생각이 깊고 뉘우칠 줄 아는 위선자였던 목사는 자신의 막연한 고백이 신도들에게 어떻게 비춰질 것인가를 잘 알고 있었다. 목사는 죄 많은 양심을 서약함으로써 자기 자신을 기만하려 했지만 그것은 오히려 죄를 하나 더 쌓아올리는 일밖에 되지 않았다.

결국 부끄러움을 금치 못하며 순간적인 마음의 평화도 얻을 수가 없게 되었다. 목사는 진실을 밝혔으나 완전한 허위로 바뀌고 말았다. 그래도 목사는 본바탕이 남달리 진실을 사랑하고 거짓을 미워하는 사람이었다. 그래서 자기 자신의 비참한 모습을 더 증오스러워 했으리라!

목사는 마음속의 번뇌를 참지 못하여 자기가 태어나서부터 자라오는 동안 익혀 온 교회의 훌륭한 가르침보다 옛날의 부패한 로마 교회의 신앙을 따르게 되었다.

딤즈데일 목사의 방엔 굳게 자물쇠로 채워 둔 비밀 벽장이 있는데 그곳에는 피 묻은 채찍이 있었다. 신교도다운 청교도인 목사는 종종 자신의 어깨를 이 채찍으로 사정없이 내리쳤다. 채찍질을 하면서 자신을 쓰게 비웃었으며, 그 웃음 때문에 한층 더 잔인하게 채찍질해 대는 것이었다. 믿음이 두터운 청교도들이 그랬듯이 그도 금식을 하는 버릇이 있었다. 그러나 다른 청교도들처럼 몸을 정결하게 하여 하늘의 광명을 받아들일 더욱 알맞은 그릇이 되기 위해 하는 것이 아니라, 죄 갚음을 하는 엄격한 고행이었다. 목사는 또 날마다 밤을 새워가며 기도를 올렸다. 칠흑 같은 어둠 속에서, 희미한 등불 아래서, 때로는 그가 동원할 수 있는 모든 강렬한 불빛을 밝혀 놓고 거울 속의 자기 얼굴을 똑바로 쳐다보며 철야 기도를 하였다.

목사는 이토록 끊임없는 자기 반성으로 스스로를 괴롭혔지만 육체가 정화되지는 않았다. 철야 기도가 오래 계속됨에 따라 머릿속은 더욱 어지러워졌고, 눈앞에 어떤 환영 같은 것이 어른거리기도 했다. 환영은 자체의 몸에서 발하는 어렴풋한 빛으로 밤의 어두컴컴한 먼 곳에서 나타나거나, 혹은 한결 더 밝은 그의 주변 거울 속에서 보이기도 하였다. 한 떼의 마귀처럼 이빨을 드러내고 히죽히죽 웃으며 파랗게 질린 목사를 향해 따라오라는 듯 손짓을 하는가 하면, 또 어떤 때는 빛나는 한 무리의 천사가 나타나서는 슬픔을 등지고 있는 듯 무거운 몸짓으로 하늘을 향해 날아 올라갔는데 하늘로 올라갈수록 공기처럼 맑아지는 것이었다.

그다음에는 이미 세상을 떠난 어렸을 때의 친구들이며, 성자처럼 흰 수염을 기른 아버지며, 얼굴을 돌려 그를 외면한 채 지나가는 어머니, 어머니의 유령 ─ 너무나도 희미한 어머니의 환영 ─ 등 그래도 아들에게 연민의 시선이라도 던져 줄 법한 어머니였는데도. 이번에는 이런 환상들로 무서워진 방안을 헤스터 프린이 주홍빛 옷을 입은 펄을 데리고 미끄러지듯 지나갔다. 어린 펄은 헤스터의 가슴 위에 붙은 주홍글씨를 손가락질하더니 이어서 목사의 가슴을 가리키는 것이었다.

이런 환영들 중 어느 것도 목사를 완전히 사로잡진 못했다. 그는 강한 의지로써 언제든지 안개처럼 몽롱한 가운데에서도 실체를 분간해냈고, 이것들이 조각 장식이 있는 떡갈나무 탁자나 가죽을 씌우고 놋쇠 조각으로 쥔 큼직한 사각형의 성경처럼 실제로 존재하는 것이 아님을 확신하였다. 그럼에도 불구하고 그 환영들은 어느 의미에선 가엾은 목사가 상대하는 것 중 가장 진실되고 가장 실체적인 것이었다.

우리 주변의 온갖 현실에서 하늘이 영혼의 기쁨과 양식이 되라고 주신 진수와 본질을 빼앗긴다는 것은, 목사의 생활처럼 허위의 생활을 하고 있는 사람에겐 말할 수 없는 불행인 것이다. 진실되지 않은 사람에게는 우주 자체가 거짓이요, 손에 쥐기가 무섭게 흔적조차 남기지 않고 사라져 버리는 것이다. 그리고 목사 자신도 거짓의 빛을 쐬면 안개처럼 사라지거나 존재하지 않게 된다. 딤즈데일 목사로 하여금 진정으로 땅 위에 실재하게 해주는 유일한 진실은 그의 영혼의 밑바닥에 깔려 있는 고민과 얼굴로 표출되는 고뇌의 표정이었다. 그가 한 번이라도 밝게 웃고 즐거운 표정을 지을 줄만 알았더라면 딤즈데일이란 사람은 벌써 오래전에 자취를 감추었을 것이다.

무서운 환영들이 잇달아 나타나던 어느 날 밤에 목사는 벌떡 의자
에서 일어났다. 어떤 새로운 생각 같은 게 머릿속에 떠올랐기 때문
이었다. 그렇게 하면 다만 한순간이라도 마음이 편해질는지도 몰랐
다. 목사는 마치 예배에 참석할 때처럼 조심스럽게 옷을 차려입고
발소리를 죽여 가며 층계를 내려와 문밖으로 나갔다.

밤을 새운 근행

　몽롱한 꿈속을 헤매는 몽유병 환자처럼 딤즈데일 목사는 지난날 헤스터 프린이 첫번으로 군중들 앞에서 치욕의 시간을 보냈던 그곳으로 걸어갔다. 7년이라는 긴 세월 동안 햇볕에 그을리고 비바람과 눈서리를 맞으며 그 위를 올라간 수많은 죄인들의 발에 밟힌 처형대가 여전히 공회당 발코니 아래에 서 있었다. 딤즈데일 목사는 낡은 처형대의 계단을 올라갔다.

　검은 구름이 하늘 꼭대기에서부터 지평선까지 온통 뒤덮여 있는 5월 초순의 칠흑 같은 어두운 밤이었다. 마을의 거리는 모두 잠들어 있어서 목사의 행위를 볼 수 없었다. 헤스터 프린이 벌을 견디고 서 있었을 때 이를 구경했던 그 당시의 마을 사람들이 지금 이 순간에 불려나와 처형대 앞에 모인다고 해도 이 어둠 속에서는, 높은 달 위에 있는 사람의 얼굴은커녕 그 형태의 윤곽조차 식별하지 못할 것 같았다. 만일 목사가 원한다면 다음날 아침해가 뜰 때까지 그대로 처형대 위에 서 있어도 간섭할 사람은 아무도 없었다. 단지 위험이 있다면 습기 차고 쌀쌀한 밤 공기가 그의 몸에 스며들어 뼈마디가 관절염으로 뻣뻣해지거나, 목이 카타르(catarrh)와 기침으로 막혀서 다음날 그의 기도와 설교를 들으러 올 사람들에게 실망을 안겨 줄지도 모른다는 생각뿐이었다. 그 어떤 사람도 목사를 볼 수는 없었다. 보고 있는 것은 피투성이의 채찍을 자기 몸에 휘두르는 것을 본 항상 깨어 있는 눈뿐이었다. 그런데 목사가 여기에 온 이유는 무엇일까? 헤스터 프린의 고행을 흉내내려고 왔다는 말인가?

그럴 것이다. 아마도 흉내내려고 왔을 것이다. 그러나 흉내내는 도중에 목사 자신의 영혼은 자신을 비웃으며 구박하고 있는 것이다. 그러한 목사를 보고 악마들은 낄낄거리며 비웃고 있었으나 천사들은 얼굴을 가리고 슬피 울었다. 목사는 늘 양심의 가책에 못 견뎌 했으나, 양심의 사촌쯤 되는 비겁이란 놈이 무서운 손아귀로 목사를 움켜쥐고 당기면서 모든 것을 고백하려 결심했던 목사를 말리는 것이었다. 가엾고 애처로운 남자, 도대체 그 나약한 사람이 무엇 때문에 죄를 저질러 자신을 그토록 괴롭히는 것일까? 죄악이란 강철 같은 신경을 가진 사람에게나 적당한 것이다. 그래서 죄를 이겨내던가, 또는 죄의 짐이 너무 무거워 견딜 수 없으면 무섭고 야만적인 힘으로 자신에게 유리하도록 죄를 합리화시켜서 죄악을 내던져 버릴 수 있는 것이다. 그러나 신경이 예민하고 마음이 극도로 나약한 목사는 어느 쪽도 못하고 다만 갈팡질팡함으로써 하늘을 거역한 죄책감과 소용도 없는 참회의 고통에 마치 풀리지 않는 매듭처럼 꽉 얽매여 있는 것이었다.

이렇게 처형대 위에서 헛된 속죄의 흉내를 내고 있던 목사는 갑자기 강렬한 공포에 압도당했다. 그것은 마치 우주가 그의 가슴속 심장 위에 있는 주홍빛 표시를 응시하고 있는 것 같은 생각에 사로잡혔기 때문이다. 가슴의 그 자리에 독이 있는 이빨로 물어뜯긴 듯한 고통이 있었던 것이다. 자신을 억제할 수 있는 생각도, 힘도 없었으므로 목사는 비명을 질렀다. 그 비명 소리는 밤하늘을 뚫고 나아가 집집마다 부딪혀 메아리치고 그 뒤에 있는 산들을 공명시켜 마치 악마 떼들이 이곳에서 굉장한 비참과 공포를 발견하고 그것을 장난삼아 주고받는 것 같았다.

"이젠 됐다!"

두 손에 얼굴을 묻으면서 목사는 중얼거렸다.

"마을 사람들이 잠을 깨고 달려나와 내가 여기 있는 것을 발견할 것이다!"

그러나, 아무도 달려나오지 않았다. 실제로 고함 소리는 그의 귀에 들린 것처럼 그렇게 큰 것은 아니었다. 마을 사람들은 잠을 깨지도 않았고, 설사 잠이 깨었다고 해도 잠에 취한 그들은 누군가가 무서운 꿈을 꾸었나 보다라고 생각하거나 혹은 그 당시에 흔히들 존재한다고 생각하던 마녀나 마귀가 어느 농장이나 오막살이 지붕 위로 하늘을 나는 소리라고 생각했을 것이다. 아무 소리도 들리지 않자 목사는 눈을 뜨고 주위를 살폈다. 약간 멀리 떨어져서 건너편 길에 위치한 벨링검 총독 저택의 창문을 보니, 손에 등을 든 늙은 총독이 머리에 하얀 실내모를 쓰고 몸 전체를 가리는 흰 잠옷을 입은 채로 서 있었다. 그런 총독의 모습은 마치 무덤 속에서 불려 일어난 유령처럼 보였다. 목사의 고함 소리에 잠을 깬 것이 분명하였다. 총독이 나타남과 거의 동시에 총독의 누이동생인 늙은 히빈즈 부인이 등불을 들고 다른 창문에 나타났다. 거리가 멀리 떨어져 있었지만 그녀의 불만에 차 잔뜩 찌푸린 표정을 알아볼 수 있었다. 그녀는 창밖으로 얼굴을 내밀어 불안스런 표정으로 하늘을 쳐다보았다. 의심할 여지없이 이 고명하신 마귀 할멈은 딤즈데일 목사의 고함 소리가 수많은 메아리로 변하여 울려 퍼지는 것을 마귀나 마녀의 소리로 착각을 하였던 것이다. 이미 이 히빈즈 부인이 마귀나 마녀들과 숲 속을 싸다닌다는 말은 널리 알려진 사실이었다.

히빈즈 부인은 벨링검 총독의 등불 빛을 보자마자 황급히 자기의 등을 끄고 몸을 감추었다. 아니 구름 속으로 사라져 버렸는지 그 이상의 그녀 행동은 보이지 않았다. 총독은 어둠 속을 한참 동안이나 살펴보았지만, 하수도 구멍을 보는 것처럼 아무것도 볼 수 없어 마침내 등불을 끄고 창가를 떠나 안으로 사라졌다.

목사의 마음이 어느 정도 가라앉을 그 순간, 그는 반짝이는 조그마한 불빛을 보았다. 처음에는 먼 곳에 있던 불빛이 길을 따라 점점 다가오며, 마치 이 지역을 아주 잘 알고 있다는 듯 이쪽 마당의 울타리, 철창이 달린 창문, 물이 가득 찬 물통, 그 옆 펌프, 놋쇠 고리가 달려 있는 아치형의 문, 그다음엔 통나무로 만든 문간 등을 차례대로 비추었다. 딤즈데일 목사는 들려오는 발자국 소리와 함께 자신의 운명이 조금씩 다가오는 것과, 불과 몇 초만 있으면 불빛이 자기를 비추어 오랫동안 숨겼던 비밀을 드러내고야 말리라고 여기며 그대로 움직이지 않고 서서 불빛이 비추는 하나하나를 주시하고 있었다. 불빛이 점점 가까이 다가옴에 따라 그는 불빛이 그리는 밝은 원 속에서 자기의 동료요, 귀한 친구요, 성직상의 아버지인 윌슨 목사의 모습을 보았다. 딤즈데일 목사는 윌슨 목사가 누군가의 임종을 지키며 기도를 드리다가 오는 것일 거라는 생각이 들었다. 그 생각은 옳았다. 착한 노목사는 바로 그 시간에 세상을 떠나신 윈드롭 총독의 임종을 보고 돌아오는 중이었다. 마치 암울한 죄악의 밤에 그 옛날의 성인처럼 둥근 빛으로 둘러싸인, 마치 죽은 윈드롭 총독이 그의 영광을 남겨 준 것같이, 혹은 승리의 순례자가 천국의 문을 들어가는 순간 그의 몸에 천국의 빛을 감기라도 한 듯한 모습으로 걸어오고 있었다. 하지만 윌슨 목사는 등불로 발밑을 환히 비추면서 집을 향해서 걷고 있을 뿐이었다. 딤즈데일 목사는 이 광경을 천국의 후광 속에 있는 윌슨 목사를 보는 것 같은 환상으로 보고 있었던 것이다. 목사는 그 환상을 보며 빙그레 웃었다. 그러나 그는 그렇게 웃는 자신을 느끼고는 내가 미쳐 버린 게 아닌가 곰곰이 생각해 보는 것이었다.

윌슨 목사가 한 손으로 등불을 가슴에 갖다대고 처형대 앞을 지나치려고 할 때, 딤즈데일 목사는 그에게 말을 건네지 않을 수 없었다.

"안녕하십니까? 윌슨 목사님, 이리 올라와서 저와 잠시 이야기나 나누다 가시지 않으시겠습니까?"

하느님 맙소사! 딤즈데일 목사가 정말 그렇게 말을 했을까? 순간적으로 그도 자기의 입에서 이 같은 말이 나왔다고 생각했다. 그러나 그것은 그의 상상에 불과했다. 윌슨 목사는 발밑에 있을지도 모르는 진창만을 살피며 걸어가고 있을 뿐 처형대 쪽으로는 눈도 돌리지 않았다. 희미한 불빛이 완전히 사라지자 목사는 아찔해지는 것을 느꼈고, 지나간 몇 초가 매우 불안한 순간이었음을 깨달았다. 무의식중에 처참한 농담으로 일시적인 유희를 얻고자 했던 것이다.

얼마 후 그의 비참한 장난기가 엄숙한 환상 사이로 비집고 스며들어왔다. 유난히 냉랭한 밤 공기로 사지가 뻣뻣해져서 그는 처형대를 내려갈 수 있을 것 같지가 않았다. 동이 터도 그는 그대로 거기에 남아 있을 것이었다. 마을 사람들이 일어나기 시작하고, 그중 먼저 일어난 사람이 새벽 어스름 속을 걸어오다가 높은 치욕의 처형대에 흐릿하게 사람의 모습이 보이는 것을 발견하고 놀랄 것이다. 그러면서도 호기심에 이끌려 집집마다 다니며 문을 두드리고는, 누군지는 모르지만 세상을 떠난 죄인의 유령 — 아마도 그렇게 보였을 것이다 — 을 구경하라고 사람들을 불러낼 것이다. 희미한 어둠 속에 사람들의 웅성거림이 마치 새들이 날개를 치듯 이 집에서 저 집으로 옮아갈 것이다. 이윽고 날이 더욱 밝아지면 나이 많은 가장들은 플란넬 잠옷을 걸치고 나오고, 아낙네들도 잠옷을 그대로 입은 채 나올 것이다. 사람들 앞에 나올 때 머리카락 하나 흐트러진 데 없이 차리고 나오는 점잖은 집안 사람들도 마치 악몽에 들뜬 당황한 모습으로 나타날 것이다. 벨링검 노총독은 제임스 왕조 시대의 주름 깃을 삐뚤게 단 채 무서운 표정을 짓고 나타날 것이며, 히빈즈 부인은 지난밤 숲 속을 쏘다닌 모습 그대로 치맛자락에 숲 속의 나뭇가지들을 주렁주렁 매달고 밤새 한숨도 못 잔 피곤한 얼굴로 나타날 것이다. 착한 윌슨 목사는 밤중까지 임종을 지킨 터이므로 천국 성자들의 꿈을 이렇게 일찍 깨우는 것을 못마땅하게 여기며 나타날 것이다. 또한 딤즈데일 목사가 담당했던 교회의 집사와 장로들 그리고 이 목사를 신처럼 숭배하여 가슴속에 성스런 신전을 세웠던 아름다운 아가씨들도 당황하여 숄조차 걸치지 않은 채 뛰어올 것이다. 요컨대 온 마을 사람들이 떠들썩하게 몰려와서 놀라고 얼빠진 표정으로 단 위의 목사를 쳐다볼 것이다. 그들은 모두 헤스터 프린이 서 있었던 처형대 위에서 반은 얼어죽게 되어 수치심과 부끄러움에 억눌려 있는 아더 딤즈데일 목사를 보고 서 있을 것이다.

이렇듯 자신이 상상한 무서운 환상으로 기묘한 공포에 눌려 목사는 자기도 모르게 커다란 소리로 웃었다. 그리곤 스스로의 웃음에 더욱 깜짝 놀랐다. 바로 그때 마치 목사의 웃음소리에 응답이라도 하는 듯한 어린아이의 맑고 경쾌한 웃음소리가 들려왔다. 깔깔거리며 웃는 펄의 웃음소리에 놀란 목사는 자신의 마음이 고통을 의미하는지, 아니면 짜릿한 쾌감을 의미하는지 알 수 없었다.

"오 귀여운 펄!"

목사는 부르짖듯 소리치며 격한 감정을 누르고,

"헤스터 프린! 헤스터, 당신이 아니오?" 하고 조용히 불렀다.

"네, 맞아요. 저예요, 헤스텁니다……."

그녀의 놀란 음성은 너무나 깊이 생각했던 사람에 대한 반사적인 대답 같았다.

곧 처형대 쪽으로 그녀의 발자국이 다가오는 것을 들었다. 그리고 그녀는 떨리는 음성으로 외쳤다.

"저예요. 펄과 헤스터예요."

"헤스터, 이 밤중에 어디서 오는 것이오? 무슨 일로 여기에 왔소?"

젊은 목사는 두서없이 계속 물어대기만 했다.

"윈드롭…… 총독의 임종을 보러 갔었어요. 수의의 치수를 재어 가지고 집으로 가는 길이에요……."

"이리 올라와요, 헤스터! 당신하고 펄은 전에 여기에 선 일이 있었지. 난 지금이 처음이오. 한 번만 더 올라와 봐요. 우리 셋이서 함께 여기에 서 봅시다."

딤즈데일 목사가 조용히 말하였다.

헤스터는 어린 펄의 손목을 잡고 묵묵히 층계를 올라와 목사 옆에 나란히 섰다. 목사는 어린 펄의 또 다른 한 손을 더듬어 꼭 쥐었다. 그는 아이의 손목을 잡는 순간, 자신의 생명이 아닌 새로운 생명이 세찬 기세로 돌진해 오는 것 같았다. 그것이 그의 가슴속으로 쏟아져 스미는 것 같은 기분이었다. 그것은 마치 헤스터와 어린 펄로 인하여 죽어서 굳어진 자신의 혈관 속에 생명의 따스함을 되살아나게 하는 것 같았다. 세 사람은 전깃줄에 전기가 통하듯이 서로 생명이 통하였다.

"목사님?"

어린 펄이 속삭였다.

"왜 그러니?"

딤즈데일 목사가 물었다.

"내일 낮에도 엄마하고 나하고 셋이서 여기 나와서 또 설까요?"

어린 펄이 말했다.

"안 된다. 펄, 그렇게 해서는 안 된단다."

목사의 대답이었다. 순간적으로 그는 새로이 얻은 생명과 함께 그 인생의 오랜 고민거리였던 비밀이 폭로되는 듯한 공포감을 느꼈다. 세 사람의 결합에 그는 이상한 희열을 느끼면서도 한편으로는 두려워하며 떨고 있었다.

"그건 안 돼. 펄, 나와 엄마와 네가 언젠가는 꼭 함께 이곳에 서게 될 테지만 내일은 안 된단다."

펄은 웃으며 목사가 쥔 손목을 뿌리치려 하였으나 목사는 그 어린 아이의 손목을 꼭 쥔 채 놓아 주지 않았다.

"펄, 귀여운 아이야. 잠시 동안만 더 쥐고 있자꾸나."

"그러면 내일 낮에 나와 엄마 손을 붙들고 여기 같이 서겠다고 약속하실래요?"

펄이 물었다.

"내일은 안 된다고 했잖니. 언젠가는 다른 날에 그렇게 하자꾸나."

목사는 부탁하듯 말하였다.

"다음 언제 말이에요?"

아이는 단념하려 들지 않았다.

"심판의 날에……."

목사는 작은 소리로 힘없이 말했다. 무의식중에도 진리를 가르치는 직책에 있는 사람이라는 느낌이 그에게 그런 대답을 하게 했던 것이다.

"최후 심판의 날에는 엄마와 나와 그리고 펄이 함께 심판대 위에 서야만 한단다. 하지만 그 전에는 이 세상의 햇빛이 비치는 어느 곳에서도 우리 세 사람이 함께 있는 모습을 남들에게 보여서는 안 된단다."

펄은 또다시 웃었다.

딤즈데일 목사가 말을 끝내기도 전에 한줄기 빛이 구름으로 덮인 하늘을 가르며 사방으로 넓게 비쳤다. 그것은 분명히 유성의 불빛이었다. 밤하늘을 바라보노라면 흔히 우주 공간을 불타며 날아가다가 사라져 버리는 유성을 볼 수 있다. 그 불빛은 놀라울 정도로 강하게 하늘과 땅 사이에 있는 두꺼운 구름을 빈틈없이 환하게 밝혀 주었다. 하늘은 마치 거대한 등불의 갓처럼 보였다. 거리의 눈에 익은 경치들도 대낮처럼 밝게 보였다. 그러나 기이한 빛을 받은 낯익은 거리들은 오히려 무서워 보였다. 층마다 유난히 삐죽 튀어나온 부분이 있는 목조 건물, 계절을 앞질러 성급히 돋아난 잡초로 가득 찬 돌계단과 문지방, 금방 파 놓은 것처럼 거무스름한 정원과 수레바퀴 자국을 따라 풀이 돋은 찻길 등 모두가 한눈에 보였으나, 그것들은 예전과는 다른 도덕적 해석을 전해 주고 있는 듯 느껴졌다. 그 광채 속에 딤즈데일 목사는 가슴에 손을 얹고 서 있었고, 헤스터 프린 역시 가슴에 빛을 받으며 수놓은 주홍글씨를 달고 서 있었다. 또한 그들 사이에 서 있는 펄은 상징적인 존재로, 그들을 연결하는 교량적 역할을 하는 것 같았다. 모든 비밀을 밝혀 주는 듯한 그 빛은 서로 인연이 있는 세 사람을 결합시켜 주는 듯했다. 그들은 한밤중에 만들어진 기이하고도 장엄한 광채 속에 서 있었다.

목사를 쳐다보는 펄의 얼굴은 마치 요정과 같았다. 그 눈동자에는 마력이 어리고, 입가에는 장난기 어린 꼬마 악마의 미소가 있었다. 펄은 자기의 손을 목사의 손으로부터 빼내어 길 건너를 가리켰다. 그러나 목사는 손을 가슴 위에 얹고 하늘을 똑바로 올려다보고 있었다.

그 당시에는 유성의 출현과 자연의 이변 현상이 자주 일어났고, 사람들은 이러한 일들을 초자연적인 신의 계시라고 풀이하기를 좋아했다. 예를 들어 불타오르는 창, 화염을 쏟아내는 칼과 활 등이 밤하늘에 나타나면 인디언과의 전쟁을 예고하는 것이고, 빨간 불꽃이 쏟아지면 그것은 질병이 들 것을 예고하는 것이라는 말들을 하였다.

뉴잉글랜드에 인간이 정착한 이래로 독립전쟁에 이르기까지 좋은 일이든 나쁜 일이든, 위에서 말한 것과 같은 자연의 예고 없이 발생한 사건은 아마 하나도 없을 것이다. 그런 예고를 많은 사람들이 함께 본 경우도 적지 않았다. 그러나 사실 그 신빙성은 목격한 사람들의 믿음에 의존하였다. 즉 채색하고, 왜곡시키고, 목격자의 상상력이라는 매개체를 통하여 자연 현상을 보고 곧 그에 대한 풀이를 꾸며 대는 것이었다. 한 민족의 운명이 하늘에 상형문자로 예언된다는 생각은 과연 굉장한 생각이었다. 비록 하늘이 아주 커다란 두루마리라고 해도 한 민족의 운명을 기록하기에는 결코 크다는 생각을 하지는 않았으리라.

우리의 조상들은 이와 같은 믿음으로 새로 생긴 이 나라가 바로 하늘의 특별한 관심과 보호를 받고 있다는 증거라고 생각했다. 그러나 만일 어떤 개인이 신께서 자기 한 사람에게만 보도록 하늘에다 계시를 하셨다고 주장한다면 과연 사람들은 이를 어떻게 풀이할 것인가? 사실상 이런 경우에는 그것이 아주 심한 정신착란의 징후일 수도 있을 것이다. 사람이 오랜 세월 동안 비밀의 고통으로 인하여 병적으로 명상적이 된다면, 광활한 자연 위에다 자신의 환상을 그리고 하늘 자체를 자신의 영혼의 역사와 운명을 말해 주는 점쟁이라고 믿어 버리는 것이다.

그러므로 하늘을 우러러보며 은은한 붉은빛이 그려낸 커다란 A자가 하늘에 나타났다는 목사의 말을, 우리는 그의 눈과 마음이 병든 탓으로 본다. 그 순간 하늘에 유성이 베일 같은 구름을 뚫고 나타났는지 모른다. 그러나 죄책감에 사로잡힌 목사가 상상하는 글자가 나타나지 않았었다는 말이요, 또한 그 유성의 모양이 확실치가 않아서 아마도 자신의 죄를 의식하고 괴로워하고 있는 다른 사람의 눈에는 또 다른 모양으로 보였을 것이라는 말이다.

이 순간에 목사의 심리 상태를 아주 잘 드러내 주는 기묘한 일이 일어났다. 그가 하늘을 우러러보는 동안 펄은 손가락으로 늙은 로저 칠링워드를 가리키고 있다는 것을 확실하게 의식하였으며, 목사 자신도 하늘 위의 기적적인 A자를 보는 시선으로 로저 칠링워드가 처형대에서 얼마 떨어지지 않은 곳에 서 있는 것을 보았다. 유성이 발하는 빛은 주위의 다른 물체뿐만 아니라 칠링워드의 얼굴에도 새로운 표정을 지어 주었다. 그 늙은 의사는 평소의 가장된 얼굴이 아닌, 악마의 본성을 그대로 드러내고 있었다. 헤스터 프린과 목사에게 닥쳐올 최후의 심판의 날을 무섭게 경고하는 것 같은 유성의 밝은 빛이 하늘에 불을 붙여 지상의 어둠을 밝힌다면, 아마도 로저 칠링워드는 성을 냈다 웃었다 하며 죽음을 재촉하고 서 있는 사탄으로 보였을 것이다. 악마의 우두머리로서의 의사의 인상은 너무나 선명했다. 그러나 목사가 그 얼굴에서 받은 인상이 더욱 강했다고 말하는 것이 옳을 것이다. 유성이 사라져 거리의 모든 사물이 한꺼번에 없어진다 해도 로저 칠링워드의 표정은 어둠 속에 새겨진 채 그대로 남아 있을 것 같았다.

"헤스터, 저 사람은 누구요?"

딤즈데일 목사는 공포에 질려 숨가쁘게 말했다.

"저 사람을 보면 몸이 떨려. 헤스터, 당신 저 사람을 알고 있소? 나는 저자가 싫소!"

그녀는 로저 칠링워드와 감옥 안의 약속을 더듬으며 입을 열지 않았다.

"저 사람을 보니 정말 내 영혼이 떨리는 것 같소!"

목사는 쇠약해진 몸체를 부르르 떨며 거듭 말했다.

"저자가 누구냔 말이오? 나를 위해 당신은 아무 일도 안 해 주는 거요? 왠지 모르지만 난 저 사람이 정말 두렵구려!"

"목사님, 난 저 사람이 누구인지 알아요."

펄이 말하였다.

"펄, 말해 보렴. 빨리, 빨리, 펄!"

목사는 허리를 굽혀 펄의 입에다 귀를 갖다대며 말했다.

펄이 목사의 귀에 대고 뭔가 속닥거렸다. 사람의 말소리같이 들리기는 했지만 어린아이들이 한 시간씩이나 조잘거리는 아무 뜻도 의미도 없는 말이었다. 하여간 로저 칠링워드에 대한 비밀 이야기가 그 속에 있다고 해도, 목사로서는 알아들을 수 없는 조잘거림이었기에 오히려 딤즈데일 목사는 더 어리둥절해질 뿐이었다. 이야기가 끝나자 요정 같은 아이는 커다란 소리로 웃음을 터뜨렸다.

"나를 놀리고 있구나?" 하고 목사가 말했다.

"목사님은 겁쟁이고, 거짓말쟁이예요."

어린 펄의 잔인한 대답은 계속되었다.

"내일 낮에 엄마와 내 손을 잡고 이곳에 다시 서겠다고 약속해 주지 않는걸요!"

"여보시오!"

펄의 물음에 응답한 사람은 처형대 아래로 다가선 늙은 로저 칠링워드였다.

"누구신가 했더니 우리 딤즈데일 목사님이 아니오? 우리처럼 서재

생활을 하는 사람들은 머리가 책에만 팔려 있어서 착실한 보호자가 필요하단 말이야. 깨서도 꿈꾸고, 잠자면서도 걸으니까 말이오. 여보시오, 저의 좋은 친구인 목사님. 자, 이제 갑시다. 제가 집에까지 바래다 드리지요."

"내가 여기 있는 줄은 어떻게 아셨습니까?"

목사는 두려운 마음으로 물었다.

"맹세하지만……."

능청스럽고 머리 좋은 로저 칠링워드는 잠시 생각하는 듯하다가 말을 이었다.

"여기 있는 줄 몰랐지요. 존경하는 윈드롭 총독님의 침상 곁에서 혹시나 제가 어떤 도움이 될까, 지키고 있었으니까요. 총독님의 임종을 보고 돌아오는 길에 이상한 광채가 비쳤습니다. 자자…… 목사님, 이제 어서 집으로 갑시다. 그렇지 않으면, 내일이 바로 안식일인데 예배에 지장이 생길 겁니다. 이제 책은 좀 그만 읽으시고 쉬셔야 해요. 그렇지 않으면 밤중에 생기는 이 변덕이 고질병이 되고 맙니다."

"그래요…… 당신과 함께 돌아가도록 하지요."

딤즈데일 목사는 왠지 끈끈한 느낌을 받으며 대답하였다.

목사는 온몸에 소름이 끼치도록 낙망을 하고, 마치 악몽에서 깨어나서 용기를 잃은 사람처럼 의사에게 몸을 맡기고 끌려갔다.

다음날, 목사는 지금까지의 설교보다도 가장 풍부하고 힘차고 하나님의 힘이 충만한 설교를 하였다. 이리하여 여러 영혼들이 이 설교를 듣고 진리를 깨달았으며, 아울러 딤즈데일 목사에게 죽는 날까지 성스러운 감사를 바치겠다고 맹세했다. 설교가 끝나고 목사가 교단의 계단을 내려올 때 수염이 희끗희끗한 교회의 청소부 한 사람이 장갑 한 짝을 목사 앞에 내밀었다. 그것은 목사 자신의 장갑이었다.

"오늘 새벽에 죄지은 자들이 사람들 앞에서 천벌을 받는 처형대 위에서 이것을 발견했습니다. 틀림없이 악마들이 불측한 장난을 목사님께 하려고 한 것 같아요. 악마란 놈들은 예전이나 지금이나 어리석기가 짝이 없는 놈들입니다. 정결한 손에 무슨 장갑이 필요 있겠습니까?"

청소부가 웃으며 말하였다.

"고맙네."

목사는 엄숙하게 대답하였으나, 마음속으로는 깜짝 놀라고 있었다. 지난밤에 일어났던 모든 일들이 꿈을 꾼 게 아닌가 하고 여겨질 정도로 몹시 혼란스러웠다.

"그래, 정말 내 장갑 같은데."

"그런데 말씀입니다. 사탄이란 놈이 목사님의 장갑을 언제 또 훔쳐가려고 할지 모르니까, 이제부터는 장갑을 끼지 마시고 맨손으로 악마를 대하세요."

늙은 청소부는 다시금 심각한 미소를 띠며 말했다.

"그런데 목사님, 어젯밤에 하늘에 어떤 징조가 보였다는 말을 들으셨습니까? 하늘에 거대한 붉은 글씨로 A자가 나타났다는데, 사람들은 그 A자를 천사(Angel)의 머리글자로 풀이했습죠. 그 존경스러운 윈드롭 총독님께서 어젯밤에 천사가 되셨을 테니 말입니다. 그러니 하늘에서 그런 전조를 내리신 게 당연한 일이 아닙니까?"

"아니, 난 그런 말을 못 들었네, 금시초문인걸."

목사는 분명한 목소리로 대답했다.

다른 모습의 헤스터

뜻하지 않게 밤에 딤즈데일 목사를 만났을 때, 헤스터 프린은 목사의 여지없이 파괴되어 어린애보다 약해져 있는 정신과 몹시 여윈 육체를 보고는 깜짝 놀랐다. 그의 지적인 능력은 원래의 기능을 가지고 있는 것처럼 보였으나, 그의 정신력은 이미 땅 위에서 응고되어 절망적인 상태인 것만 같았다. 남들이 알고 있지 못한 비밀을 알고 있는 헤스터는 목사 자신이 당연히 느낄 양심의 가책 이외에 무서운 농간이 그의 행복과 인심에 관계를 갖고 지금도 작용하고 있을 거라고 생각되었다. 딤즈데일 목사가 버림받은 여자인 자기에게 본능적으로 발견한 적에게서 보호해 달라고 두려워 떨며 호소할 때, 타락한 목사의 과거를 알고 있는 헤스터의 영혼은 적지 않은 충격을 받았다. 고심 끝에, 그녀는 자기가 목사를 도와야 할 의무가 있다는 결론을 내렸다. 사회로부터 멀리 떨어져 살고 있는 헤스터는 자기 이외의 객관적 척도를 가지고 자기 생각의 옳고 그름의 척도를 삼는 데 아주 서툴렀다. 그래서 그 누구도 질 수 없는 목사에 대한 책임을 자신이 져야 한다고 생각하였다. 어쩌면 자신이 목사를 가장 잘 알고 있다고 생각한 때문인지도 몰랐다.

그녀를 바깥 사회와 연결시켜 주던 인연은—꽃이나 비단이나 황금이나 그 밖의 모든 물질적인 인연까지도—모두 끊어져 버렸다. 다만, 그녀와 목사 사이에 죄로 말미암아 생긴 무쇠의 사슬만 남아 도저히 끊을 수 없는 죄악의 유대만 있었다. 그리고 다른 모든 유대와 마찬가지로 이 유대에도 의무가 수반되었다.

헤스터 프린의 위치는 이제 그녀가 사회적인 치욕을 겪었던 당시와 꼭 같지는 않았다. 이제 그 치욕의 날로부터 세월이 흘러 펼은 일곱 살이 되었고, 헤스터가 이상한 수를 놓은 빛나는 주홍글씨를 가슴에 달고 있는 모습은 이제 마을 사람들의 눈에 익숙해졌다. 사람이 어떤 모양으로 다른 사람들과 두드러지게 구별이 되어도, 남의 흥미나 편의를 해치지 않는다면 곧 사람들에게 익숙해질 뿐만 아니라 어느 면에서는 존경까지도 받게 된다. 헤스터 프린 역시 이제는 일종의 존경 같은 것을 받기 시작했다.

인간이란, 이기심이 작용하지 않는 한 남을 미워하기보다는 사랑하는 마음이 생기기 쉽다는 장점이 있다. 증오심은 조금씩 순서를 밟아서 차차 애정으로 변해가는 것이고, 미움도 세월이 흐르면 차차 사랑으로 변하게 되는 것이다. 헤스터 프린도 남을 자극하거나 남에게 따분한 느낌을 주지 않았다. 그녀는 세상과 싸우지도 않았으며, 푸대접을 받아도 불평 없이 순종하고, 억울한 처사를 겪어도 순종하며 살았다. 남의 동정심에 호소하는 행동이나 말은 하지도 않았다. 또한 공민권을 박탈당한 지난 7년 동안 그녀가 불평 없이 깨끗한 생활을 한 것은 그녀를 위해서는 매우 유리한 생활이었다. 그녀는 사실상 아무리 보아도 잃을 것도 얻을 것도 없는 방랑자와 같았다. 그러한 그녀가 그동안의 깨끗한 삶을 영위할 수 있도록 해 준 것은 오로지 미덕을 순수하게 우러러보려는 그녀의 마음이었을 것이다.

헤스터 프린은 만유의 공기를 마시고 자신의 손을 놀려 필과 자신을 위한 밥벌이를 할 뿐, 이 세상의 온갖 종류의 특혜 중 작은 것 하나도 요구하지 않았다. 오히려 자신이 필요한 사람이 있으면, 서슴지 않고 그 형제임을 말없이 실천으로써 증명하였다. 그녀는 비록 가진 것이 없었으나, 지나가던 걸인이 요구하면 누구보다도 먼저 그들을 도왔다. 전염병이 마을에 퍼졌을 때도 헤스터 프린만큼 헌신적인 사람은 없었다. 사회에서 추방당한 그녀는 자기가 해야 할 역할을 찾아낸 듯이 걱정거리가 있는 가정에 손님으로가 아닌 식구로서 불행으로 우울해진 모두를 치료하기 위하여 찾아갔다. 그것은 마치 불행의 어두운 땅거미가 헤스터로 하여금 그녀의 이웃과 더불어 대화할 수 있도록 해 주는 매개체인 것 같았다. 가슴에 수놓은 글자가 이 세상의 것 같지 않게 안식과 위안을 주는 듯 어렴풋이 빛나고 있었다. 다른 곳에서는 그 주홍글씨가 죄의 상징이었으나, 병실에서는 방을 밝혀 주는 촛불이었으며, 환자가 운명할 경우에는 그것이 빛을 발하여 시간의 한계점까지 비추어 주었다. 주홍글씨가 발하는 빛은 이 세상의 불빛이 점점 흐려지고 내세의 불빛은 아직 비치지 않을 때 환자에게 발을 내디딜 장소를 가르쳐 주었다. 어떤 위급한 상태에서도 헤스터의 성품은 다정하고 푸근했다.

이제 주홍글씨는 그녀의 사명감의 상징이었다. 그토록 그녀는 남에게 헌신적으로 도움을 주었던 것이다. 그녀가 남들의 도움이 된 힘, 동정하는 힘은 상당한 것이어서 마침내 사람들은 주홍글씨의 A자를 본래의 뜻으로 풀이하기를 거절했다. 헤스터 프린의 성격은 강했기 때문에 사람들은 그 A자가 '유능(Able)'을 뜻한다고 풀이했다.

그녀를 불러들일 수 있는 집은 근심걱정이 가득 찬 집뿐이었다. 찬란한 햇빛이 그곳을 비추면 이미 거기에는 헤스터 프린이 없었다. 그녀의 그림자는 문지방 너머로 조용히 사라져 갔다. 그녀의 정성 어린 시중을 고맙게 생각하는 사람들이 감사함을 표현하려 해도 감사의 대가를 받기 위해 뒤돌아보는 일은 없었다.

또 그들이 거리에서 존경 어린 인사를 하려 해도 한사코 거절하며 까칠해진 손을 들어 주홍글씨를 상기시켰다.

그것은 자존심인지도 몰랐다. 그러나 겸손으로 생각되었다. 대중이란 전제적 기질이 있다. 그래서 일반적 정의조차 너무 강하게 요구하면 그것을 거부하려 한다.

따라서 대중은 어떤 일에 있어서 누그러짐이 조금이라도 보이면, 공정 이상의 것을 허용할 때가 많다. 헤스터 프린의 태도를 이런 성질의 호소로 풀이한 세상은 그의 지난날의 희생자에게 그녀가 원하는 것 이상의, 혹은 그녀가 마땅히 받아야 할 점 이상의 관용을 보이게 되었다.

　그러나 사회의 지도층이나 현명하고 학식이 높은 사람들은 헤스터의 착한 행위에 대한 인정을 대중들보다도 더디게 하였다. 그들의 편견의 내용은 비록 대중들과 같은 것이었으나, 그들의 내부에서 이성의 창살 속에 갇혀 그 편견을 쫓아내는 데 훨씬 더 굳은 노력이 필요했던 것이다. 하지만 그들의 찌푸린 얼굴의 주름살도 세월이 흐름에 따라 나날이 펴지고, 마음도 부드러워져서 인자한 표정으로 변할 것이었다. 지위가 높아서 사회의 도덕을 수호하고, 고수해야만 하는 고관 대작들도 역시 마찬가지였다. 그러는 동안 누구나 그녀의 마음이 약했던 탓으로 돌리고 헤스터 프린의 실수를 용서하고 있었다. 이제 사람들은 헤스터가 달고 다니는 주홍글씨를 그녀가 한 번 저지른 죄의 표시가 아닌, 그녀가 행한 많은 선행의 표시라고 보았다.

　"수놓은 글씨를 달고 있는 저 여인을 보셨나요? 저 여자가 바로 우리 마을의 헤스터랍니다. 가난한 자에게 친절하고, 병든 자를 극진히 보살펴 주고, 고민하는 자에게는 진정한 위로를 주는 여자예요."

　사람들은 그곳을 지나는 길손에게 이렇게 말하곤 하였다. 수군거리기 좋아하는 인간들의 눈에도 주홍글씨는 마치 수녀의 가슴에 걸려 있는 십자가나 마찬가지로 보였다. 그것을 붙이고 있는 그녀에게 일종의 성스러운 인상을 주었고, 어떠한 위험 속을 완전히 걸을 수 있게 했다. 헤스터 프린은 만일 도둑 떼를 만났다 해도 무사했을 것이다. 사람들 사이에는 인디언이 활로 그 글씨를 쏘았는데 화살이 거기에 맞았으나 아무런 상처도 입히지 못했다는 소문이 났고, 또 이를 믿는 사람도 많았다.

이 상징 혹은 이 표시에 의해 생긴 사회적 지위는 그녀 자신이 주 홍글씨로부터 받는 영향보다도 더 절대적이고 특수한 것이었다. 그 녀의 파란 나뭇잎 같던 밝은 성격은 붉은 낙인에 찍혀 시들어 버리 고, 남은 것은 오직 뼈만 앙상한 가지뿐이었다. 이러한 변화를 보고, 단 한 사람이라도 친한 친구가 있었다면 필시 그것은 그 친구로 하 여금 혐오감을 느끼게 했을 것이다. 이제 아름답던 그녀의 용모도 많이 변화되어 있었다. 그러나 그 변화는 그녀가 조심해서 내핍하는 옷차림을 한 때문이기도 했다. 그녀의 풍요롭고도 빛났던 머리카락 이 아무도 볼 수 없도록 싹둑 잘려져 모자 속에 감추어져 버린 것은 슬픈 일이었다. 헤스터의 얼굴에는 이미 사랑이 깃들 곳이 없었으며, 몸매가 비록 위엄이 있고 조각처럼 아름다워도 그녀를 포옹하고 싶 다고 꿈꿀 것 같지 않아 보였다.

험준한 인생을 살아나갈 때, 한 여인이 겪는 운명이 아주 가혹하 고 비참할 경우에는 그 성격과 인간성이 메마르게 변한다는 것은 당 연한 사실인 것처럼 보인다. 이러한 인생길에서 만일 여인이 연약하 다면 그는 죽었을 것이다. 만약 살아나간다고 해도 여자다운 부드러 움은 병들어 사라져 버리거나 억눌려서 가슴속에 감추어지고 다시는 나타나지 않게 될 것이다. 그리고 내면과 마찬가지로 눈에 보이는 용모도 변할 것이다. 이러한 추측은 모두 옳다. 그러나 일찍이 여성의 특성을 잃은 여자에게 어느 순간 마술의 손길이 닿아 성을 되찾고, 여성답게 변모된다는 이야기가 있었다. 헤스터 프린에게도 과연 그러한 순간이 찾아와 다시금 옛날의 헤스터 프린으로 변모될 수 있을는지, 이제 우리는 알게 될 것이다.

헤스터의 인상이 대리석처럼 차디찬 느낌을 주는 것은 그녀의 인생을 사랑과 정에서 사색으로 전환시킨 사실에 큰 원인이 있다. 세상에 ─ 우주 공간에 홀로 서서 어린 딸을 보호하고 가르치며 오직 홀로 살아가는 ─ 헤스터는 일찍이 희망을 잃고, 끊어진 고리의 파편마저 버렸던 것이다. 자신의 옛 모습을 되찾고 싶은 마음을 스스로 비웃어 버리는 것은 아니었다. 세상의 법칙은 이미 그녀의 마음속의 법칙이 될 수 없었다. 그러나 그 시대는 새로 해방된 인간의 지성이 지나간 여러 세기보다 덜 활발하고 널리 퍼져 있었던 시기였다.

군인들이 귀족과 제왕을 타도하고, 그들보다 더 용감한 사람들이 비록 현실적이지는 못해도 학설의 범위 내에서 옛날부터 내려오는 편견의 전 계통을 뒤집어엎고 다시 재정비하는 일을 했던 것이다.

헤스터 프린은 바로 이 새로운 정신을 본받았다. 즉 대서양 건너에서 이미 널리 알려진 자유를 그녀는 본받았던 것이다. 만일 우리 조상들이 이것을 알았다가는 주홍글씨로 낙인을 찍히는 것보다도 더 무서운 죄로 취급하였을 것이다. 뉴잉글랜드의 어느 집에도 감히 찾아오지 못할 사람들이, 호젓한 바닷가의 작은 오막살이에는 곧잘 찾아왔다. 그림자와도 같은 이 방문객들이 그녀의 문을 노크하는 것을 그리고 그녀가 그들을 맞아들이는 것을 누군가가 보았다면, 그 사람은 아마도 헤스터가 악마를 맞아들였다고 생각할 것이다.

가장 대담한 사색을 하는 사람들이 외적인 사회의 규칙에 소리없이 복종한다는 사실은 주목할 만한 것이다. 사상가들은 오직 사상으로서만 그친다. 그래서 사상은 피와 살이 있는 행동으로 변화시킬 필요를 느끼지 않는다. 적어도 헤스터가 보기에는 그랬다.

만약에 펄이 태어나지 않았더라면 헤스터는 퍽 달라졌을지도 모른다. 그녀는 한 교파의 창립자가 되어 앤 허친슨과 손을 잡고 역사적인 인물로 우리에게 왔을지도 모른다. 또 어떤 면에서 헤스터는 예언자가 되었을지도 모른다. 그렇게 되면 그녀는 당시의 엄격한 법정으로부터 청교도의 기본 정신을 뒤엎으려고 기도하는 자로 사형을 받았을지도 모른다. 아니, 받았을 것이다. 그러나 헤스터의 사상적 열의는 어머니로서 어린 딸을 교육시키는 문제에 있어서도 분명히 할말을 가지고 있었다. 하늘의 섭리가 자기에게 수없이 많은 곤경 속에서도 펄의 가슴속에 여성으로서의 싹과 꽃봉오리를 소중하게 가꾸고 키워야 한다는 책임을 부여했던 것이다. 그러나 모든 것이 그녀에게는 몹시 불리하였다. 아니, 세상이 미웠다.

펄은 어머니의 부정한 행위로 말미암아 어딘가가 잘못되어 있을 것이라는, 세상에 잘못 태어난 아이일 것이라는 암시를 끊임없이 받았다. 그래서 헤스터는 괴로운 마음으로 어린 펄이 태어난 것이 옳은 일인지 잘못된 일인지 스스로에게 끊임없이 자문하곤 했다.

헤스터는 이 세상에 태어난 여성들의 운명에 대해서도 이와 같은 우울한 질문을 하고 있었다.

여성 중에서 가장 행복한 사람이라면, 과연 운명을 받아들일 가치가 있는 것일까? 자신의 운명에 대해서 그녀의 태도는 이미 오래전에 그것을 부정하고, 이미 그것은 정해진 일로서 생각조차 하지 않았다. 사람에게는 남녀를 막론하고 사색하는 버릇이 생긴다. 하지만 그런 버릇은 사람을 슬프게 만든다. 그녀도 역시 그처럼 희망 없는 일을 미래에 걸게 된 것이다. 우선 첫번째로 사회의 제도 전체를 헐어 버리고 새로 지어야만 했다.

여성이 정당하고 적합한 지위를 차지하려면 남성의 성격 자체와 마치 원칙처럼 굳어 버린 전통적인 습관을 근본적으로 뜯어고쳐야 한다. 마지막으로 모든 다른 난관이 없어진다 해도 여성 자신이 적극적으로 자체 내부의 변화를 일으키지 않으면 여성들은 이와 같은 예비적인 개혁의 덕을 보지 못할 것이다. 그러나 여성 자체가 변화할 때 여성의 진정한 생명이 깃들어 있는 오묘한 본질이 사라져 버릴지도 모를 일이다.

사실 여자들이 사색적 활동으로 이러한 문제들을 극복할 수는 없다. 그러나 오직 한 가지, 그녀들의 감성이 우세하게 되면 이런 문제는 자연히 소멸될 것이다. 헤스터 프린은 심장이 규칙적이고 정확한 고동을 하지 못했기 때문에 그녀는 마음의 어두운 미궁 속에서 아무런 단서도 찾지 못한 채 때로는 절벽에 부딪혀 튕겨지고 깊은 구렁텅이에 직면해 방황하기도 했다. 그녀의 주변에서 찾아지는 것이라곤 황량하고 무서운 풍경뿐 가정의 단란함, 안락함은 어느 곳에서도 찾지 못했다. 그래서 때로는 펄을 당장에 천국으로 보내고 자신도 영원한 심판이 지시해 주는 미래의 세계로 떠나가는 것이 좋지 않을까 생각하곤 하는 것이었다. 주홍글씨는 본래의 임무를 다하지 못하고 있었던 것이다.

그러나 딤즈데일 목사가 밤을 새우던 날, 그를 만난 이후로 헤스터에게는 새로이 반성해야 할 문제가 생겨났다. 목사가 애쓰던, 아니 정확히 말해서 목사가 투쟁하기를 그친 상태의 절망적인 상황을 헤스터는 목격했던 것이다. 딤즈데일 목사가 비록 미치지는 않았으나 미치기 직전의 상태임을 헤스터는 알 수 있었다. 남모르는 후회의 가시가 찌르는 마음의 고통은 이루 말할 수 없이 컸을 것이다. 더구나 그 고통을 덜어 주고 고쳐 주어야 할 사람에 의해 그것보다 더 무서운 독이 주입되고 있는 것이 확실해 보였다. 정체를 감춘 원수가 친구를 돕는다는 명목 아래 탈을 쓰고 늘 곁에 있으면서 딤즈데일 목사의 허약한 몸과 마음을 기회 있을 때마다 건드리는 것을 즐기고 있었다. 한편으로 헤스터는 딤즈데일 목사의 목을 조금씩 죄는 것은 애초부터 용감성도 진실성도 충성심도 없었던 그 자신이 아니겠느냐고 스스로를 책하지 않을 수 없었다. 하지만 한 가지 변명의 여지는 있었다. 거짓 탈을 쓴 로저 칠링워드의 계획에 잠자코 따라가는 것밖에는 자기가 당한 파멸보다도 더 암담한 파멸의 원인으로부터 그를 구해낼 길을 찾아낼 수 없었다는 것이다. 그러나 그런 상황에서 택한 그 방법이 오히려 더욱 나쁜 방법이었음이 여실히 드러났다. 이제 그녀는 지금이라도, 가능한 범위 내에서 자기의 과오를 보상하려고 결심했다. 여러 해 동안의 모질고도 엄청난 시련을 겪은 헤스터는 자신이 늙은 로저 칠링워드를 상대하여 싸울 수 있는 힘이 있다고 생각했다. 그녀가 칠링워드와 감옥에서 만났을 때는 자신의 죄로 말미암아 기가 죽고, 새로 겪은 수치로 말미암아 제정신이 아니었다. 그 이후로 지금껏 그녀는 스스로를 높이기 위해 노력했고, 실제로 지위도 올라갔다. 반대로 로저 칠링워드는 복수에 정신이 팔려 자신을 낮추어 갔으므로 그녀의 수준 정도로, 아니 어쩌면 그녀보다 더 수준 이하로 떨어져 있었는지 모른다.

마침내 헤스터 프린은 전 남편을 만나기로 결심했다. 늙은 너구리의 손아귀에 들어 있는 불쌍한 목사를 구하기 위해 있는 힘을 다해 보려고 결심한 것이다. 어느 날 오후 헤스터가 펄과 함께 반도의 외진 곳을 산책하고 있을 때 늙은 로저 칠링워드가 한 손엔 바구니를, 또 다른 손엔 지팡이를 짚고 약초가 될 만한 풀이나 나무뿌리를 찾느라고 허리를 굽힌 채 걸어가고 있는 것을 보았다.

헤스터와 의사

헤스터는 물가의 조개껍질이나 헝클어진 해초를 가지고 놀 수 있
는 자유를 펄에게 주었다. 펄은 곧 새처럼 날아가 조그맣고 하얀 맨
발로 바닷가의 축축한 모래 위를 찰박거리며 뛰어다녔다. 아이는 가
끔 움직임을 멈추고 썰물 때 생긴 물웅덩이를 거울 보듯 호기심에
찬 눈으로 들여다보았다. 그런데 그 속에 반짝거리는 검은 고수머리
의 귀여운 소녀가 요정 같은 미소를 띤 채 자신을 쳐다보고 있었다.
친구도 없는 펄은 손을 내밀어 같이 달음박질을 하자고 손을 내밀었
다. 그러자 그 꼬마 아가씨도 손을 내밀며, "여기가 더 좋아. 물속으
로 들어오렴!" 하고 부르는 듯하였다. 펄은 장딴지 깊이만큼 물속으
로 들어가 밑바닥에 비친 자신의 하얀 다리를 보고 있노라니, 더욱
더 깊은 물속에서 가리가리 부서진 웃음 조각들이 출렁이다가 수면

위로 떠오르며 반짝반짝 빛났다.

그러는 동안, 헤스터는 의사와 이야기를 하였다.

"잠깐 드릴 말씀이 있어요. 우리들과 관계되는 일이에요."

그녀는 말을 꺼냈다.

"아아, 늙은이와 이야기하고 싶은 사람이 누구신가? 아, 바로 헤스터 프린이시군."

그는 구부리고 있던 허리를 펴며 대답했다.

"무슨 일인지 말해 봐요. 요즈음 가는 곳마다 당신에 대한 평판이 굉장히 좋으시더군! 바로 어제 저녁에도 덕망 있고 유력한 어떤 관리께서 당신 이야기를 하던 중에 의회에서 당신에 관한 문제가 논의되었다는 귀띔을 해 주더군요. 당신의 가슴에 붙은 그 주홍글씨를 떼어 버려도 사회에 안녕과 질서를 해치지 않을 것이라는 논의가 신중하게 오갔다더군요. 헤스터, 나는 진심으로 그 관리께 그 글씨를 떼어달라고 간청을 했소."

"이 표시를 떼는 것은 관리들 마음대로 되는 게 아닙니다."

헤스터가 조용히 대답하였다.

"제가 그것을 면할 자격이 되면 이 글씨는 자연히 떨어져 나가거나, 아니면 다른 의미를 상징하게 되겠지요."

"아니, 그 글씨가 어울린다고 생각한다면 그대로 두구려. 여자들이란 자기의 몸치장을 자기의 취미에 맞도록 해야 하겠지. 수놓은 솜씨가 좋아서 화려한 게 당신 가슴에 아주 잘 어울리는군요."

헤스터는 줄곧 노인을 빤히 바라보고 있었다. 그리고 7년이라는 세월 동안 변모한 칠링워드의 모습을 보고 놀랄 뿐 아니라, 오히려 충격을 받았다. 그가 늙었다는 것 때문이 아니었다. 늙기는 했으나, 그는 몸을 아주 잘 가꾸어서 아직은 끈기 있는 활동력과 민첩함을 지니고 있는 게 보였다. 그러나 지적인 학자로서 조용하고 온화하던 지난날의 모습은 그녀의 기억 속으로 사라져 버렸다. 그 대신 무엇인가를 찾아내려는, 거의 맹렬할 정도의 조심스러운 표정이 역력히 얼굴에 드러나 있었다. 이러한 표정을 미소로 위장하려고 하였으나 그 미소는 또한 목적이 있어 보였다. 그 비웃는 듯한 미소는 오히려 더한층 그 음흉한 속마음을 눈치채게 하였다. 잠시 영혼이 불타는 듯 붉어졌던 그의 눈이 감정이 사그라진 듯 원상태로 돌아왔다. 그는 이 불길을 질겁을 하며 덮어 눌렀다. 그러고는 아무 일도 없었던 것처럼 태연한 표정을 지었다.

한마디로 로저 칠링워드는 마음만 먹으면 언제라도 그 역할에 충실한 악마로 변신할 수 있을 것 같았다. 그는 7년이라는 긴 세월 동안 번민과 고통으로 가득 찬 한 사람의 마음을 분석하는 데 전념했고, 거기서 희열을 느끼면서 자신이 분석하고 얻은 결과를 즐겼던 것이다. 그리고 그 사람의 불같은 고민에 기름을 부으면서 만족을 얻는 동안 그 자신은 이와 같이 변모하고 만 것이 분명했다.

주홍글씨가 헤스터 프린의 가슴 위에서 불타고 있었다. 그러나 그 글씨는 헤스터뿐만이 아닌 또 하나의 다른 파멸을 의미하기도 했다. 그 책임의 일부는 그녀에게도 완연히 느껴지는 것이었다.

"내 얼굴에 무엇이 있기에 그렇게 뚫어지게 쳐다보는 거요?"

의사가 물었다.

"저를 슬프게 만드는 그 무엇이 있군요. 제게 아직 울 수 있는 쓴 눈물이라도 남아 있다면 말입니다."

헤스터가 대답하였다.

"그 말은 그만두지요. 제가 얘기하고 싶은 건 다른 한 가엾은 분에 관한 일이니까요."

"그래요? 그 사람이 어떻게 되었소?"

로저 칠링워드는 마치 그 화제가 마음에 들 뿐더러 흉금을 터놓고 이야기할 수 있는 사람과 토의하고 싶다는 듯이 큰 소리로 말했다.

"헤스터, 사실은 말이오, 나도 지금 그의 일로 머리가 꽉 차 있으니 한번 자유롭게 얘기해 봅시다. 내가 대답해 줄 테니."

"우리가 지난번에 이야기를 했을 때……."

헤스터는 호흡을 가다듬고 말하기 시작했다.

"벌써 7년이 됩니다마는, 당신은 우리의 지난날의 관계를 비밀로 하자고 그러셨어요. 그분의 생명과 명예가 당신의 손아귀 속에 있었으니, 저는 어쩔 수 없이 침묵하고 있었어요. 그러나 이제는 제 자신이 이렇게 얽매여 있는 것이 잘하는 일인지 의심스럽군요. 다른 인간들로 말미암은 저의 모든 의무는 벗어 버렸지만 그분에 대한 의무는 아직 벗어 버리지 못했으니까요. 그래서 당신과의 약속을 지킨다는 것은 그분에 대한 저의 의무를 배반하는 일이 된다는 생각이 들어요. 당신은 그분을 가는 곳마다 따라다니고, 잠잘 때나 깨어 있을 때나 그분 곁에 붙어서 그의 생각을 살피고 그의 마음속에 파고들어 그를 해치고 있어요. 당신이 그분의 생명을 움켜쥐고, 그로 하여금 하루하루 죽음의 길로 들어가도록 떠밀고 있어요. 그런데도 그분은 그것을 모르고 있어요. 이런 일을 허용한다는 것은, 저로서는 참을 수 없는 일입니다. 이것을 내버려둠으로써 저는 오직 저만이 진실한 힘이 되어 줄 수 있는 사람을 배반하고 있었던 거예요."

"그래서 어쩌겠다는 거지?"

로저 칠링워드는 차갑게 물었다.

"내 손가락이 그 사람을 가리키기만 하면 그는 교회의 강단에서 떨어져 감옥으로 굴러 들어가고, 아마 거기서 교수대로 가 버릴 텐데 말이오!"

"차라리 그러는 게 그분을 위하는 일인지도 모르죠."

헤스터 프린도 지지 않고 말했다.

"아니, 내가 그 사람에게 무슨 나쁜 짓을 했다는 말이오?"

로저 칠링워드가 다시 물었다.

"헤스터 프린, 내 말을 들어 봐요. 임금님이 아무리 많은 사례금을 준다 해도 지금까지 그 불쌍한 목사에게 해 준 만큼의 시중을 들어 줄 수는 없을 거요. 내 도움이 없었다면, 그는 당신과 죄를 범한 후 2년도 못 돼서 죽었을 거요. 왠지 아시오? 헤스터, 그의 정신력은 당신이 주홍글씨라는 짐을 달고도 견디어낸 것같이 강하지가 못하기 때문이오. 나는 이 굉장한 비밀을 세상에 폭로시킬 수도 있어. 하지만 이만하면 충분해. 인간이 가진 재주로 할 수 있는 모든 것을 다 해 주었으니까. 그가 지금 그나마 숨이라도 쉬면서 땅 위를 걸어 다닐 수 있는 게 바로 이 칠링워드 덕택이란 말이오!"

"그분은 차라리 죽어 버리는 것을 원할 거예요!"

헤스터는 소리쳤다.

"그래, 헤스터. 참으로 옳은 말이오."

칠링워드는 가슴의 분노를 불같이 헤스터 앞에 내뿜으며 말했다.

"죽는 게 낫지. 인간으로서 그 사람처럼 고통을 겪는 사람은 아마 없을 거요. 그는 그 모든 고통을 자신의 최고의 원수가 보는 앞에서 겪고 있단 말이오. 그는 나를 의식하고 있었소. 그는 어떤 힘이 마치 저주처럼 자기에게 미치고 있음을 느꼈던 거요. 아마도 이제 우리의 신은 그 사람보다 더 예민한 사람을 만들 수는 없을 거요. 그는 어떤 영감으로 눈에 보이지 않는 손이 결코 호의적인 손길이 아니라는 것을, 자기를 해치려는 어떤 시선이 자기를 주시하고 있다는 것을 그리고 자신의 죄악을 끝끝내 찾아낸 눈초리를 모두 알고 있소. 그러나 아직은 그 손과 시선의 주인공이 나라는 것은 모르고 있소. 그는 사람들이 믿는 미신 때문인지, 자신은 악마의 저주로 미리 봐야 하는 무서운 꿈과 어쩔 수 없는 생각들과 마음을 찌르는 후회와 용서받을 수 없는 고통을 벌로 받고 있다고 상상하고 있소. 죽은 직후에 당하게 될 고통을 이승에서 맛보는 거라고 말이오. 하지만 사실 그것은 그의 주변에 있는 내 그림자의 짓이었소. 그에게 말할 수 없을 정도로 억울함을 당하고 오로지 무서운 복수를 할 결심으로 살아가는 사람의 그림자였던 거요. 그래, 정말 그자의 생각이 옳았소. 그의 곁엔 진짜 악마가 붙어 있으니까. 한때는 나도 인정 있는 인간이었지만, 이제는 그를 괴롭히기 위해 악마로 변신해 버렸으니까!"

그 불행한 의사는 두서없는 말을 정신없이 뇌까리면서 공포에 질린 표정으로 두 손을 번쩍 들었다. 마치 그는 거울 속에서 자기 자신의 모습을 밀치고 대신 들어앉으려는 어떤 무서운 형상을 본 것 같았다. 불순한 면이 마음의 눈에 정직하게 비치는 순간이었다. 아마 칠링워드 자신도 자기의 이런 모습을 이토록 뚜렷하게 본 적이 없었을 것이다.

"그분을 충분히 괴롭혔으니 이젠 그만둘 때도 됐잖아요?"

헤스터는 칠링워드의 표정을 살피며 말했다.

"그분도 그만하면 대가를 치른 셈이 아닌가요?"

"아니! 절대로…… 오히려 빚이 더 늘어났을 뿐이오!"

칠링워드의 말은 계속 이어졌다. 얘기가 계속되는 동안 사납던 그의 표정은 힘을 잃고 우울하게 변해갔다.

"헤스터, 당신은 7년 전의 나를 기억하오? 그때 벌써 내 인생은 가을로 접어들었지. 그것도 늦가을로. 그때만 해도 내 인생은 진실하고 근면하고 사려 깊게 지식의 연마를 충실히 하는 조용한 인생이었지. 그리고 그 나날들은 인간 행복의 발전을 위해서 충실하게 바쳐졌었소. 하기야 그 희생은 내 마음이 내킬 때에만 했지만 말이야. 내 인생만큼 정직하고 평화스럽게 보낼 수 있도록 복을 타고나기도 드물 거요. 당신은 그때 그 모든 일들을 기억하고 있는 거요? 당신은 나를 냉담하게 여겼을지 몰라도 그때의 나는 남을 위할 줄도 알고 나 자신을 위해서 별 욕심이 없던 사람이었소. 비록 따뜻한 애정은 아니었지만 남에게 친절하고 진실되고 정당한, 변함없는 애정의 소유자였지 않소? 그렇지 않소?"

"그랬어요. 아니, 그 이상이었죠."

헤스터는 대답했다.

"그런데 지금의 나는 어떻게 변했다고 생각하오?"

그녀의 얼굴을 들여다보며 그는 마음속의 모든 악을 숨김없이 얼굴 위로 드러냈다.

"아니, 지금 내가 어떻게 변했는지는 이미 말했소. 악마! 악마가 되었소. 도대체 누가 나를 이렇게 만들었지?"

"저예요. 제가 그랬어요."

헤스터는 격분한 목소리로 바르르 떨며 외쳤다.

"그 책임은 그분에게보다 제게 더 많이 있어요. 당신은 왜 제겐 복수를 하지 않았죠?"

"당신에게는 주홍글씨를 달아 주었으니까. 주홍글씨가 복수를 해 주지 못한다면 그 이상 내가 어쩌겠소."

그는 손가락을 주홍글씨에 갖다대면서 빙그레 웃었다.

"주홍글씨는 너무나 완벽한 복수였어요!"

"나도 그렇다고 판단은 했지."

칠링워드가 말했다.

"그런데 목사에 대해서는 내가 어떻게 해 주길 바라는 거요?"

"저는 우리 사이의 비밀을 깨뜨리겠어요."

헤스터는 단호하게 말했다.

"결과가 어떻게 되든 전 그분에게 당신의 정체를 똑바로 알리겠어요. 저로 비롯된 이 비밀이라는 빚을 갚아야 되겠어요. 그분이 파멸의 늪으로 빠진 건 저 때문이었으니까요. 이젠 그분의 명성도, 그분이 생명을 지닌 채 땅 위에 존재하는 상태도, 모두 당신에게 달려 있어요. 주홍글씨는 제게 진실을 찾게 해 주었어요. 그것은 마치 저의 영혼에 찍힌 붉게 빛나는 낙인과도 같이 명확한 사실이지요. 하지만 그분이 처참하고 공허한 생활을 계속해도 저 혼자의 힘으로는 아무 도움도 주지 못하기 때문에, 당신 앞에 무릎을 꿇고 자비를 구하고 싶지는 않아요. 그분에 대해서는 하고 싶으신 대로 하세요. 그러나 그건 그분이나 저를 위해 그리고 어린 펄을 위해서도 결코 좋은 일은 아닐 거예요. 사실, 우리들이 처참한 구렁텅이에서 빠져나갈 길은 없으니까요!"

그녀가 내뱉은 실망이 섞인 말 속에는 존엄성마저 어려 있었다.

"헤스터, 당신 정말 대단하구려."

로저 칠링워드는 그녀의 절망적인 말 속에서 뭔지 모를 장엄함을 느끼며 경탄하지 않을 수 없었다.

"당신은 바탕이 훌륭한 여자야. 나보다 좋은 남편을 만났더라면 이런 고통은 겪지 않아도 됐을 텐데. 선천적으로 타고난 좋은 성격을 헛되이 낭비하고 말았으니, 진심으로 당신이 불쌍하구려."

"당신 또한 불쌍하긴 마찬가지예요."

헤스터 프린도 맞서 대답했다.

"현명하고 공정한 사람이 증오심으로 인해 악마가 되어 버렸으니까요. 슬픈 일이에요. 이제라도 악마의 탈을 벗고 좀더 인간다운 인간이 되지 않으시겠어요? 그분을 위해서가 아니라 당신 자신을 위해서 말입니다. 이젠 용서하세요. 보복은 하나님께 맡기시고요. 이 이상의 보복은 하나님만이 가질 수 있는 권리니까요. 제가 말했듯이 우리 모두는 캄캄한 미궁 속에서 길을 잃고 헤매는 사람들이에요. 스스로 길 위에 뿌려 놓은 죄악으로 발이 묶이고 있어요. 그렇지만 당신에게만은 좋은 일이 있을 수 있어요. 당신은 지금까지 억울한 일로 피해를 당하셨으니까요. 또한 당신에게는 용서할 자유가 있어요. 그 유일한 특권을 그냥 버리시겠어요? 한없이 귀중한 은혜를 영원히 거절하시겠어요?"

"그만, 헤스터. 그만 하시오."

로저 칠링워드는 우울하고 엄격하게 대답하였다.

"내게는 이미 용서할 권한이 없소! 당신이 말한 따위의 권한이 없단 말이오. 나의 신념이, 오랫동안 내 안에 숨어 있던 신념이 되살아나는구려. 그리고 우리의 행위, 우리의 고통을 모두 설명해 주는구려. 당신이 잘못된 첫걸음을 내디디면서 죄악의 씨는 뿌려졌소. 그리고 그 이후로는 그것이 운명이 된 거요. 나를 억울하게 만든 당신이 죄를 지었다는 것은 일종의 망상일 수 있고, 나는 지금 악마가 할 짓을 빼앗아 하고 있지만 결코 나 자신은 악마가 아니오. 이 모든 것은 우리들의 운명일 뿐이오. 시꺼먼 악의 꽃이 피려면 피라지! 가시오! 가서 당신이 그 사람에게 하고 싶은 대로 하시오!"

그는 손을 흔들어 작별을 하곤 다시 약초 캐는 일에 전념하였다.

헤스터와 펄

한 번만 보면 그 인상이 좀처럼 뇌리에 남아서 떠날 줄 모르는 이상한 얼굴을 한 로저 칠링워드는 헤스터 프린과 헤어진 후, 마치 땅 위를 기는 듯이 걸었다. 그는 여기저기서 풀을 뜯고 나물을 캐어 팔에 걸친 바구니 속에 거칠게 집어넣었다. 헤스터의 시선은 잠시 그의 뒤를 따랐다. 그의 발자국이 딛고 지나간 곳마다 발밑의 여린 봄풀이 시들어, 푸른 풀밭을 가로지르는 갈색 발자국이 줄줄이 생기지나 않을까 하는 생각이 들었다. 헤스터는 도대체 저 노인이 저렇게 열심히 모으고 있는 풀은 무얼까? 이상하게 생각했다. 땅이 노인의 시선과 마주칠 때 나쁜 생각을 품고 노인의 손끝이 닿은 부분마다 세상에 아직 알려지지 않은 독초를 돋아나게 하는 것이나 아닐까? 그게 아니라면 사람의 몸에 유익한 풀들이, 노인의 손이 한번 스쳐

가면 뭔가 치명적인 유독성의 물질로 변하는 것은 아닐까? 그것이 노인에게 만족을 주는 것이 아닐까? 세상의 모든 것을 밝게 비춰 주는 태양이 과연 그에게도 비춰 줄까? 이상스럽게 생긴 그의 체구가 가는 곳마다에 어떤 불길하고 어두운 그림자가 함께하고 있는 것은 아닐까? 도대체 그는 어디로 가고 있는 걸까? 그가 별안간 땅속으로 가라앉고, 그 자리에는 계절이 바뀌면서 벨라도나, 산딸기나무, 사리풀 외에도 이 지방에서 돋아날 수 있는 온갖 흉악한 초목들이 어지럽게 나지는 않을까?

"벌 받을 소리지만, 나는 저 늙은이가 정말 미워!"

로저 칠링워드의 뒷모습을 응시하던 헤스터 프린은 혼잣말로 중얼거렸다.

헤스터는 그런 감정에 사로잡힌 자신을 책망했지만 그 감정을 억제할 수도, 감소시킬 수도 없었다. 그녀는 애써 옛날에 로저 칠링워드와 살았던 시기를 떠올리며, 그에 대한 증오심을 감소시키려 노력했다. 그 당시에는, 저녁 어스름이 찾아들면 그는 서재에서 나와 따뜻한 가정의 등불과 아내의 미소를 대하는 것이 보통이었다. 그러면서 그는 홀로 책 속에 묻힘으로써 느끼는 차가운 기운과 고독을 몰아내기 위해서는, 헤스터의 부드러운 미소를 보아야 한다고 했다. 그러나 지금 그 정경들은 지나온 어두운 생활을 통해 본다면 가장 추한 추억 속의 하나가 되고 말았다. 어떻게 그런 장면들이 가능했는지, 어째서 자신이 그 사람과 결혼을 하게 되었는지 도저히 알 수가 없었다. 그녀는 자신이 그 사람의 미적지근한 손을 받아들이고, 입술과 눈가에 미소를 지어 그의 미소에 응답한 일이 마치 회개해야 할 커다란 범죄로 생각되는 것이었다. 그리고 그녀가 철이 나기 전에 감언이설로 자기의 곁에만 있으면 행복하리라는 그릇된 생각들을 그녀에게 심어 준 로저 칠링워드가 세상에서 가장 악독한 범죄자같이 느껴졌다.

"나는 저 사람이 미워, 미워 죽겠어."

헤스터는 아까보다도 더욱 매정한 어조로 중얼거렸다.

"저 사람이 나를 속인 거야! 그는 결국 내가 자기에게 한 것보다 더욱 몹쓸 짓을 내게 하고 있어!"

무릇 남자들은 여자의 진정한 사랑을 얻지 못하면 결혼을 하지 말지어다. 그렇지 않으면 칠링워드의 경우처럼 비참한 운명에 빠지고, 여자가 혼미한 잠에서 깨어나서 남편이 안락하다고 하며 만들어 준 현실과 행복이라고 부르던 돌부처의 정체를 알게 되면 비참한 운명이 찾아올지도 모르기 때문이다. 그러나 헤스터에게 온 시련들은 이제 끝날 때도 됐건만, 로저 칠링워드의 존재는 무엇을 의미하는 것인가? 주홍글씨를 붙인 후 7년간이나 받은 고초는 너무나도 비참했건만 아무런 뉘우침도 자아내지 못했던가? 헤스터가 구부정한 칠링워드의 뒷모습을 쳐다보고 있을 때, 순간적으로 알 수 없는 감정이 그녀의 마음에 어두운 빛을 던져서 보통 때 같으면 생각조차 할 수 없었던 일을 일깨워 주었다.

로저 칠링워드가 시야에서 사라지자 헤스터는 아이를 불렀다.

"펄! 너 어디에 있니?"

명랑함을 잃은 적이 없는 펄은 엄마가 약초를 캐는 사람과 이야기를 나누는 동안에도 심심한 줄을 몰랐다. 처음에는 상상에 사로잡혀 물웅덩이에 비친 자기의 그림자와 같이 놀면서 환영의 그림자를 부르고 있다가 자신의 그림자를 물속에서 끌어내는 데 실패하자, 다음에는 만져 볼 수도 없고 결코 손이 닿지도 않는 하늘로 놀이터를 옮겼다. 자기와 그림자, 둘 중의 하나는 현실이 아니라는 것을 알아차리고 펄은 더욱 흥미 있는 것을 찾아간 것이다. 잠시 후에 펄은 벗나무 껍질로 조그만 배를 여러 개 만들고 그 위에 달팽이 껍질을 실어, 먼 바다를 향해 뉴잉글랜드의 어느 상인이 한 것보다도 더 큰 모험을 감행했다. 그런데 그 배는 대부분 해안 가까운 곳에서 침몰해 버렸다. 아이는 살아서 움직이는 참게를 잡아보고, 불가사리도 몇 마리 잡아보고, 해파리는 잡아서 햇볕이 강한 뭍으로 던져 녹아 버리게 했다. 그리고 밀려오는 바닷물에 하얀 줄을 친 물거품을 집어서 불어오는 바람을 향해 재빨리 던지고, 눈송이 같은 거품의 파편들이 떨어지기 전에 잡으려고 나는 듯한 발걸음으로 쫓아다녔다. 또 물가에서 먹이를 찾으며, 날갯짓하고 있는 바다새들을 향해 조약돌을 던져댔다. 가슴팍이 하얀 회색 새가 조약돌에 맞아 푸드득거리며 날아갔다. 순간 요정 같은 펄은 한숨을 쉬고 돌 던지는 장난을 그만두었다. 바람이나 자기나 마찬가지인 그 어린 새를 아프게 한 것이 펄을 마음으로부터 슬프게 했다. 펄이 마지막으로 한 장난은 여러 가지 해초를 모아 목도리와 외투와 머릿수건을 만들어서 쓰거나 입어 어린 인어 차림을 해 보는 것이었다. 펄은 아무래도 엄마를 닮아서 바느질이나 옷치장을 잘하는 것 같았다. 끝으로 펄은 거머리말을 주워서 엄마의 가슴에서 흔히 보던 장식을 흉내내어 자기의 가슴에 달았다. 그 글씨는 A자였으나, 빨간색이 아니고 싱싱한 초록색이었다. 펄은 고개를 숙이고 그 장식을 보며 약간의 흥미를 느꼈다.

그 모습은 마치 자기가 세상에 보내어진 뜻이 그 글씨의 의미를 밝히려는 데에 있다고 생각하는 것 같았다.

"엄마는 이게 무슨 뜻인지 물어 보실지도 몰라."

펄은 생각하며 고개를 갸우뚱거렸다. 그때 엄마의 부르는 소리에 작은 물새는 가볍게 뛰고 춤추면서 엄마에게로 달려갔다. 이윽고 펄은 웃으면서 손가락으로 가슴의 장식을 가리키며 헤스터 앞에 섰다.

"펄!"

잠깐 동안의 침묵을 깨고 헤스터가 조용히 말했다.

"네 어린 가슴에 단 초록빛 글자는 아무런 의미가 없단다. 그런데 넌 엄마의 가슴에 달린 이 글씨의 뜻을 아니?"

"네, 알아요."

펄이 말했다.

"그것은 커다란 A자예요. 엄마가 글씨 교본에서 가르쳐 주었잖아요."

헤스터는 말없이 어린아이의 얼굴을 바라보았다. 펄의 까만 눈동자에는 자주 내비치는 불가사의한 표정이 담겨 있었다. 그러자 헤스터는 문득 펄이 그 글자에 부여된 뜻이 무엇인지나 알고 있는지 확인하고 싶은 마음이 강하게 일어남을 느꼈다.

"엄마가 왜 이 글씨를 항상 붙이고 있는지 알고 있니?"

"알아요."

펄은 명랑한 표정으로 헤스터의 얼굴을 바라보았다.

"그것은 목사님이 손을 항상 가슴에 얹고 있는 것과 마찬가지야."

"그래, 그건 왜일까?"

헤스터는 펄이 앞뒤가 맞지 않는 관찰을 한 것으로 알고 빙그레 웃으며 물었으나, 다시 한 번 깊이 생각해 보곤 얼굴이 굳어졌다.

"이 글씨하고 목사님 가슴하고 무슨 관계가 있다는 거지?"

"글쎄요, 난 그것밖엔 모르는걸."

평소의 펄이 서슴지 않고 말하는 것과는 달리 진지한 표정으로 대답을 했다.

"엄마랑 같이 얘기한 그 할아버지한테 물어 봐요. 엄마, 아마도 그 할아버지는 알고 있을 거야. 그런데 엄마, 이 글씨가 정말 무슨 뜻이에요? 엄마는 왜 그것을 늘 가슴에 달고 다니지? 그리고 목사님은 왜 밤낮 손을 가슴에 얹고 있는 거야?"

펄은 두 손으로 엄마의 귀를 잡고 야생적이고 변덕스럽던 태도에 어울리지 않는 진지한 표정으로 헤스터의 두 눈을 들여다보았다. 헤스터는 이 아이가 어린애다운 신뢰를 가지고 자기에게 접근하고 있음을 알아차렸다. 그리고 엄마와의 공감대를 발견하기 위해서 자신이 할 수 있는 데까지 애써 보려는 시도인지도 모른다는 생각을 문득 해 보았다. 그러고 보니 딸의 모습이 옛날과는 많이 달라 있었다. 어머니로서의 헤스터는 누구보다도 따뜻한 사랑을 딸에게 쏟아왔지만 그 대가로는 변덕스러운 사월의 봄바람같이 잘 뛰노는 것 이상의 기대는 아예 갖지 않았다. 봄바람은 경박스러운 장난을 잘 치고, 때로는 예측할 수 없으리만큼 정열적인 돌풍을 일으키다가도 기분이 좋은 듯 풀어지고, 가슴에 품으면 따스하기보다는 차라리 차가울 때가 많은 것이다. 펄은 때때로 무슨 속셈인지 잘못에 대한 보상이라도 하는 듯이 의심이 갈 정도로 다정한 키스를 해 주고 머리를 쓰다듬어 주면서 헤스터의 마음속에 꿈같은 즐거움만 남겨 준 채 다른 장난을 찾아 어디론가 가 버리기 일쑤였다. 그리고 이것은 헤스터가 본 펄의 성품이었다. 남이라면 귀염성 없는 성격 이외에 아무것도 발견 못하고 거기에다 더욱더 어두운 채색을 부여했을 것이다. 펄을 그렇게만 보고 있었던 헤스터에게 문득 이제 이 영리한 딸이 엄마의 친구가 될 수 있고, 서로 어색함 없이 엄마의 슬픈 이야기를 나눌 수도 있으리라는 생각이 스쳐갔다. 아마도 그 변덕스러운 펄의 성격 중에는 어떤 일에도 굽힐 줄 모르는 용기와, 누구보다도 굳은 의지와 그리고 잘 가꾸면 훌륭한 자부심이 될 수도 있을 것 같은 자존심과, 또한 잘해 주면 잘해 줄수록 자신이 아닌 타인은 멸시하려는 요소들이 들어 있는 것 같았다. 비록 익지 않은 과일처럼 씁쓸하고 맛이 없기는 했지만 펄에게는 애정도 있었다. 헤스터는 펄이 훌륭한 성품을 지니고는 있으나 고상한 품위의 귀부인이 되지 못한다면 어머니인 자신에게서 물려받은 죄악의 성질이 큰 원인일 거라고 생각했다.

그 주홍글씨의 의미를 알려고 하는 펄의 성격은 어쩔 수 없이 타고난 성격 같기도 하였다. 철이 들기 시작할 때부터 펄은 마치 그 일이 자기의 사명인 것처럼 주홍글씨의 의미를 알려고 했었다. 헤스터는 가끔 하늘이 공정과 응보의 계획에 따라 이 아이에게 그런 성격을 부여한 것이 아닐까 하고 상상한 적이 있었다. 그러나 지금까지 그 처벌의 계획과 아울러 자비와 은총의 계획도 포함되어 있을 것이라는 생각은 한 번도 해 본 적이 없었다.

만일 펄이 육체적 행위의 결과로 태어난 아이인 동시에 하나님의 사자로서 믿음과 사랑을 부여받고 태어났다면, 싸늘한 무덤으로 변해 버린 어머니의 슬픔을 달래주는 것이 진정한 펄의 사명이 아닐까?

이러한 생각들이 마치 누군가가 귀에다 대고 속삭이는 것 같은 기분으로 머릿속에 떠올라 헤스터는 마음이 설레어 오는 것을 느꼈다. 어린 펄은 내내 엄마의 손을 붙들고 우러러보며 똑같은 질문을 두 번 세 번 되풀이하고 있었다.

"엄마, 그 글씨엔 무슨 뜻이 있어? 그리고 엄마는 왜 그걸 꼭 가슴에 달고 다니지? 또 목사님은 왜 자기 손을 가슴에 대는 거야?"

무어라고 대답해야만 하는가? 헤스터는 마음속으로 생각하였다. 안 된다! 비록 거짓 없는 대답이 아이의 공감을 얻기 위한 것이라고 해도 그 대가를 치를 자신이 내게는 없다.

"이 바보야, 그런 건 물어서 무엇 하려고? 아이들이 물어서는 안 될 일이 세상에는 많이 있단다. 내가 목사님의 가슴속을 어떻게 알 수 있겠니? 그리고 엄마가 이 글씨를 달고 다니는 것은 금실이 예쁘니까 붙이고 있는 거야."

지난 7년 동안 그녀는 자신이 가슴에 달고 있는 표시에 대하여 늘 정직했었다. 그 표시는 엄격하였으나 그것은 오히려 그녀를 지켜 주는 수호신이 준 부적과도 같았다. 그러나 그 수호신의 끊임없는 보호에도 불구하고 뭔가 새로운 악이 스며들었거나, 아니면 그 악이 없어지지 않고 그대로 남아 있으니 어쩌면 그 수호신마저 그녀를 저버린 것인지도 모른다. 펄의 얼굴에서는 여태까지의 진지한 표정은 이미 사라져 버렸다.

그러나 펄은 그 문제를 그대로 흘려 버리지 않았다. 엄마와 집으로 가던 중이나, 저녁을 먹는 도중이나 또는 헤스터가 아이를 재우려고 침대에 눕힐 때에 마치 장난치려는 눈치로, "엄마, 빨간 글씨는 무슨 뜻이야?" 하고 두서너 번 되풀이해서 묻곤 하는 것이었다.

이튿날, 펄은 아침 인사인 것처럼 베개 위에서 머리를 들고는 주홍글씨와 결부시켜서 또 하나의 질문을 했다.

"엄마, 엄마! 목사님은 왜 늘 손을 가슴에 얹고 있는 거야?"

"입 다물어! 이 장난꾸러기 계집애야!"

헤스터는 전에 없이 사나운 표정으로 딸을 나무랐다.

"나를 놀리는 거니? 다시 한 번 그런 질문을 하면 캄캄한 벽장 속에 가둬 버릴 거야!"

숲 속의 산책

　눈앞의 어떠한 고통이나 앞으로 닥칠지 모르는 위험한 결과가 와도 딤즈데일 목사에게 은밀히 접근하여 가까워진 그 사람의 정체를 목사에게 말하려고 결심한 헤스터의 결심에는 변화가 없었다. 그래서 목사가 생각에 잠겨서 산책을 할 때 그 말을 하려고 며칠 동안 노력하였지만 실패로 돌아가고 말았다. 목사가 매일 반도의 해변가와 그 근처 숲 속의 언덕길을 산책한다는 것을 그녀는 알고 있었다. 늘 많은 참회자들은 주홍글씨가 말해 주고 있는 죄보다 더욱 짙은 죄를 고백하는 딤즈데일 목사의 서재로 찾아갔다. 추문이 날 염려도, 목사님의 명예를 손상시킬 염려도 없을 테지만 헤스터는 그것을 원치 않았다. 늙은 칠링워드가 비밀리에 혹은 노골적으로 간섭할 것이 두려웠고, 긴장되어 있는 헤스터 자신이 그곳에 간다는 것이 왠지 염려스러웠다. 그리고 목사와 자신이 이야기를 나누는 동안은 숨을 마음껏 쉴 수 있는 넓은 공간이 필요하다고 생각했다. 이런 이유로 헤스터는 하늘 밑보다 더 좁은 곳에서 목사를 만나는 것을 원하지 않았다.

딤즈데일 목사가 기도를 올려주려고 초청을 받아 갔던 집에서 환자의 간호를 해 주고 있던 헤스터는 목사가 인디언 교도들이 있는 곳에 엘리어트 사도를 만나러 떠났다는 이야기를 들었다. 아마도 목사는 다음날 오후쯤이면 돌아올 것이었다. 그래서 다음날 아침 일찍 헤스터는 펄을 데리고 집을 나섰다. 좀 불편하긴 했지만 헤스터는 항상 딸을 데리고 다녔다.

헤스터와 펄은 반도로부터 아주 좁은 오솔길로 들어서고 있었다. 그것은 원시림의 신비한 경치 속으로 꼬불꼬불 연결된 통로였다. 오솔길의 좌우 옆으로는 우뚝 솟은 나무들이 빽빽하게 서 있었기 때문에 매우 어두컴컴하고 하늘이 겨우 쳐다보일 정도였다. 그 길은 헤스터가 그토록 오랫동안 헤매던 도덕적 황무지를 그대로 옮겨다 놓은 듯했다. 날씨는 싸늘하고 음산했다. 머리 위에는 회색 구름이 깔려 있었지만 종종 부는 바람에 그 구름들이 흩어져 인색한 햇빛이 새어 나오기도 했다. 그러나 그 상쾌한 햇빛은 길의 아주 먼 끝에만 나타났다. 워낙 찌푸린 날씨여서인지 그렇게 나타나는 햇빛은 뛰놀기를 즐기는 것 같았다. 그 햇빛이 헤스터에게 가까이 오는가 보다 싶으면 자꾸 멀어지고, 햇빛이 금방 놀다간 자리는 더 축축해 보였다. 아마도 그렇게 보이는 것은 따스한 햇빛을 바라는 마음이 두 모녀에게 너무 컸기 때문이리라.

"엄마!"

작은 요정의 심술을 부릴 듯 명쾌한 목소리가 헤스터의 귀를 열어 젖뜨렸다.

"해님은 엄마를 좋아하지 않나 봐. 엄마 가슴에 있는 글자가 무서운 모양이야. 자꾸 도망치고 숨어 버려. 저것 봐! 햇빛이 저곳에서만 놀고 있잖아. 엄마는 여기 서 있어요. 내가 뛰어가서 햇빛을 잡을게. 나는 아이니까 햇빛이 내게서 도망가지는 않을 거야. 나는 가슴에 아무것도 달지 않았으니까."

"펄, 영원히 달지 않아야 된단다."

헤스터가 힘없이 말했다.

"왜요, 엄마?"

펄은 막 달려가려다가 멈춰 서서 물었다.

"내가 어른이 되면 저절로 달게 되는 거 아냐?"

"어서 달려가서 햇빛을 잡아야지, 금방 도망갈 거야."

헤스터는 다른 대답을 하였다.

잠시 후, 햇빛을 잡고 의기양양해 서 있는 딸의 모습이 헤스터의 시야에 들어왔다. 아이는 햇빛과 함께 찬란하게 빛나고, 고조된 활기로 인하여 기운이 넘쳐흐르는 것 같았다.

헤스터가 빛이 밝게 비치는 곳으로 다가올 때까지 햇빛은 마치 장난치는 아이가 좋다는 듯이 그곳을 떠나려 하지 않았다.

"햇빛이 이젠 도망치고 말 거야."

펄은 머리를 흔들며 말했다.

"자, 봐라."

헤스터는 입가에 미소를 지으며 딸애의 얼굴을 들여다보았다.

"이젠 손을 펴서 햇빛을 잡았는데."

그녀가 손을 내미는 순간, 햇빛은 꺼져 버렸다. 헤스터는 딸애의 춤추는 듯한 표정이 하도 명랑해서 펄이 햇빛을 모두 흡수했다가 어두운 길을 지날 때 다시 발하여 길을 비출 셈인가 보다 하는 생각을 했다. 펄의 성격 속에 어머니를 닮지 않은 새로운 활력이 깃들어 있다는 느낌을 헤스터는 받았다.

요즘의 아이들은 대부분 조상들로부터 선병(腺病)과 함께 슬픔이라는 병을 유전으로 물려받는 법인데, 펄에게서는 그것도 찾아볼 수가 없었다. 펄의 이와 같은 성격은 그애가 태어나기 전에 헤스터가 슬픔을 이기려고 애쓰던 일에 대한 반작용에 불과한 것일 테지만, 어쩌면 그 역시 병인지도 모른다. 어쨌든 그것은 이 아이의 성격에 강하고 견고한 금속과도 같은 광채를 주는 기묘한 매력임에 틀림없었다.

헤스터는 큰 슬픔이 심금을 울리어 아이로 하여금 인간답게 동정할 수 있는 힘을 갖게 해 주었으면 하고 원했다. 그리고 아직 펄에게는 충분한 시간이 있었다.

"이리 와, 펄!"

아직도 그대로 그곳에 선 채 주변을 둘러보면서 헤스터는 펄에게 묻어나는 듯한 사랑을 느끼며 두 손을 벌렸다.

"우리 숲 속에 잠깐만 앉아서 쉬자."

"엄마, 난 다리 아프지 않아."

펄은 칭얼대듯 어리광을 피워댔다.

"그렇지만 엄마는 피곤해. 여기 앉아. 그리고 엄마한테 이야기 좀 해 줘요."

"이야기라니! 무슨 얘기를?"

"악마 얘기."

펄은 치마를 붙들고 진지하면서도 장난기 어린 표정으로 헤스터의 얼굴을 쳐다보았다.

"숲 속에 사는 악마 얘기 말이에요. 그 악마는 무쇠 장식이 달린 커다랗고 두꺼운 책을 들고 다닌대요. 그 흉악한 악마가 숲 속에서 만나는 사람들에게 책과 펜을 주고는, 그 책에다 자기의 피를 찍어서 이름을 쓰게 한다면서? 그러면 악마가 그들의 가슴 위에다 표시를 해 준대. 엄마, 엄마는 악마를 본 적이 있어요?"

"펄, 누가 그런 얘기를 하던?"

이것은 그 당시에 흔히 있었던 미신이라는 것임을 알았지만 헤스터는 그렇게 물어 보았다.

"어젯밤에 엄마가 환자를 간호하러 간 집의 난롯가에 앉아 있던 그 할머니한테서 들었어."

펄의 또랑또랑한 목소리는 숲 속의 공기를 맑게 해 주는 듯했다.

"그러나 그 할머니는, 그 밉게 생긴 할머니는 내가 자고 있는 줄 알았거든. 아주 많은 사람들이 이 숲에서 악마를 만났대. 그 책에다 자기의 피로 이름을 쓰고 가슴팍 위에 표시를 받았대. 그런데 그 기분 나쁜 히빈즈 할머니도 그들 중의 한 사람이었대. 근데 엄마, 그 할머니는 엄마 가슴에 달린 이 주홍글씨도 악마가 찍은 거래. 그리고 밤중에 이 숲 속에서 악마를 만나면 주홍글씨가 빨간 불꽃처럼 탄대. 그게 정말이야? 엄마도 밤중에 악마를 만나러 나가고 그래?"

"네가 잠에서 깨었을 때 엄마가 없어 본 일이 있니?"

헤스터는 펄의 틀린 생각을 고쳐 주기 위해 반문했다.

"그런 생각이 안 나는데. 엄마는 항상 내가 걱정돼서 언제나 나를 데리고 다녔잖아. 그리고 그런 게 나는 좋고. 그런데 엄마, 빨리 말해 줘. 정말 그런 악마가 있는 거야? 엄만 그런 사람 봤어? 이게 악마의 표시야?"

"한 번만 얘기해 주면 다시 성가시게 묻지 않겠니?"

헤스터는 부탁조로 말했다.

"응, 엄마가 말해 준다면 다신 귀찮게 굴지 않을게."

펄은 무척 궁금하다는 듯 바짝 다가앉으며 대답했다.

"나는 일생에 꼭 한 번 악마를 만난 일이 있었단다. 이 주홍글씨는 그 표적이야."

이런 이야기를 하면서 두 모녀는 숲 속으로 깊숙이 들어갔다.

숲 속 길을 지나다니는 통행인들도 우연히 만나지 않기 위해서였다.

이윽고 펄과 헤스터는 쓰러진 채로 이끼만을 가득 두르고 있는 나무 위에 올라앉았다. 그 이끼를 덮고 누워 있는 나무는 아마도 백년 전쯤 뿌리와 줄기를 그늘에 담고, 무성한 머리를 당당하게 처들고 하늘을 향해 서 있었으리라. 그들이 앉은 곳은 조그만 골짜기였는데 가랑잎에 덮인 둑이 비스듬히 옆으로 기어 올라갔고, 그 가운데로 냇물이 흐르고 있었다. 그 위를 뒤덮은 나무가 때때로 큰 가지를 물 위에 늘어뜨리면 냇물은 목이 메어 웅덩이가 되고, 어떤 곳에서는 검푸른 연못이 되기도 하며, 물결이 빠른 곳에 활기 있게 흐르면 반짝이는 조약돌과 갈색 모래의 길이 되었다. 냇물이 흐르는 물길을 따라 시선을 달리면 얼마 동안은 물에 반사되어 오는 환한 빛이 숲 속의 얼마간 떨어진 곳에서 그리고 여기저기 서 있는 회색빛 이끼가 낀 바위 뒤로 자취를 감추어 버리고 만다. 이 모든 커다란 나무들과 화강석의 둥근 돌들은 일부러 이 작은 냇물의 물줄기의 행방을 감추어 버리는 듯했다. 아마도 냇물이 항상 끊이지 않는 재잘거림으로 그 오래된 숲 속의 비밀스런 그림자들을 비추어 줄까봐 염려가 되어서 그랬나 보다. 정말 그 냇물은 살금살금 흘러가며 계속 조잘거렸다. 어린아이의 목소리처럼 조용하고 친절하며 달래는 듯하였으나, 또한 우울하기도 하였다. 아마도 그 냇물은 어린 시절을 재미없게 보냈고, 침울한 숲 속에서 일어나는 슬픈 색깔의 일들 가운데서 어떻게 하면 즐거워질 수 있는지를 모르기 때문이리라.

"아아, 개울님! 어리석고 지루한 작은 시냇물아!"

개울의 이야기를 잠시 들은 펄은 외쳤다.

"너는 어째서 그렇게도 슬프니? 기운 좀 내거라. 그리고 제발 언제나 한숨짓고 중얼거리기만 하지 말아라!"

그러나 냇물은 숲 속을 흐르는 짧은 인생 동안에 겪은 기구한 경험을 말하지 않을 수 없었고, 또 할말이 그것밖에 없는 것 같았다. 펄은 시냇물과 비슷했다. 그애의 인생 수로는 냇물처럼 알 수 없는 곳에서 흘러나와서, 냇물처럼 우울하고 그늘진 풍경 속으로 흘러 내려왔다. 그러나 펄은 냇물과는 달리 춤추고 반짝이고 경쾌하게 재잘거리며 살아가는 것이었다.

"엄마, 이 슬픈 개울물은 뭐라고 말하고 있어?"

펄이 물었다.

"나에게 나의 슬픔을 말해 주듯이 네게 무슨 슬픔이 있다면 네게 슬픔에 대해 말해 준단다. 가만, 길을 따라 걸어오는 발자국 소리가 들리는구나. 나뭇가지를 옮겨 놓는 소리도 들리고. 너 혼자 장난하며 놀고 있을래? 엄마는 저기 오시는 분과 얘기를 좀 할 테니까."

"그 사람이 악마야?"

펄이 토끼 눈을 뜨며 물었다.

"빨리 가서 놀아라."

헤스터는 짜증스럽게 목소리를 높였다.

"그렇지만 숲 속으로 깊이 들어가서는 안 돼. 엄마가 부르면 곧 와야 해."

펄은 대답을 하면서도 걸음을 옮길 기색은 보이지 않았다.

"알았어, 엄마. 그런데 그 사람이 악마라면 내가 여기 잠깐만 서 있게 해 줘요. 큰 책을 팔에 낀 악마를 보면 안 되나요?"

"빨리 가서 놀아라, 바보 같으니라고."

헤스터는 화가 난 듯이 딸애를 쏘아보았다.

"그건 악마가 아니야! 나무 사이로 저기 보이지 않니. 바로 목사님이셔."

"정말 그렇구나!"

펄은 귀여운 미소를 얼굴에 떠올렸다.

"그런데 엄마, 목사님은 가슴에 손을 얹고 있어요. 목사님이 그 책에 이름을 적었을 때 악마가 가슴에 도장을 찍어서 저러는 거예요. 그런데 엄마, 왜 그것을 엄마처럼 가슴에 찍지 않았지?"

"얘, 빨리 가서 놀아라. 그런 말을 하고 싶으면 나중에 하려무나."

헤스터는 위협적으로 소리를 질렀다.

"하지만 길을 잃으면 안 돼. 그러니 냇물 소리가 들리는 곳에 있거라."

펄은 노래를 부르면서 냇물의 우울한 소리와 자기의 명랑한 음성을 화음시키며 냇물을 따라 걸어갔다. 그러나 냇물은 좀처럼 달라지지 않고 음산한 숲 속에서 일어났던 슬픈 비밀을 알아들을 수 없는 말로 계속 재잘거렸다. 어쩌면 그 냇물은 앞으로 일어날 어떤 일에 대한 슬픈 예언을 하고 있는지도 몰랐다. 펄은 마침내 자신의 인생이 겪은 어두운 그림자만 해도 지겨운지라, 탄식만 하는 냇물과는 헤어지고 싶어졌다.

그래서 펄은 높은 바위의 틈바구니에 삐죽 고개를 내밀고 있는 오랑캐와 야생 아네모네 등을 뜯는 일에 전념하였다.

요정 같은 펄이 사라진 뒤 헤스터는 숲 속으로 나 있는 길을 향해 두어 걸음 나아가 어두운 나무 그늘 아래에 머물렀다.

잠시 후, 허약한 몸을 이끌고 딤즈데일 목사가 휘청휘청 걸어오는 것이 눈에 띄었다.

초록의 조화 때문인지 가까워지는 그의 얼굴은 여느 때보다 훨씬 쇠약해 보였다. 그는 남의 눈에 띄는 어떤 일을 할 때나 혹은 마을을 산책할 때에는 이토록 완연히 지친 모습을 보인 적이 없었다. 그러나 세상에서 멀리 떨어져 있는 이 숲 속에서는 그의 절망 어린 기색이 애처로울 만큼 두드러졌다. 모든 것이 목사의 기를 죽이는 무서운 시련이었으리라.

그의 발걸음은 너무도 힘이 없어서 마치 한 발자국이라도 더 걸어야 할 이유도, 걷고 싶은 욕망도 없이 근처의 나무뿌리에 몸을 내던지고 쓰러질 자세였다. 그러면 나뭇잎들이 그의 몸을 덮고 그 위에 흙이 점점 쌓여 흙더미가 이루어질 것이다. 그 속에 생명이 있든지 없든지 문제가 되지 않았다. 죽음이란 바랄 수도, 또한 피할 수도 없는, 어쩔 수 없는 것이리라……

딤즈데일 목사의 얼굴은 다만 그의 손을 가슴 위에 얹고 있는 것밖에는 아무런 강렬하고 생생한 고민의 모습을 보이고 있지 않았다.

목사와 교인

목사는 느릿느릿 걸어왔다. 헤스터 프린이 그를 부르려고 목소리를 가다듬자, 마치 그녀의 생각을 알기라도 한 듯 딤즈데일 목사는 재빠르게 지나치려 했다. 그 순간에 그녀는 겨우 목소리를 내었다.

"아더 딤즈데일!"

낭랑하고 또렷한 음률이 숲 속의 공기를 가르고 지나갔다.

"누구요?"

딤즈데일 목사는 정신을 차리고 마치 쑥스러운 기분에 잠겼다가 그 기분을 남에게 들킨 사람처럼 몸을 바로 세웠다. 그리고 소리가 나는 쪽으로 불안한 시선을 던져 목소리의 주인공을 더듬기 시작했다. 목소리의 주인공은 매우 우중충한 옷을 입었으며, 하늘과 무성한 나뭇잎의 조화로 대낮이었지만 그것이 여자인지 또는 그냥 그림자인지 잘 식별할 수가 없었다. 어쩌면 그의 인생길이 그렇듯이 자기 환상 속에서 빠져나온 허깨비가 찾아온 것일는지도 모른다고 생각했다.

그러나 그는 발을 한 걸음 더 내디디며 주홍글씨를 발견했다.

"헤스터, 헤스터 프린!"

목사는 떨리는 목소리로 입을 열었다.

"당신이오? 정말 살아 있는 당신이오?"

"네!"

측은함과 동정 어린 대답이 짤막하게 번져 나갔다.

"7년 동안 살아 있는 헤스터예요. 아더 딤즈데일! 당신도 살아 계신 건가요?"

이들이 자신의 생존이 믿어지지 않아 서로 상대방의 생존을 묻는 것은 당연한 일인지도 몰랐다. 어둠침침한 숲 속에서 참으로 이상한 인연이었고, 마치 두 영혼이 저승에 와서 처음으로 상봉하는 것 같은 기분이었다. 서로 두려워서 떨고, 서로의 모습도 이미 낯설고, 육체를 떠난 영혼의 친교에도 익숙지 못하였다. 양쪽 모두 상대방을 유령으로 보는 그들은 서로를 보고 두려워했다. 그들은 또한 그러는 자신들을 보고 똑같은 겁을 먹었다. 왜냐하면 한순간이 그들의 의식을 일깨워 주고, 서로의 지난 일들이 각자의 가슴에 너무도 뚜렷이 떠올랐기 때문이었다. 이런 일은 아슬아슬한 순간이 아니면 생기지 않는 법이다. 영혼은 자기의 모습을 그 지나가는 순간의 거울 속에서 보았다. 두려움에 떨며, 그러나 마지못해서 아더 딤즈데일은 주검

같이 싸늘한 자신의 손을 내밀어 헤스터 프린의 차가운 손을 잡았다. 비록 차가운 손이었지만 일단 붙잡자 처음의 황량함은 이내 사라져 갔다. 적어도 같은 세계의 주민이라는 것을 느꼈던 것이다.

그 이상 한마디 말도 없이, 누가 앞장을 선 것도 아니지만 두 사람의 마음은 정확히 일치하여 미끄러지듯 숲 속으로 들어갔다.

그들은 조금 전에 펄과 앉았던 이끼 낀 나무 위에 걸터앉았다. 누구나 안면이 있는 두 사람이 만났을 때 으레 하는 인사와 질문을 교환했을 뿐이었다. 그들은 운명과 환경으로부터 너무나도 소외당해 있었기 때문에 대화의 육중한 문을 열어젖뜨리기 전에 먼저 마음을 안정시키는 시간적 여유가 필요했다. 또한 그래야만 진정한 화제가 속마음의 문턱을 넘어설 수 있게 되었던 것이다.

잠시 후 목사의 눈은 헤스터 프린의 눈을 괴로운 듯 쳐다보았다.

"헤스터, 이제는 마음이 안정되었소?"

그녀는 쓸쓸한 미소를 띠며 자신의 가슴을 내려다보았다.

"당신은요?"

"편하지가 않아요! 절망뿐이오!"

목사의 꺼지는 한숨이 헤스터의 가슴을 죄는 듯했다.

"나 같은 인간이, 나 같은 생활을 하는 사람이, 내가 신을 믿지 않는 자라면, 또 짐승과 같은 거친 본능밖에 없는 인간이라면 벌써 오래전에 마음이 편해졌을 테지만…… 그러나 지금 내 영혼이 처해 있는 환경으로는 본래 나에게 있던 모든 훌륭한 능력과 하늘이 내게 주신 그 누구보다도 우수한 재주들이 모두 나의 영혼을 괴롭히는 사자들로 변해 버렸소. 헤스터, 나처럼 비참한 사람은 정말 없소!"

"딤즈데일, 사람들은 당신을 존경하고 있어요. 그리고 당신은 여태껏 그들에게 훌륭한 일들을 베푸셨어요. 그것만으로는 마음의 위로가 안 되나요?"

"점점 비참해지기만 해."

목사는 쓰디쓴 미소를 입가에 띠며 힘없이 말했다.

"내가 한 모든 것들에 대해서는 이미 신념을 버린 지 오래요. 아마도 그 행위들에 대한 생각은 망상일 게요. 나처럼 죽은 영혼이 남의 영혼을 구원하는 일을 위하여 무엇을 할 수 있었겠소? 나같이 타락한 영혼을 가진 사람이 남의 영혼을 구제할 수 있겠소? 남들이 나를 존경하는 것이 차라리 멸시와 증오로 변했으면 좋겠소! 내가 단위에 서서 마치 하늘의 광명이 내 얼굴에서 비롯된다는 듯 나의 얼굴을 쳐다보는 수많은 눈동자들을 대하고, 진리에 굶주린 나의 양떼가 마치 오순절 날에 하늘에서 내려온 목소리인 양 내 말에 귀를 기울이는 것을 볼 때, 내 마음속으로 그들이 우러러보는 내가 실은 죄악 그 자체임을 깨달아야만 하는 사실을 당신은 위로라고 생각하오, 헤스터? 진정한 나와 남의 눈에 비친 내가 너무도 대조적임을 아는 악마들은 이를 보고 웃었을 게요!"

"당신은 자기 자신을 괴롭히고 있는 거예요."

헤스터의 음성은 부드러웠다.

"당신은 이미 오래전에 죄에 대한 용서를 받으셨습니다. 남들이 보고 있는 대로, 당신의 현재 생활은 사실 거룩한 것이에요. 선한 업적을 남김으로써 진실과 거짓이 증명이 된 고행들이 모두 허사였단 말인가요? 왜, 어째서 그것이 당신에게 마음의 안정을 가져다 주지 않겠어요."

"아니오, 헤스터. 그건 아니오!"

딤즈데일은 강하게 머리를 흔들었다.

"내 고행은 헛되고 실속이 없는 거야. 그건 싸늘하게 죽어 버린 고행이었을 뿐이오. 그러니까 나에게는 모두 무의미한 것이오! 벌은 충분한 것이었지만, 그러나 회개하는 마음은 없었소. 만약에 진심으로 회개를 했다면 나는 벌써 허위의 성의를 벗어 버리고 사람들 앞에 최후의 심판의 자리에서 보여질 것 같은 모습을 제시했어야 할 거야. 헤스터, 당신은 모든 사람들 앞에서 가슴에 주홍글씨를 달고 다녔기 때문에 오히려 마음이 편했을 테지만 내 가슴은 아무도 모르게 타 들어가 버렸소. 7년 동안 남의 눈을 속이느라고 애쓴 뒤에 진실로 내가 누구인지를 알아주는 사람의 눈동자를 들여다보는 것이 얼마나 나에게 위안이 되는지를 당신은 아마 모를 거요. 나에게 단한 사람의 친구라도 있어서 남들의 찬사 소리가 지겨울 때면 친구를 찾아 죄인이라는 말이라도 터놓고 할 수 있었다면, 그것만으로도 내 영혼은 살아날 수 있었을 게요. 그 정도의 진실만 있었더라도 나는 구원을 받았을 텐데. 그러나 이제는 모두가 거짓이 되어 버렸고, 모두가 허무하고 쓸쓸한 죽음일 뿐이오!"

목사는 극도의 분노 속에서 잠시 그녀를 바라다보았다. 너무나 오랫동안 억누르고 있던 감정을 그처럼 맹렬하게 터뜨린 목사의 말은 그녀로 하여금 말을 할 수 없게 만들었다. 그녀는 주저하였으나 두려움을 극복하고 입을 열었다.

"당신이 바라고 있는 바로 그런 친구는, 두고두고 당신의 죄를 이해할 수 있는 사람은…… 바로 당신과 함께 죄를 저지른 저예요."

그녀의 신중한 말투는 리듬을 잃은 듯하다가 조율된 건반처럼 다시 이어졌다.

"당신에게는 긴 세월 동안 말씀드릴 수 없었던 원수가 있고, 당신은 그 원수와 함께 한집에서 지냈어요."

딤즈데일 목사는 용수철이 튕기듯 벌떡 일어나, 마치 가슴에서 심장을 떼어내기라도 하려는 듯 심장 부위를 잡으며 심호흡을 하였다.

"그게 무슨 말이오! 원수라니? 그것도 한집안에? 당신, 지금 하는 말이 무슨 뜻이오?"

헤스터 프린은 목사의 깊은 상처를 온몸으로 느낄 수 있었다. 이 불쌍한 사람을 한순간도 아닌 그토록 오랜 세월 동안을 악한의 손아귀에 맡겨 두었으니 그 일에 대한 책임은 자신에게 있는 것 같았다. 그 원수가 어떤 탈로 위장을 하고 그에게 접근하였든 아더 딤즈데일처럼 예민한 사람의 심정을 파멸시키기에는 충분하였다. 지난 세월 동안의 헤스터는 목사의 이런 보살핌에는 충실하지 않았다. 아니 어쩌면 자신의 아픔으로 인하여 인간 세상이 미워져서 자신보다는 수월한 운명을 겪는 듯한 목사를 방치해 두었는지도 몰랐다. 그러나 목사가 밤을 새우던 날, 목사에 대한 그녀의 동정심은 뜨거워지고 두터워졌다. 이제 그녀는 목사의 심정을 더욱 알 수 있었다.

로저 칠링워드가 항상 목사의 곁에 있으면서 악의에 찬 독소를 몰래 내뿜고 주변의 공기를 오염시키며, 또한 허가 있는 의사로서 목사의 정신적인 것뿐만 아니라 신체적인 병을 좌지우지한 모든 시간들이 잔인한 목적을 이루기 위한 좋지 않은 기회들로 이용되어 왔었다는 것을 헤스터는 확실히 깨달았다.

이로 말미암아 환자의 양심은 뒤숭숭해지고, 오히려 정신상태까지 어지럽게 하여 부패하도록 만들었다.

결국 헤스터는 한때 사랑했고—아니 이렇게 되면 고백을 하지 않을 수가 없다—지금도 열렬히 사랑하는 그 사람에게 파멸을 가져온 것이었다. 로저 칠링워드에게 이미 말한 대로, 목사의 명예 손상이나 심지어는 죽음 이전에 택했던 길보다는 훨씬 괜찮을 것 같았다. 그러나 이제는 그 슬픈 잘못을 고백하느니보다는 숲 속의 낙엽 위에 쓰러져 아더 딤즈데일의 다리 밑에서 죽고 싶다는 생각을 하였다.

"아아, 당신."

그녀는 견딜 수 없이 소리쳤다.

"제발 저를 용서해 주셔야 해요! 모든 일에 진실되려고 노력했어요. 진실은 저의 유일한 미덕이었고 그리고 그것을 지켰어요. 당신의 선행과 당신의 생명과 당신의 명예가 위기에 처했을 때만 빼고요. 그때만은 제가 속이기로 동의를 했어요. 그렇지만 아무리 죽음이 한 편에서 위협을 한다고 해도 거짓말은 선이 될 수는 없었어요. 제가 무슨 말을 하려는지 아시나요? 그 늙은 의사, 사람들이 로저 칠링워드라고 부르는 사람, 그 사람은 전에 저의 남편이었어요!"

목사는 몹시 흥분한 표정으로 잠시 그녀를 쳐다보았다. 그의 고상하고 순수함이 복합된 부드러운 성격과 뒤섞인 흥분은, 사실은 그의 성격 중에서 악마가 노리는 부분이요, 악마는 그 부분을 통해 다른 부분까지도 정복할 작정이었다.

한순간, 목사의 얼굴은 꼭 악마의 얼굴로 변한 것 같았다. 그러나 오랜 고통으로 말미암아 성격이 많이 나약해져서 무섭게 흥분하는 상태도 갑자기 치는 발버둥에 지나지 않았다. 이윽고 그는 땅바닥 위에 주저앉아 두 손으로 얼굴을 감쌌다.

"아마 나도 그 사실을 어렴풋이 알고는 있었을 것이오."

그는 신들린 사람처럼 중얼거렸다.

"알고 있었고말고! 내가 그자를 처음 만났을 때 그리고 그 후에 볼 때마다 내 마음속에서 일어나는 반사작용으로 그 비밀을 느꼈던 거야. 그런데 내가 어째서 그 비밀을 이해하지 못했을까? 오, 헤스터 프린. 당신은 이 엄청나게 무서운 일들을 거의 몰랐던 거야. 이 얼마나 더럽고 추악한 일인지 당신한테 책임이 있는 것이오. 나는 당신을 절대 용서할 수 없소. 오오, 나는 결코 그대를 용서할 수 없소. 당신이 나를 이렇게 비참하게 만들다니……."

"저를 용서하셔야 합니다."

헤스터는 그의 곁, 낙엽 위에 쓰러지며 외쳤다.

"벌은 하나님께 맡겨요! 당신은 용서하셔야만 합니다."

그녀는 갑자기 체념한 듯이 몸의 긴장을 풀며 두 팔로 목사를 껴안았다. 그러고는 그의 머리를 가슴 위로 끌어당겼다. 그의 볼이 주홍글씨에 닿아도 개의치 않았다. 그는 몸을 빼려고 하였으나 허사였다. 헤스터는 목사의 표정이 두려워 그의 전부를 힘껏 움켜쥐고 있었다. 모두가 이 고독한 여인에게 7년 동안을 계속해서 눈살을 찌푸려 왔다. 그러나 그녀는 그것을 참아냈으며, 확고한 시선을 결코 딴 데로 돌린 적이 없었다. 하늘 역시 그녀에게 얼굴을 찡그렸다. 그렇지만 그녀는 용감하게 살고 있지 않은가! 그러나 이 창백하고 나약하며 죄 많고 슬픔에 잠겨 있는 아더 딤즈데일이 헤스터의 얼굴에 험한 인상을 뿌린다면 그녀는 견뎌내지 못하여 숨쉬기를 중단하게 될 것이다.

"당신…… 저를 용서해 주시는 거죠?"

그녀는 자꾸만 되풀이하여 말했다.

"당신이 얼굴을 찌푸리시면 싫어요. 저를 용서해 주실 거죠?"

"용서해요, 헤스터."

마침내 목사는 심금을 울리는 목소리로 대답했다.

"나는 진실로 당신을 용서하오. 하나님…… 부디 저희 두 사람을 용서하소서! 헤스터, 우리가 세상에서 가장 악한 죄인은 아닌 것 같소. 썩어빠진 목사보다도 더 악한 자가 있으니 말이오. 늙은 로저 칠링워드의 복수는 내 죄보다도 더 흉악해. 그자는 인간의 거룩한 마음을 마치 냉혈인간처럼 모독한 것이오. 헤스터, 그대와 나는 그런 짓은 하지 않았소!"

"절대로 안 했고말고요."

그녀는 속삭이듯이 말했다.

"우리가 한 일은 나름대로 성스러운 것이었어요. 우리는 서로 그렇게 느꼈지요? 당신 잊어버리셨나요?"

"그만, 헤스터."

아더 딤즈데일은 땅에서 일어서며 말했다.

"아니, 잊어버릴 리 있소?"

그들은 다시 손을 잡고 이끼 낀 나무 위에 나란히 앉았다. 그들의 인생에서 이토록 우울한 시간은 없었다. 이 순간은 그들이 줄곧 달려온 인생길의 끝이었다. 그리고 그들이 앞으로 향해 가는 걸음걸음은 더욱 어두워지는 것 같았다. 그러나 그 길은 또한 그들이 못내 그리워하던 매력을 품고 있었으니, 다음 순간을, 또 그 다음 순간을 기대하지 않을 수 없었다. 두 사람은 이 순간이 오래도록 계속되었으면 하고 바랐다. 그러나 주변의 숲은 어둠이 소리없이 다가오면서 점점 음산해져 갔다. 머리 위에서 무거운 나뭇가지들이 흔들리고, 엄숙하게 생긴 늙은 나무 한 그루가 마치 나란히 앉은 두 사람의 슬픈 이야기를 말하는 듯 구슬픈 소리를 냈다. 아마도 앞으로 다가올 불길한 일을 예고해 주는 것 같기도 했다.

그러나 그들은 자리에서 일어나려고 하지 않았다. 헤스터 프린은 다시 치욕의 무거운 짐을 지어야 하고, 또 목사는 그 공허한 거짓 명예를 지지 않으면 안 되었다. 그래서 마을로 가는 숲길은 무척 우울해 보였다. 그들은 잠시 동안 그대로 그 자리에 앉아 있었다. 이 숲 속에서는 목사의 눈에 비친 주홍글씨가 타락한 부인의 가슴을 태우지 않아도 되었고, 헤스터의 눈에 비친 아더 딤즈데일이 하나님과 남들에겐 거짓일지라도 그녀에게만은 진실이었던 것이다.

목사는 문득 떠오르는 생각이 있었다.

"헤스터!"

목사는 큰 소리로 그녀의 이름을 외쳤다.

"로저 칠링워드가 당신이 나에게 그의 정체를 밝힌 의도를 안다면 당신과 나의 비밀을 계속 지켜 주겠소? 이번엔 어떻게 보복을 하려 할까?"

"그의 성격에는 이상스럽게 비밀스러운 부분이 있어요."

헤스터는 신중한 어투로 조심스레 말했다.

"복수를 은밀히 함으로써 생긴 성격일 거예요. 설마 비밀을 폭로시키거나 하는 일은 없을 거예요. 분명히 그는 자신의 검은 야욕을 만족시키기 위한 은밀한 방법을 쓸 거예요."

"그런데 그런 잔인한 원수와 어떻게 한지붕 밑에서 함께 먹고 숨 쉬며 살아야 한다는 말이오?"

아더 딤즈데일은 아주 불안한 듯 무의식중에 손을 가슴에 얹으며 소리쳐 말했다.

"헤스터, 내 대신 생각 좀 해 봐요. 당신은 강하니까 무슨 해결책을 세울 수 있을 거요."

"이젠 그 사람과 같이 살지 말아요. 더 이상 당신의 마음을 그 사악한 눈에 드러내 보여선 안 돼요."

헤스터는 느리게, 그러나 아주 단호한 어투로 말했다.

"그건 정말 죽음보다도 훨씬 괴로운 일이야."

목사의 표정은 두려움으로 더욱 창백해졌다.

"그걸 어떻게 피하지? 무슨 방법이 나에게 남아 있겠소? 당신이 그자의 정체를 말했을 때 내가 쓰러졌던 저 낙엽 위에 다시 쓰러져 버릴까? 쓰러져서 그대로 죽어야 할까?"

"오오, 당신이 이렇게 파탄을 당하다니! 가엾은 분."

헤스터는 쏟아지려는 눈물을 겨우 삼키며 목쉰 소리로 말했다.

"마음이 약한 탓으로 못 견디겠다는 말씀인가요? 달리 이유가 없지 않아요."

"내겐 이미 하나님의 심판이 내렸소."

양심의 가책을 받은 목사의 대답이었다.

"하늘의 심판은 위대해서 거역할 수가 없는 것이오."

"하늘도 자비를 베풀어 주실 거예요. 당신이 그 자비를 이용할 수 있는 힘만 지니고 계신다면요."

"아무쪼록 나를 위해 당신의 강한 힘을 보여 주오!"

목사는 말했다.

"어떡하면 좋을지 내게 가르쳐 주시오!"

"세상이 저기 있는 마을뿐일까요? 그 마을은 얼마 전만 해도 우리가 앉아 있는 이 숲처럼 가랑잎이 흩어진 허허벌판이었어요. 저 오솔길을 따라 걸어가면 어디죠? 바로 마을로 돌아가는 길이라고 하셨죠? 하지만 저쪽 앞으로 통하는 길도 있어요. 자꾸자꾸 깊이 파고 들어가면 황야로 가게 되죠. 한 발자국 옮겨 놓을 때마다 사람들 눈에서 멀어져서 저 노란 낙엽 위에는 이미 백인의 발자취가 끊어질 거예요. 그곳에서는 당신도 자유의 몸입니다. 조금만 더 걸으시면, 당신 자신이 비참해졌던 세상을 떠나서 당신이 아직 행복해질 수 있는 곳에 다다를 수 있어요. 이 넓은 숲 속에 당신이 마음을 그 로저 칠링워드의 시선으로부터 숨길 만한 그늘이 없을까요?"

"있기야 있지, 헤스터. 그렇지만 그것은 낙엽 밑에 있을 뿐이야."

목사는 쓸쓸한 미소를 입가에 머금으며 대답했다.

"그렇다면 바다라는 큰길도 있어요!"

헤스터의 말은 계속됐다.

"여기로 오실 때 바다를 건너서 오셨을 거예요. 당신이 원하신다면 떠나온 곳으로 되돌아갈 수도 있잖아요. 고국에 돌아가면 시골이든 큰 도시 런던이든, 또는 독일이나 프랑스나 기후가 좋은 이탈리아에 가 있어도 칠링워드의 힘은 미치지 못할 거예요. 그리고 당신은 이곳의 무쇠처럼 완고한 사람들이나 그들의 의견과는 아무 상관이 없는 것이고요. 그들이 당신의 그 훌륭한 성품에 굴레를 씌운 지가 너무 오래됐어요. 이젠 벗어 버릴 때가 되었어요."

"그렇게는 안 될 거요!"

마치 꿈을 실현시키라는 명령이라도 받는 사람처럼 귀를 기울이고 듣던 목사는 대답했다.

"나는 힘이 없어 못 가! 비록 죄 많고 비참하기는 하지만, 나는 하나님께서 나를 보낸 곳에서 삶을 영위하려는 생각 외에 다른 생각을 해 본 적이 없소. 내 영혼을 잃을지라도 다른 사람들의 영혼을 위하여 내가 할 수 있는 일을 할 것이오. 어쩌면 이 지루한 파수꾼이 받는 보수는 죽음과 불명예겠지만, 그것을 받을 때는 이 쓸쓸한 파수꾼의 역할도 끝을 맺겠지만, 나는 이곳을 떠나기는 싫어."

"당신은 7년 동안의 불행에 짓눌려서 기를 펴지 못하는 거예요."

헤스터는 자기의 힘으로 그를 일어서게 하리라는 굳은 결심을 하며 그와 맞섰다.

"그렇지만 당신은 이 모든 것들을 모두 내던져 버리세요. 당신이 오솔길을 따라 걸어갈 때, 또한 당신이 바다를 건너기로 하여도 지금까지의 모든 불행한 일은 절대 실어서는 안 됩니다. 패잔의 흔적은 그것이 생긴 곳에 내버려두고 가야 해요. 미련을 두어서는 안 됩니다. 처음부터 시작하세요. 한 번 시도에 실패했다고 모든 가능성을 잃은 것은 아니잖아요? 그럴 리가 없죠! 미래는 아직도 새로운 시작과 성공으로 가득 차 있어요. 누려야 할 행복이 있고, 또 실천해야만 할 선행도 있어요. 당신은 그 거짓 인생을 버리고 진정한 인생을 택하셔야 해요. 당신의 마음이 어떤 사명을 원한다면 평범한 사람들을 가르치는 선생이 되어 보세요. 당신의 천성이 허락한다면 문명 사회의 가장 현명하고 훌륭한 사람들 사이에서 학자나 현자가 되세요. 설교를 하시든 글을 쓰시든 활동을 하시든, 무엇이든 하세요. 쓰러져서 죽는 일 외에는 무슨 일이든 다 해 보세요. 아더 딤즈데일이라는 이름을 버리고 새로운 이름을 가지세요. 두려움이나 부끄러움 없이 달고 다닐 수 있는 훌륭하고 높은 이름을 말입니다. 당신의 생명을 좀먹는 가책 속에서 하루라도 망설이고 계시는 이유는 무엇 때문이죠? 당장 일어나서 떠나세요!"

"오오, 헤스터!"

아더 딤즈데일은 외쳤다. 그의 눈동자는 헤스터의 정열에 의해서 점화된 듯 발작적인 빛을 냈다.

"당신은 떨고 있는 사람에게 한 인종을 다스리라고 말하는 거요? 나는 여기서 죽어야 해요! 넓고 낯설고 험한 세상을 혼자서 모험할 힘도 용기도 나에겐 없어요! 더구나 혼자서는!"

그것이 파멸된 정신의 실망에 대한 최후의 표현이었다. 그는 손만 펴면 잡을 수도 있는 행운을 붙잡을 힘이 없었다. 그는 그 말을 되풀이하였다.

"혼자서 가란 말이오, 헤스터?"

"아니에요. 혼자 가시게 하지 않아요."

헤스터는 낮은 목소리로 속삭이듯이 말했다. 이렇게 해서 이야기는 끝났다.

쏟아지는 햇빛

아더 딤즈데일은 희망과 기쁨에 넘친 표정으로 헤스터의 얼굴을 쳐다보았다. 동시에 그의 얼굴에는 두려움의 표정이 어렸으며, 자신이 막연하게 암시만 하고 입 밖에 내지 못했던 것을 명확하게 말해버린 헤스터의 대담함에 일종의 공포감마저 느끼는 듯한 기색이었다.

그러나 목사에게는 전혀 생소한 그런 생각은, 본래 용기와 활동력을 타고났고 오랫동안 사회에서 격리되어 있었을 뿐만 아니라 권리마저 박탈당했던 헤스터 프린에게는 흔히 떠오르는 생각들이었다. 그녀는 어떠한 규약도 안내도 없이 홀로 도덕의 황무지를 방황하였다. 그 도덕의 황무지는 지금 그들이 앉아서 자신들의 운명을 결정할 대화를 하고 있는 어두운 숲 속처럼 넓고 복잡하고 그늘이 많았다. 그녀의 지성과 감정을 말하자면 황폐한 황야에 그 고향을 갖고 있었기 때문에 그 광야를 야만적 토인들이 숲 속을 헤매듯 자유롭게 헤맸다. 소외당했던 지난 여러 해 동안 그녀는 자신의 위치에서 목사와 입법가들과 인간 사회가 만들어 놓은 사회제도를 관찰하였다. 그리고 목사의 허리띠나 법관의 옷 또는 처형대나 단두대나 벽난로나 교회에 대하여 인디언들이 경의를 표시하지 않듯이, 그녀도 경의를 표하지 않았다. 전반적인 사회제도를 비판한 헤스터의 운명이 가고 있는 길의 방향은 그녀를 자유롭게 하는 쪽이었다. 그녀의 주홍글씨는 다른 여인들에게는 발을 들이지 못하는 곳에 출입할 수 있는 통행증이다. 부끄러움과 실망과 외로움의 길은 엄하고 난폭했으나 오히려 그녀의 선생이기도 했다. 그것들은 그녀를 강하게도 혹은 잘못되게 가르쳤다.

한편, 목사는 사회가 인정하는 일반적인 법률의 한계를 계획적으로 벗어나 보려고 의도한 적은 없었다. 하기야 법률 중에서도 가장 신성한 법률을 단 한 번 무참하게 어겨 버린 일이 있기는 했지만, 그것은 정열의 죄였고 원칙이나 목적이 저지른 것은 아니었다. 이 기막힌 일이 있은 후로는 병적일 정도로 세세하고 골똘하게 자신의 행동을 지켜보며, 자신의 생각들과 감정의 숨결까지도 낱낱이 관찰했다. 행동을 지켜보는 일이라면 차라리 쉬웠을 것이다. 당시는 승려계급이 사회구조의 정상에 위치한 사회였고, 목사인 그는 사회의 율법과 원칙들과 편견으로 더욱 속박되기만 하였다. 목사인 그의 직업이 조직적으로 꼼짝 못하게 그를 가두었고, 과거에 죄는 졌지만 양심은 여전히 살아 있어 그의 마음속에 꿈틀대었으므로 민감한 목사는 덕을 행하는 처지에서 보면 오히려 도덕심이 견고하게 보였는지도 모른다.

헤스터 프린에게는 법의 보호를 상실하고 치욕을 겪던 7년이라는 세월이 오직 이 순간을 맞이하기 위한 준비에 불과했던 것만 같았다. 그러나 아더 딤즈데일은 어떤가! 그와 같은 사람이 한 번 더 타락한다면, 그의 죄를 무슨 말로 변호를 할 수 있을 것인가? 아마 못할 것이다. 그가 오래된 심한 병 때문에 몹시도 약해졌다는 사실과, 그를 괴롭히는 번민으로 말미암아 그의 정신이 어둡고 혼미해졌다는 사실, 또는 스스로 죄인임을 인정하고 도망을 칠까, 아니면 위선자로 머물러 있을까 하는 망설임으로 그의 양심이 균형을 취할 수 없었다는 사실 그리고 병과 치욕의 위험을 피하고 적의 무서운 음모를 모면하려는 것은 인간의 당연한 행동이라는 사실 등이 이 사람에게, 자기가 속죄하고 있는 무거운 운명 대신에 애정과 동정심과 새로운 생명의 빛이 나타나 보인다는 사실들이 변명을 하게끔 도와 주지 않는 한 정상을 참작해 달라는 호소는 불가능할 것이다. 하지만 죄악으로 말미암아 사람의 영혼에 생긴 상처는 여기 사람의 세계에서는 결코 회복이 불가능하다는 것이 슬픈 진리라는 것을 알아야 한다. 비록 그 틈새는 감시하고 지킬 수가 있지만, 악마가 다시 그 길로 쳐들어오지 않고 다른 길을 선택하여 들어올 수가 있는 것이다.

그러나 성벽이 여전히 무너져 있으므로, 잊을 수 없는 과거의 승리를 되찾기 위해 악마는 살그머니 또 거기로 찾아올 것이다. 사실

이런 마음속의 싸움이 있었다 해도 구태여 설명할 필요는 없는 것이다. 목사가 도망을 결심했다는 것과 혼자가 아니라는 것만을 말해 두기로 하자.

목사는 생각했다.

'만일 과거 7년 동안에…… 내가 한 번의 평화나 희망을 가져 본 적이 있었다면, 난 그것을 하나님의 자비심이라 생각하고 그런 대로 찾아 나갈 수 있을 것이다. 그러나 지금 나는 돌이킬 수 없는 벌을 받은지라, 사형수가 처형되기 전에 누리도록 허용된 안위를 어찌 받지 않을 것인가! 아니면 헤스터가 열심히 설득하듯이 보다 더 나은 생활로 인도하는 것이라면 어떠한 절망도 저버리지 않고 따르리라! 이제 나는 그녀 없이는 살 수 없는 처지가 되었다. 그녀는 강인해서 나를 붙들어 주고, 또한 부드럽게 나를 달래준다. 감히 우러러볼 수도 없는 하나님이시여! 이런 저를 그래도 용서하소서!'

"가세요!"

그가 헤스터의 눈을 바라보았을 때, 그녀는 침착하게 말했다.

일단 결심을 하자, 무어라 표현할 수 없는 신비스런 기쁨이 마음 속에 환한 빛을 주었다. 마치 마음의 감옥에서 풀려 나온 죄수의 마음에 나타나는 상쾌함과 같았다. 그것은 구원도, 기독교도, 법률도 없는 지역의 야생적이고 자유로운 분위기를 호흡하는 상쾌함이었다. 그의 정신은 실제로 한 번만 뛰면 땅바닥에 기어다니도록 하는 모든 불행을 내던지고 높이 솟구쳐 올라 하늘에 닿은 것같이 생기가 넘쳤다. 그는 매우 종교적인 성격의 소유자였다. 따라서 그러한 기분 속에서도 어떤 일종의 사명감에 사로잡혀 있었다.

"내가 다시 기쁨을 누리는군?"

그는 의심스럽다는 듯이 자신을 쳐다보며 외쳤다.

"기쁨의 싹이 내 속에서 죽어 없어진 줄 알았는데! 오, 헤스터, 당신은 나의 착한 천사! 나는 병들고 죄악에 오염되어 슬픔으로 검게 탄 나 자신을 여기 저 낙엽 위에 내던져 버렸다가 다시 태어난 인간으로 새로운 힘을 가지고 자비로운 하나님께 영광을 돌리고 찬미할 수 있는 사람이 된 것 같소. 이것만으로도 내 인생은 향상된 셈이지. 왜 진작 발견하지 못했을까?"

"우리 이제 과거는 돌아보지 말아요."

헤스터 프린이 말하였다.

"과거는 이미 지나가 버렸어요. 그런데 왜 과거에 머물러 있어야 하죠? 봐요! 이 주홍글씨를 떼어 버리고 원래 없었던 것처럼 만들어 버릴 거예요!"

이렇게 말하면서 그녀는 주홍글씨를 찌르고 있는 핀을 풀고, 그것을 가슴에서 떼어내어 낙엽 속에 멀리 던져 버렸다. 그 신비의 표시는 시냇물이 조금 못 미치는 기슭에 떨어졌다. 손바닥 길이만큼만 더 날아갔더라도 그것은 물속에 떨어져 알아들을 수 없이 조잘대는 그 신비한 이야기에 또 하나의 슬픔을 싣고 흘러가게 되었으리라. 그 수놓은 글씨는 마치 떨어뜨린 보석처럼 그곳에 놓여 반짝거리고 있었다. 운이 나쁜 어떤 길손이 그것을 주워 가지고, 불가사의한 죄악과 환영에 기분이 어두워지고 무언가 알 수 없는 불길한 예감에 시달릴지도 모른다.

치욕의 표시가 사라지자, 헤스터는 깊은 한숨을 쉼과 동시에 수치와 고통의 멍에가 그녀의 마음에서 사라짐을 느꼈다. 오, 아름다운 자유여! 그녀는 자유를 느끼고, 비로소 그 글씨의 무게를 알았다. 헤스터 프린은 머리에 썼던 모자마저 벗었다. 그러자 곧 검고 탐스러운 머리채가 어깨 위로 늘어지고, 그 풍요함에 깃든 명암은 그녀의 용모에 더한 매력을 풍겨 주고 있었다. 여자의 내면 깊숙한 곳에서 흘러나오는 듯한 부드러우면서도 아름다운 미소가 그녀의 입가며 눈동자에서도 흘러나왔다. 오랜 세월 창백했던 그녀의 뺨에 붉게 홍조가 어렸다. 그녀의 여성다운 본질, 마치 마술같이 젊음과 풍요로운 아름다움이 인간의 힘으로는 돌이킬 수 없는 과거의 시간의 회전 속에서 되살아나고, 그녀의 처녀시절의 꿈과 그리고 전엔 느끼지 못했던 행복과 한 덩어리가 되어 얽혔다. 하늘과 땅의 우울함이 오로지 이 두 사람의 마음속에서 시작되었던 것처럼 어느덧 물러나고, 슬픔 또한 아련히 사라지는 것 같았다. 별안간 하늘이 미소라도 짓는 것처럼 햇빛이 어두운 숲 속에 비쳐들고 있었다. 푸른 나뭇잎들은 기뻐 어쩔 줄 몰랐고, 노란 낙엽들은 황금빛으로 빛났으며 음울한 고목들의 잿빛도 빛을 받아 새롭게 반짝였다. 여태껏 그늘졌던 물체들이 이제는 광명을 드러냈다. 찬란하게 햇빛에 반사된 냇물의 줄기를 따라 신비스러운 숲의 가슴속으로 깊이 들어가면, 숲은 곧 환희에 넘친 신비로움으로 변했다.

이렇게 대자연 — 한 번도 인간의 법칙에 굴하지 않고 더 높은 진리로도 빛이 밝혀진 적이 없는 방자하고 이교도적인 숲의 자연 — 은 이 두 영혼의 기쁨을 그렇게 공감해 주는 것이었다. 사랑이란 새로 싹텄든 죽음의 잠에서 소생하였든 항상 빛을 창조하고, 가슴속을 밝은 빛으로 가득 채워 바깥 세상에까지 흘러넘치게 만든다. 숲은 비록 여전히 우울했어도, 헤스터와 아더의 눈에는 더 이상 어둡지도 비에 젖은 눅눅함도 없었다.

헤스터는 새로운 기쁨에 전율을 느끼며 아더 딤즈데일을 쳐다보았다.

"당신은 펄을 알 거예요!"

그녀는 말했다.

"우리들의 어린 펄 말이에요! 당신은 그애를 보셨지요? 그래요, 보셨어요. 그런데 이젠 전혀 다른 눈으로 펄을 보시게 될 거예요. 그애는 이상한 애랍니다. 저로서는 도무지 이해할 수가 없어요. 하지만 당신은 그애를 저보다 더 사랑하시게 될 거예요. 그리고 그 아이를 어떻게 키워야 좋을지 충고도 해 주실 거고요."

"펄이 나를 보고 기뻐하리라고 생각하오?"

목사는 불안한 표정으로 헤스터를 응시했다.

"나는 오래전부터 아이들을 멀리해 왔소. 아이들이 나와 가까워지는 것을 꺼려 했기 때문이오. 나를 불신하는 것 같았소. 나는 오히려 펄이 두렵기까지 하오!"

"슬픈 일이에요, 그건! 펄은 당신을 진심으로 좋아할 거예요. 당신도 그애를 좋아하실 테고요. 아이는 이 근처에 있어요. 제가 부를게요. 펄! 펄!"

"저기 보이는군."

목사가 말했다.

"저기, 햇빛이 비치는 곳에 서 있군. 냇물 저쪽 둑에 있는데. 정말 저애가 나를 사랑할 거라고 생각하오?"

헤스터는 조용히 웃고는 다시 펄을 불렀다. 펄은 딤즈데일 목사가 말한 대로, 아치처럼 늘어진 나뭇가지 아래로 쏟아져 내리는 햇빛을 받으며 화려한 옷을 입은 환상처럼 서 있었다. 햇빛이 흔들려서 아이의 모습은 밝아졌다 흐려졌다 했고, 밝은 빛이 오갈 때마다 정말 아이의 실제 모습으로 보이거나 혹은 그대로 영혼으로 변하는 듯이 보이기도 했다. 아이는 엄마의 목소리를 듣고는 나무들 사이로 천천히 다가왔다.

헤스터와 목사가 이야기를 하는 동안 펄은 지루한 줄 모르고 시간을 보냈다. 숲은 펄에게 세상의 죄와 고통을 몰고 온 어른들보다도 훨씬 좋은 놀이 친구가 되었고, 친구가 되어 줄 방법도 잘 알고 있었다. 숲은 정적으로 둘러싸인 듯했지만 아이를 맞이하려고 만반의 준비를 갖추고 있었다. 숲은 펄에게 지난가을에 열려서 올 봄에 아주 잘 익은 덩굴호자 딸기를 대접했다. 마치 시든 잎에 떨어진 핏방울처럼 새빨갛게 맺혀 있었다. 펄은 열매를 따 들고 그 열매의 야생적인 향기를 음미했다. 한 마리의 커다란 새가 뒤에 새끼들을 거느린 채 겁을 주려고 앞으로 달려나왔으나, 곧 자신의 어리석은 짓을 후회하는 듯 어린 새끼들을 향하여 두려워하지 말라고 구구거렸다. 낮은 나뭇가지 위에 혼자 앉아 있던 비둘기는 펄을 맞이하며 인사하는 듯했고, 다람쥐 한 마리가 높은 나뭇가지의 무성한 잎들 사이에서 즐거워서인지 화가 나서인지 이상한 소리를 지껄여댔다.

다람쥐 한 마리가 펄의 머리 위로 밤 한 톨을 떨어뜨렸다. 그것은 지난해에 열렸던 것인지 다람쥐의 날카로운 이빨 자국이 나 있었다. 또한 낙엽 위를 걷는 가벼운 발자국 소리에 잠을 깬 여우 한 마리가 무엇인가를 묻는 듯한 눈으로 펄을 바라보았다. 그 모습은 슬그머니 사라질 것인지, 아니면 그대로 잠을 계속 잘 것인지를 머릿속으로 재 보는 듯했다. 이때 갑자기 한 마리의 늑대가 눈을 빛내며 펄의 앞으로 다가와, 옷 냄새를 맡는지 킁킁대기 시작하더니 쓰다듬어 달라는 듯 머리를 삐죽 내미는 것이 아닌가! 각설하고, 늑대 이야기는 사람들이 믿든 안 믿든 지금까지 있을 수 없는 일이라고 흘려 버려도 좋지만 어머니인 숲과, 어머니가 항상 필요한 아이같이 모든 야생 동물과 식물들은 펄에게서 야성적인 혈연을 발견한 것만은 사실일 것이다.

그리고 펄은 길가에만 조그맣게 풀이 돋는 마을의 거리나, 엄마와 함께 사는 오두막집에서보다 숲 속에 있을 때에 더욱 아가씨다웠다. 꽃들도 그것을 아는 듯 펄이 지나갈 때마다, "어여쁜 아이구나! 나를 꺾어다가 네 모습을 더 눈부시게 장식하려무나!" 하고 속삭이는 듯 했다. 이윽고 펄은 오랑캐꽃이며 아네모네며 미나리풀꽃이며 늙은 나무가 눈앞에 내미는, 새로 돋아난 파릇한 가지들을 모두 꺾어서 머리와 허리에 장식하여 숲 속의 어린 요정처럼 보이기도 하고 혹은 원시림과 잘 어울리는 다른 어떤 존재처럼 보였다. 엄마가 부르는 소리를 듣고 천천히 돌아올 때 펄은 아름답게 꽃으로 한껏 꾸미고 있었다. 요정 같은 펄은 돌아오다가 순간 주춤거렸다. 그것은 엄마 곁의 목사님을 발견했기 때문이다.

냇가의 아이

"염려 마세요. 당신은 정말 펄을 좋아하실 거예요."

헤스터 프린은 목사와 나란히 앉아서 어린 펄을 지켜보며 되풀이 되는 목사의 근심을 덜어 주려 애썼다.

"당신은 저애가 예쁘다고 생각되지 않으세요? 저 단순한 꽃들을 얼마나 예쁘게 달았는지 그 솜씨를 좀 보세요. 펄이 숲 속에서 진주 나 다이아몬드나 루비를 주웠다 해도 더 예쁘게 꾸미지는 못했을 거 예요. 굉장한 아이랍니다. 그리고 저애의 눈썹이 누구를 닮았는지 저 는 알아요."

"헤스터."

아더 딤즈데일은 불안한 미소를 지으며 말을 꺼냈다.

"항상 당신 곁을 따라다니던 저 귀여운 아이가 얼마나 여러 번 내

가슴을 내려앉게 하였는지 당신은 알고 있소? 오, 헤스터. 내가 이런 생각을 다 하다니, 그걸 염려하다니, 말도 안 되는 일이지. 나는 펄의 용모에 나를 닮은 곳이 많다고 생각하였소. 하도 많이 닮아서 사람들이 그걸 알 것이라고 두려워했던 거요. 하지만 펄은 당신을 더 많이 닮은 것도 같소."

"아, 아니에요. 저를 많이 닮지는 않았어요."

헤스터는 부드러운 미소를 지으며 말하였다.

"조금 더 지나면 당신은 펄이 누구의 자식인지를 따져 봐도 두려워지지 않겠죠? 어머, 꽃 좀 봐요. 눈부시지 않아요? 너무나 이상하리만큼 예쁘죠? 정답고 그리운 우리의 고향 잉글랜드에 두고 온 요정이 우리를 마중 나온 것 같군요."

그들은 이제껏 겪어 보지 못한 황홀한 느낌으로 유유히 다가오는 펄을 지켜보았다. 두 사람을 이어 주는 유대의 줄이 펄에게서 역력히 드러나 보였다. 7년 전에 펄은 주홍글씨로 태어나서, 헤스터와 목사가 그렇게도 숨기려 애쓰던 비밀을 드러냈다. 그 증거는 확실한 것이어서 유능한 예언자 같으면 불꽃같은 그 상징의 뜻을 알 수 있었을 것이다. 이리하여 펄은 두 사람의 생을 하나로 합일시켰던 것이다. 지난날의 죄악이 어떤 것이든 상관할 것 없었다. 두 사람의 육체적인 결합과 그 결합을 이루어 준 정신적인 표상을 눈앞에 두고 보았을 때, 그들의 땅 위의 생과 미래의 운명은 이미 결정되어서 영원히 함께 살게 되리라는 것을 어떻게 의심할 수 있을 것인가. 이런 생각들과 그리고 그들이 무엇이라고 설명하지도 밝히지도 않은 다른 생각들이 가까이 오고 있는 펄의 주변에다 두려움을 던져 주었다.

"펄에게 자연스럽게 보이세요. 말을 하실 때도 무슨 걱정이나 애타 하는 기색 같은 것을 보이시지 말고요."

헤스터는 딤즈데일 목사에게 소곤소곤 말해 주었다.

"요정 같은 펄이 이따금은 성질 고약한 악마가 되어 버리거든요. 이유 없이 애정은 받아들이지 않아요. 하지만 펄은 사랑이 많은 아이예요. 저를 사랑한 것같이 아마 당신도 사랑할 거예요!"

"내가 이 만남을 얼마나 두려워하고 또 갈망했는지 당신은 알지 못할 거요. 어떤 이유에서인지 아이들은 나를 두려워하는 것 같소. 내 무릎에 올라앉지도 않고, 귀에다 속삭이지도 않고, 단지 멀찍이 서서 이상한 눈으로 나를 바라보기만 한단 말이오. 갓난아이들까지도 내가 안기만 하면 악을 쓰고 울어요. 그런 나에게 펄은 황홀한 사랑을 두 번씩이나 안겨 주었다오. 처음의 일은 당신이 잘 아는 일이고, 두 번째는 당신이 저애를 그 엄격한 늙은 총독에게 데려갔을 때였소."

목사는 헤스터 프린의 표정을 살피며 조심스레 말하였다.

"당신은 그때, 펄과 저를 위하여 아주 대담한 변호를 하시더군요."

헤스터가 말하였다.

"그때 일이 기억납니다. 어린 펄도 아마 기억할 거예요. 마음에 두시지 않아도 돼요. 처음이라 어색해 하고 창피해 하는 거예요. 그러나 곧 펄은 당신을 좋아할 것입니다."

그때 펄은 냇가에 도착했다. 펄은 냇물 건너편에 서서 자기를 맞기 위해서 이끼 낀 나무 위에 앉아 있는 헤스터와 목사를 묵묵히 바라보고만 있었다. 바로 펄이 발길을 멈춘 곳에서 우연하게도 냇물이 웅덩이를 이루었다. 수면이 하도 잔잔하고 고요해서 꽃과 엮은 잎으로 장식한 그림같이 아름다운 펄의 작은 모습이 완벽하게 반사되었다. 그러나 그 모습은 실제보다 더 세련되고 정기가 있어 보였다. 물에 비친 영상이 너무도 실물과 흡사해서 마치 그림자같이 종잡을 수가 없는 펄의 성격은 혹시나 그 영상으로부터 옮겨진 것이 아닐까 하는 느낌마저 들게 했다. 숲 속의 어두운 분위기 속에서 물끄러미 그들을 쳐다보는 펄의 태도는 이상하였다. 어떤 공감에 이끌려서 온 것인지는 몰라도 한줄기 햇빛이 그곳을 비추어 아이의 모습을 빛내 주고 있었다.

물속에는 또 하나의 아이가 서 있었다. 똑같은 또 하나의 아이가 역시 황금빛 광선을 듬뿍 받고 서 있었다. 헤스터는 이유 없이 초조한 마음이 들어 펄이 멀어지는 것만 같았다. 숲 속을 혼자 거닐다가 길을 잃고 엄마와 같이 살던 세상에서 빠져나간 아이가 이제는 돌아오지 못해서 애쓰는구나 하는 느낌이 들었다.

어이없는 생각인 줄 알면서도 그 느낌은 깨끗이 떨쳐 버릴 수가 없었다. 사실상 어머니와 아이는 서로 사이가 멀어졌다. 그러나 그것은 헤스터의 잘못이었지 펄의 잘못으로 인한 것은 아니었다. 펄이 엄마 곁을 떠나 숲 속으로 산책을 간 뒤에 또 다른 하나의 인물이 엄마의 감정 세계 안으로 침입한 것이다. 이제 그 감정의 세계가 하도 변모해서 돌아온 방랑자인 펄은 낯익은 자기의 위치를 찾지 못하고 어디에 앉아야 좋을지도 알지 못하였다.

"이상스런 느낌이 드는구려."

예민한 목사가 말했다.

"이 냇물을 경계로 이쪽과 저쪽이 다른 세계이고, 펄이 다시는 이쪽 세계로 넘어오지 않을 것 같은 느낌이 드니 말이오. 혹시 어릴 적에 옛날이야기에서 들은 대로 저애는 영영 우리의 세계로 오지 못하는 것이 아니오? 그렇게 되도록 봐둘 수는 없어요. 펄이 주저하는 것을 보니 이대로 내버려둬선 안 돼요."

"펄, 어서 건너오너라!"

헤스터는 애원하듯이 두 팔을 내밀며 간절히 말하였다.

"왜, 무엇을 망설이니? 전에는 그렇게 느렸던 적이 없었는데. 여기 엄마 친구 한 분이 와 계시단다. 틀림없이 네 친구도 되어 주실 거야. 이제부터는 네가 엄마한테서 받던 것의 두 배나 되는 사랑을 받게 될 거야. 어서 이리로 오렴. 너는 어린 사슴처럼 잘 뛰잖니? 자아, 펄! 너의 사랑스런 걸음걸이로 이리로 오렴!"

펄은 엄마의 애원하는 듯한 말에 아무런 반응도 보이지 않고 냇물을 건널 생각조차 하지 않았다. 처음에는 반짝이는 사나운 눈초리로 엄마를 쳐다보고, 다음에는 목사를, 그다음에는 두 사람을 한꺼번에 쳐다보았다. 세 사람이 서로에 대한 관계를 알아내고 설명하려는 듯하였다. 아더 딤즈데일은 펄의 시선이 자신에게 따갑게 다가옴을 느끼고는 자신도 모르게 늘 하던 버릇대로 손을 가슴 위로 가만히 가져갔다. 펄은 마침내 엄격하고도 위엄에 가득 찬 표정을 지으며 손을 내밀어 작은 집게손가락으로 헤스터의 가슴을 가리켰다. 수면 위에 비친 꽃으로 치장한 아이의 그림자도 똑같이 손가락질하고 있었다.

"펄, 이상하구나! 왜 빨리 건너오지 않니?"

헤스터가 큰 소리로 물었다.

펄은 움직이려는 생각도 않은 채 손가락으로 엄마의 가슴을 가리키며 인상을 찌푸리기 시작하였다. 찌푸린 그 얼굴이 갓난아이 같은 천진난만한 얼굴이었기에 더욱 인상적이었다. 나들이옷을 입은 헤스터가 계속 손짓을 하며 전에 없이 얼굴 가득 익숙지 못한 해맑은 미소를 띠고 있었기 때문에 아이는 더욱더 위엄 있는 표정을 짓고 몸짓을 하면서 발을 굴렀다. 발밑의 물웅덩이 속에서도 찌푸린 얼굴로 손가락으로 무언가를 가리키면서 화난 듯한 몸짓을 하는 환상과도 같은 아름다운 그림자가 비쳐, 펄은 오히려 깜찍한 어린아이처럼 더욱더 돋보였다.

"펄, 엄마가 화낼 테야. 어서 빨리 건너오너라."

헤스터 프린은 외쳤다. 그녀는 자신이 요정 같은 아이의 행동에 익숙해졌다고는 하지만 좀더 착하게 굴어 줬으면 하는 생각이 간절하였다.

"빨리 냇물을 건너뛰지 못하겠니, 이 작은 악마야? 뛰어오너라. 그렇지 않으면 엄마가 건너갈 테야!"

그러나 달래도 듣지 않고, 겁주어도 놀라지 않는 펄은 발끈 성을 내며 격분한 듯한 몸짓을 하더니 손발을 버둥거리며 작은 몸을 뒤틀었다.

이윽고 펄은 난폭하게 발버둥을 치며 찢어지는 듯한 비명을 질렀다. 그 비명 소리는 숲 속을 메아리쳤다. 아이는 혼자서 분노를 터뜨렸지만 메아리 소리로 인하여 수많은 아이들이 숨어서 동정과 성원을 보내는 듯하였다. 다시 냇물 속에는 화난 펄의 모습이 어렸다. 머리에도 허리에도 꽃을 달고 있지만 발을 구르며 격분한 몸짓을 하는 중에도 작은 집게손가락은 여전히 헤스터의 가슴을 가리키고 있었다.

"아아, 무엇이 펄을 화나게 했는지 짐작이 가는군요."

헤스터는 목사에게 속삭이고 자신의 괴로움과 노여움을 감추려고 애를 썼지만 얼굴은 어쩔 수 없이 창백하게 변했다.

"아이들이란 매일 보던 것에서 다른 점이 발견되면 두려워하고 받아들이기 어려워하지요. 펄은 제가 늘 지니고 있던 어떤 것이 보이지 않아서 저런 행동을 하는 거예요."

"제발 저애를 달랠 수 있는 방법이 있거든 당장 좀 달래 보구려. 히빈즈 부인 같은 늙은 마녀의 병든 분노는 아닐 테니까 말이오."

그리고 목사는 빙그레 웃으면서 말을 덧붙였다.

"착하고 천진한 아이가 화를 내는 것처럼 마음 아프고 슬픈 일이 또 있을까 몰라. 쪼글쪼글 늙은 마녀는 물론 보기 흉하지만 펄의 예쁜 얼굴도 화를 내니까 정말 지켜보기 괴롭군. 제발 좀 저애를 달래 봐요."

헤스터는 얼굴을 붉히고 곁눈으로 목사에게 시선을 던지며 펄을 향하였으나 다음 순간 한숨을 길게 내쉬었다. 그녀가 말할 사이도 없이 붉어졌던 얼굴은 죽음처럼 창백해졌다.

"펄!"

그녀는 애원하듯이 말했다.

"네 발밑을 봐라! 저기 말이다. 네 앞으로, 냇물 이쪽 말이다!"

펄은 엄마가 말한 곳으로 시선을 돌렸다. 그곳에는 주홍글씨가 놓여 있었다. 냇물에서 가까워서 금실로 수놓은 글씨가 물에 반사되어 반짝거렸다.

"그것을 이리로 가지고 오려무나."

헤스터가 말하였다.

"엄마가 와서 가져가요."

펄은 화난 듯 소리쳤다.

"저애 좀 보세요!"

헤스터는 목사에게 들으라는 듯이 말했다.

"아아, 펄에 관해서는 당신께 드릴 말씀이 많아요. 하지만 이 가증스러운 표시에 대해서는 저애가 정말 옳아요. 주홍글씨가 주는 고통은 조금 더 참아야만 할 거예요. 우리가 이 고장을 떠나가서 우리가 살았던 이곳을 회상할 때까지 말이에요. 숲은 그 표시를 감추지 못하는군요. 하지만 저 깊은 바다는 그것을 내 손에서 받아 가지고 영원히 삼켜 버릴 거예요."

이런 말을 중얼거리며 헤스터는 냇가로 걸어가서 주홍글씨를 집어들고 그것을 다시 가슴에 달았다. 조금 전까지만 해도 그 글씨를 바다에 던져 영원히 잃어버리고자 희망했으나 자신을 지옥으로 빠뜨린 저주스런 글씨를 운명의 손으로부터 다시 줍는 순간, 이 고통은 헤어날 수 없는 저주라는 생각이 들었다. 그녀는 그 표시를 무한한 공간 속으로 던졌었다. 그리고 한 시간 동안이나 자유의 공기를 마셨던 것이다. 그런데 이제 다시 그 주홍글씨는 예전에 있던 그 자리에 와 붙어 번쩍번쩍 빛을 발하고 있지 않은가! 그러므로 악을 행하면 그것이 무슨 표시로 상징이 되건 안 되건 저주라는 성격을 띠게 마련인 것이다. 그러고 나서 헤스터는 윤기 나는 머리채를 걷어올리고 그 위에 모자를 썼다. 그 슬픔의 주홍글씨는 아름다움을 앗아가는 마술의 힘이라도 지녔는지 헤스터의 그 풍요한 여유로움과 여자다움이 사그러드는 불꽃처럼 꺼져 버리고 말았다. 이윽고 회색의 그림자가 그녀를 덮은 것 같았다.

서글픈 변화가 끝나자 그녀는 펄에게 손을 내밀었다.

"펄, 이제 네 엄마를 알겠니?"

그녀는 나무라면서도 다정하게 물었다.

"이젠 엄마가 이 치욕의 주홍글씨를 다시 달았고, 슬퍼졌으니까 냇물을 건너와서 엄마를 안아 줄래?"

"응, 그럴 게요."

펄은 대답하고 냇물을 뛰어 건너와서 부드러운 감촉으로 엄마를 껴안았다.

"이제야 비로소 우리 엄마 모습이야! 나는 엄마의 작은 펄이고!"

전에 없던 부드러운 기분으로 아이는 헤스터의 머리를 끌어내려

이마와 뺨에 입을 맞추었다. 그런 다음 누구에게 위안을 줄 때에는 괴로움을 섞어서 주어야 한다는 듯이 펄은 주홍글씨에도 입을 맞추었다.

"이건 고맙지 않아! 넌 내게 사랑의 표시를 한답시고 나를 더욱 비참하게 만드는구나!"

헤스터는 말하였다.

"목사님은 왜 저기 혼자 계시지?"

작은 펄은 연신 주절거리며 물었다.

"너를 맞아 주려고 기다리고 계셨던 거란다. 이리 와서 축복을 해 달라고 하려무나. 네가 나를 사랑하는 만큼이나 저분도 너를 사랑하신단다. 목사님은 너를 무척 보고 싶어하셨단다."

펄은 엄숙하고 날카로운 시선으로 엄마의 얼굴을 바라보며 물었다.

"목사님이 우리 손을 잡고 함께 마을로 갈 건가요?"

"지금은 안 된단다, 펄."

헤스터는 딸의 얼굴을 쳐다보며 엄격하게 말했다.

"하지만 앞으로는 우리와 함께 손을 잡고 마을로 가실 수 있을 거야. 우리는 따뜻한 안식처와 벽난로도 가질 수 있을 거다. 그리고 너는 목사님의 무릎 위에도 앉고, 또한 목사님은 너에게 많은 것들을 가르쳐 주실 거야. 아마도 너를 무척 사랑해 주실 거야. 너도 목사님을 사랑하지 않으련?"

"목사님이 항상 손을 가슴에 얹는 이유는 뭐지요?"

펄의 또랑또랑한 눈동자에 헤스터는 빠져드는 듯했다.

"펄, 그게 무슨 뜻이니?"

헤스터의 음성에는 분노가 어려 있었다.

"자, 이리 와. 와서 축복을 구하렴."

그러나 귀엽게 자란 아이가 위험한 경쟁 상대라는 것을 의식하고 느끼게 되는 본능적인 질투 때문인지, 아니면 원래 펄의 변덕스러운 성격 때문인지 펄은 선뜻 목사에게 호의를 보이려고 하지 않았다. 엄마가 억지로 펄을 목사 앞으로 데려가자, 펄은 하는 수 없이 묘하게 얼굴을 찡그리며 끌려갔다. 펄은 아주 어렸을 적부터 여러 가지 일들로 얼굴 찡그리는 법을 깨달았다. 그래서 자기의 얼굴 표정을 마음먹은 대로 변화시키는 데에는 무척 익숙해 있었으며, 모습이 변하면 그 변하는 표정마다 그에 어울리는 장난기가 보이곤 했다. 목사는 마음이 몹시 아프고 난처했지만 펄의 이마 위에 부드러운 키스를 퍼부었다.

그러자 펄은 어머니도 뿌리치고 냇가로 달려가서, 허리를 굽히고 기분 나쁜 키스 자국이 완전히 씻겨 내려갈 때까지 이마를 오랫동안 흐르는 물에 담그고 있었다. 그리고 헤스터와 목사가 그들의 새로운 처지와 곧 이루어야 할 목적에 대하여 여러 가지로 이야기를 나누는 동안 먼 거리를 사이에 두고 두 사람을 지켜보았다.

이제 이 운명을 결정하는 만남은 끝이 났다. 숲 속은 다시 우울한 고독만이 가득 찬 본래의 모습으로 되돌아갔다. 그리고 나무들은 수없이 많은 귀를 가지고 거기서 일어났던 일들을 두고두고 기억하겠지만, 이 사실을 아는 사람은 아무도 없을 것이다. 우울한 시냇물은 이미 가슴에 사무친 신비한 사연에 또 하나의 사연을 더할 것이었다. 그래서 냇물은 아직도 조잘조잘 계속 흐르고, 여러 세대를 계속해도 그 조잘대는 어조가 결코 명랑해지지 못할 것이었다.

미로에 선 목사

펄과 헤스터 프린보다 먼저 길을 떠난 목사는 도중에 한 번 뒤를 돌아보았다. 숲의 어둠 속으로 점점 사라져 가는 헤스터와 펄의 모습을 조금만이라도 더 시야에 두고 싶었기 때문이었으리라. 그의 인생 행로는 하도 오르락내리락이 심해서 지금 자신이 겪고 있는 일들을 현실로 선뜻 받아들이기가 어려웠다. 그러나 회색 옷을 입은 헤스터가 그 나무줄기 옆에 서 있는 것은 부인할 수 없는 사실이었다.

오랜 옛날에 무엇에 맞았는지 쓰러진 나무는 세월이 흘러감에 따라 이끼가 무성하게 끼어, 무거운 세상 짐을 지고 가는 불운의 두 사람이 함께 앉아서 단 한 시간이나마 위로를 얻게 해 주었다.

거기에는 또한 펄도 있었다. 침입했던 이방인이 사라져 버린 뒤 펄은 시냇가에서 사뿐히 다가와서 엄마 옆에 앉았다. 이 모든 일들은 분명히 목사가 꿈속에서 보는 일들이 아니었다.

딤즈데일 목사는, 이상스럽게도 이유 없이 다가오는 불안감과 갈팡질팡하게 만드는 막연한 느낌들을 마음에 두지 않으려고 헤스터와 함께 꾸민 계획을 다시 상기해 보았다. 그 둘이서 내린 결론은 뉴잉글랜드의 벌판이나 미국의 다른 황량한 땅보다도 옛 고향이 적당한 피신처를 제공해 주리라는 것이었다. 영국에는 도시도 많고 인구도 많지만, 미국에는 인디언들의 생활 본거지나 해변가를 따라 적당히 의지하여 살아가는 유럽인들의 정착지밖에는 피신할 곳이 없었기 때문이었다. 숲 속에서의 힘겨운 나날을 보내기에는 목사의 건강이 너무나 쇠약한 상태였으며, 그가 지닌 재능과 쌓아 올린 교양 그리고 높은 품격을 고려해 볼 때 그가 가정을 꾸밀 곳은 역시 문화가 발달되고 세련된 사회뿐이었다. 목사는 문화의 정도가 높고 발달된 곳일수록 더욱더 훌륭하게 사회에 적응할 수 있을 것이다. 그러한 결정에 확실한 판단을 부추기듯 우연하게 배가 한 척 항구에 와 있었다. 이 배는 당시에 아주 흔히 볼 수 있었던 수상쩍은 순항선으로, 비록 바다의 무법자는 아니라 할지라도 엄청나게 무책임한 짓을 하고 다니는 배였다. 최근에 카리브 해 연안 부근에서 온 이 배는 사흘만 있으면 브리스톨을 향하여 출범할 예정이었다. 우연히 그 배에 자원봉사자로서 봉사하던 헤스터는 선장과 선원들을 알게 되었고, 선장에게 어른 둘과 아이 하나의 승선을 허락받게 되었으며, 형편상 비밀을 보장해 준다는 다짐도 받아 놓은 상태였다.

목사는 깊은 관심을 기울이며 헤스터에게 항해를 시작하는 정확한 날짜를 물어 보았다. 그날로부터 사흘째 되는 날이라는 것이었다.

"정말 다행스런 일이군!"

목사는 혼자 중얼거렸다. 그런데 딤즈데일 목사는 무엇이 그리 잘 됐다는 말이었을까. 이것은 정녕 밝혀서는 안 될 일이지만, 독자에게 무엇을 숨길 수 있으리요. 사실은, 그날로부터 사흘째 되는 날에 딤 즈데일 목사는 새 총독의 취임 축하 예배에서 설교를 하기로 되어 있었다. 이러한 기회는 뉴잉글랜드의 목사에게는 크게 영광된 일이 었다. 따라서 그가 목사직을 물러나는 방법과 시기로도 가장 좋은 기회였다.

이 전형적인 목사는 사람들이 다음과 같이 말할 것이라고 상상하 였다. '그분은 할 일을 남겨놓고 공직을 떠나는 법이 없는 사람이야' 라고. 그러나 이처럼 정확하고 강한 통찰력을 지닌 사람이 기만을 당해야 하다니, 참으로 안타까운 일이 아닐 수 없다. 지금까지도 목 사의 나쁜 점을 가끔 짚고 넘어갔지만, 앞으로도 그럴 것이다. 우선 목사는 위태로울 정도로 나약한 사람이었다. 또한 자기 인격의 본질 을 조금씩 허물어뜨리는 이상한 병의 실체를 스스로 파악하려 들지 도 않을 뿐 아니라 확실하게 느낄 줄도 몰랐다. 오랫동안 이중인격 생활을 하다 보면, 어느 것이 자신의 진짜 인격인지조차 모르게 될 것이 뻔하니까 말이다.

헤스터를 만나고 돌아오는 딤즈데일 목사는 억누를 수 없는 감정 의 변화로 인하여 예전에 느끼지 못했던 몸의 활기를 되찾아 빠른 걸음으로 마을을 향하여 걸어 나갔다. 숲 속의 길을 갈 때 생각했던 것보다 더 거칠고 험한 장애물이 있었고, 낯설었으며 사람이 발을 디딘 적이 없는 곳이었다. 웅덩이는 건너뛰고, 잡목이 가로막은 곳은 뚫고 나가며, 언덕을 오르고 내리막길은 단숨에 뛰어내리기도 하면서 스스로도 놀랄 정도의 활기와 힘을 가지고 그 어려운 숲길을 단시간에 활주하였다. 바로 이틀 전만 해도 이 길을 힘없이 조금만 걷고도 숨이 차서 몇 번씩이나 쉬어 가며, 얼마나 어렵게 애를 써서 걸었던가! 딤즈데일은 마을로 접어들면서 눈앞에 나타나는 사물들의 인상이 달라진 것을 느낄 수 있었다. 그가 마을을 떠났던 것이 어제가 아니라 여러 날 전, 아니 여러 해 전이었던 것 같은 느낌이 들었다. 물론 거리의 길과 집들 모두 그대로였고, 박공(博栱) 지붕 모양이 유난히 기억에 남는 집들과 지붕 꼭대기에 달린 풍향계도 자신이 예전에 본 그대로였다. 그런데도 모든 것들이 달라졌다는 느낌은 측은하리만큼 강해져만 갔다. 그가 거리에서 스쳐 지나간 수많은 사람들과 마을 주변의 낯익은 풍경들도 마찬가지였다. 그들이 더 늙어 보이거나 더 젊어 보이는 것도 아니었다. 늙은이들의 수염이 더 희어진 것도 아니었고, 어제 기어다니던 아이가 오늘 걸어 다니는 것도 아니었다. 그들이 자기가 떠날 때에 눈을 마주쳤던 그 사람들과 어디가 어떻게 다른지는 알 수가 없었다. 그런데도 목사의 날카로운 의식이 그것들의 변화를 느낀 것이다. 목사가 자신의 교회의 담 밑을 지나갈 때에도 비슷한 느낌이 그를 강하게 사로잡았다. 교회당의 모습이 매우 낯설면서도 낯익었기 때문에 딤즈데일 목사는 마음의 혼돈에 괴로워해야 했다. 과거에 본 교회당이 꿈이 아니라면 지금

보이는 교회당이 꿈일 것이었다.

교회당이 다른 모습을 지니고 있는 듯한 느낌은 단지 눈에 보이는 모습의 변화만을 말하는 것은 아니었다. 눈에 익은 모습을 보는 사람 자신이 갑자기 그리고 너무 많이 변해서, 하루의 차이가 수없이 많은 시간이 흘러간 것처럼 느껴지는 것이었다. 딤즈데일 목사와 헤스터 프린의 의지가 그리고 그들 사이에서 싹튼 운명이 이러한 변화를 가져온 것이다. 마을은 예전 그대로였다. 다만 숲 속에서 돌아온 목사에게 커다란 변화가 있었을 뿐이다.

그는 어쩌면 자기와 만나는 친구들에게 이렇게 말했을지도 모른다.

"나는 자네들이 여태 보아왔던 딤즈데일이 아닐세. 나의 껍질은 저 숲 속에 두고 왔네. 깊숙한 골짜기의 은밀한 곳, 울적한 시냇물 곁에 있는 이끼 낀 나무등걸 옆에 두고 왔지. 가서 버려진 껍질의 나를 찾아보게나. 그의 야윈 몸과 핼쑥한 뺨, 창백하고 번민의 주름이 잡혀 축 늘어진 이마 등이 악마가 벗어던진 옷처럼 내동댕이쳐져 있을 것일세."

물론 그의 친구들은 믿으려 하지 않고, "딤즈데일, 당신은 예전 그대로야!"라고 말할 것이다. 그러나 그것은 그들의 잘못된 판단이었다.

딤즈데일 목사가 집에 도착하기 전에 그의 마음속에 있는 껍질 속의 진짜 그는, 그에게 생각과 감정의 세계에서 혁명이 일어난 증거를 보여 주었다. 사실상 목사의 마음속에서 절대적인 가치와 도덕의 기준이 뒤집히는 변화가 일어나지 않았다면 이 불쌍한 목사가 느끼는 여러 가지 충동을 설명할 길이 없을 것이다.

한 걸음 내디딜 때마다 목사는 이상하게도 난폭하고 기묘한 행동을 해 보고 싶은 충동을 느꼈다. 그것은 무의식적이기도 하고 의식적이기도 했다. 목사는 자신도 모르는 사이에 그런 충동을 물리치려는 마음보다도 더 귀중한 마음을 잊어버리고 있었다. 예를 들면, 목사가 자신의 교회 장로 한 사람을 만났을 때였다. 착한 장로는 연장자로서 권위적인 자태와 부모 같은 애정을 가지고 목사를 맞이했다. 어른이 가진 권위적인 자태란 그의 나이와 교회에서의 지위 그리고 곧고 거룩한 성품이 그로 하여금 행사하도록 허용한 것이었다. 장로는 동시에 신을 경배하는 듯한 깊은 경의를 목사에게 표하였다. 이것은 성직자로서의 목사의 지위와 개인적인 자격에 요구되는 것이었다. 지위나 신분이 낮은 자가 높은 자를 대하는 경우와 같이, 노령의 지혜와 위엄이 경의나 존경과 더불어 조화를 이룰 때 무엇보다도 훌륭한 모습일 것이다. 그런데 딤즈데일 목사는 이 하얀 수염의 위엄 있는 장로와 한동안 대화를 하는 중에 성찬에 관해서 신을 모독하는 말을 하고 싶은 충동을 간신히 가라앉혔다. 그는 등골이 오싹해지고 얼굴은 백지장같이 하얘졌다. 그의 혀가 의지와는 상관없이 마음대로 움직여 이런 엄청난 발언을 하고, 자신이 그렇다는 동의도 하지 않았는데 동의했다는 변론을 할까봐 두려웠던 것이다. 그러나 마음속으로는 이런 공포로 떨고 있으면서도 딤즈데일 목사는 자신의 경건하지 못한 발언에 그 훌륭한 노장로가 얼마나 대경실색할 것인가를 머릿속에 그려 보고 터지는 웃음을 참을 수가 없었다.

그와 비슷한 종류의 사건이 또 하나 있었다. 딤즈데일 목사가 급한 걸음으로 가다가 나이 많은 여자 교인 한 사람을 만났다. 품행이 단정하고 정숙한 이 늙은 교인은 가난한데다 남편까지 여읜 지 오래고, 죽은 남편과 자식들 그리고 오래전에 세상을 떠난 친구들의 생각이 항상 머릿속에서 떠나지 않았다. 다른 사람들 같으면 견디기 어려운 슬픔이었을 이 모든 일들이 그녀의 늙은 영혼에는 성경이 주는 종교적인 위로와 진리로 말미암아 오히려 엄숙한 기쁨이 되었다. 그녀는 성경이 주는 생명의 목소리로 30년을 살아왔다. 딤즈데일 목사가 이 여자 교인을 맡은 후로 그 착한 노인의 세상에서의 낙(樂)은─그것이 천국에서의 낙과 일치했기 때문에 그녀에게는 참된 낙이다─우연이든 또는 약속에 의해서든 목사님을 만나서 그의 사랑스런 입술이 둔하지만 황홀한 주의를 기울이는 자기의 귀에다 대고 속삭여 주는 다정하고 향긋하고 하늘에서 들려오는 듯한 진리의 말씀으로 영혼을 새롭게 하는 것이었다. 그러나 노인의 귀에다 입술을 갖다대는 순간까지 딤즈데일 목사는 한마디의 성경 구절도 생각나지 않았다. 생각나는 것은 다만 인간의 영혼의 영원한 삶을 반박하는 짧고 간결하며 대답하기 어려운 주장이었다. 목사는 이런 주장을 노인의 귀에다 들려주었다가는 그 노인은 마치 금방이라도 생명을 잃어버린 것처럼 죽어 자빠질는지도 모른다. 그때 무슨 말을 했었는지 목사는 기억이 나지 않았다. 다행히 목사가 횡설수설했기 때문에 노인이 잘 이해하지 못했거나, 아니면 목사의 주장을 하나님의 섭리에 비추어 좋도록 해석했을 것이다. 목사가 후에 회상한 대로 분명히 노인의 표정에는 경건한 마음에서 우러나오는 감사와 황홀한 빛이 어려 있었다. 비록 주름이 잡히고 창백한 얼굴이었으나 영원한 생명을 얻은 듯한 충만함으로 가득했다.

여기에 세 번째 예가 있다. 딤즈데일 목사는 그 늙은 여자 교인과 헤어지자, 어떤 젊은 여자 교인을 만났다. 이 여자는 딤즈데일 목사가 처형대에서 밤을 새우던 다음날인 안식일에 덧없는 세상의 향락을 버리고 하나님의 올바른 인도를 받아들이라는 그의 설교를 듣고 새로 나오기 시작한 처녀 교인이었다. 그녀의 소망은 자신의 인생이 어둠에 뒤덮일 때 점점 더 밝은 형체로 되어 긴 어둠을 헤매다 광명을 찾게 되는 것이었다. 그녀는 마치 낙원에 핀 백합같이 희고 아름다웠다. 목사는 자신이 깨끗한 처녀의 마음의 성소에 봉해져 있다는 것을 알고 있었다. 목사의 성상 둘레에는 새하얀 커튼이 드리워져 있었고, 믿음에는 따스한 사랑이 그리고 그 사랑에는 티 없는 믿음이 얽혀 있었다. 그날 오후에 분명히 사탄이 가엾은 아가씨를 어머니 곁에서 유인해내어 — 깊은 유혹에 빠져 있는, 아니 타락으로 말미암아 절망에 빠져 있다고 표현하는 것이 더욱 적합한 — 이 목사가 지나가는 길로 이끌어낸 것이었다. 처녀가 다가오자 사탄은 목사에게 악의 씨를 조금 꺼내어 처녀의 부드러운 가슴속에 던져 넣으라고 속삭였다. 그 씨는 악의 싹을 돋게 하고 무성한 잎이 자라서 결국은 검은 열매를 맺으리라. 목사를 향한 처녀의 신임은 매우 두터워서, 그녀에 대한 자신의 영향력이 아주 크다는 것을 알고 목사는 자기가 사심을 품은 눈으로 그녀를 한번 쳐다보기만 해도 그녀의 티 없는 양심의 벌판이 메말라 버리고, 목사의 말 한마디에 그것이 모두 반대로 변화할 것이라는 느낌이 들었다. 그래서 목사는 전에 없던 자제의 힘을 발동해서 외투로 얼굴을 가리고 그녀는 안중에도 없는 체하며 빠르게 그녀의 곁을 지나가 버렸다. 자신의 행동 때문에 겪을 그녀의 괴로움 따위는 아랑곳하지도 않았다. 그 처녀는 오히려 자기에게 무슨 잘못이 있었던 것이 아닌가 하고 마음속을 뒤져 보았다. 하찮은 일 하나하나 모두 돌이켜 보았지만, 그녀는 자기의 호주머니나 반짇고리 속과 마찬가지로 해로운 것이라고는 조금도 들어 있지 않은 깨끗한 마음이었다. 다음날 아침, 아가씨가 집안일을 거들고 있을 때 그 고운 아가씨의 눈은 퉁퉁 부어 있었다.

목사는 마지막 유혹을 물리치고 나서 기뻐할 겨를도 없이, 또 무슨 일을 저지르고 싶은 충동에 사로잡혔다. 목사의 신분으로서 도저히 상상도 할 수 없는 일이었다. 부끄러워서 말도 꺼낼 수 없는 이야기지만, 목사는 길을 가다가 잠시 서서 놀고 있는 청교도 집안의 아이들에게 나쁜 말을 가르쳐 주고 싶은 충동을 느꼈다. 그러나 자신의 위신과 체면을 위해 그런 짓은 안 된다고 간신히 자제를 하며 서 있는데 술 취한 선원이 눈앞에 나타났다. 모든 나쁜 충동을 아슬아슬하게 물리치며 여기에 이르렀는데 왠지 딤즈데일 목사는 그 곰팡내 풍기는 사내와 악수라도 나누고, 방탕한 선원들이 잘하는 상스러운 농담을 하고, 하늘을 모독하는 욕이라도 한바탕 발설하여 악마의 행동을 다시 재현해 보았으면 하는 생각이 들었다. 그로 하여금

위기를 모면하게 한 것은 그의 원칙 준수의 정신이라기보다도 그의 타고난 고상함과 목사의 위신을 지키려는 허세였다.

'그 무엇이 나를 이토록 유혹하고 변화시키고 있는 것일까?'

목사는 마침내 길가에서 발을 멈추고 손으로 이마를 짚으며 속으로 외쳤다.

'내가 미친 걸까? 악마에게 홀려 버렸나? 아니면 꿈속에서 악마에게 서명이라도 한 것인가? 그래서 오직 악마만이 생각해낼 수 있는 사악한 짓을 하나씩 하나씩 해 나가는 것일까?'

딤즈데일 목사가 이렇게 생각에 잠겨 가슴에 손을 얹고 있을 때 마녀라고 소문난 히빈즈 부인이 그곳을 지나가고 있었다. 높은 머리 장식을 쓰고 화려한 벨벳 옷에 그 당시 유행하던 주름 깃에 노란색 풀을 먹인 칼라를 달고 있는 그녀의 옷차림은 실로 요란했다. 노란색 풀을 먹이는 비법은 그녀의 특별한 친구였던 앤 터너가 가르쳐 준 것이었다. 평상시 딤즈데일 목사와는 대화하는 일이 전혀 없던 히빈즈 부인은 놀랍게도 목사의 머릿속을 꿰뚫어 보기라도 하듯이 그의 앞에 멈춰 서며 얼굴에 교활한 미소를 띠었다.

"목사님, 숲 속을 방문하셨다면서요?"

마녀는 높게 장식을 한 머리를 끄덕거리며 말을 계속했다

"다시 숲 속에 가실 땐 제게 미리 귀띔해 주세요. 제가 기꺼이 동행해 드리리다. 자랑을 하려는 것은 아니지만, 숲 속의 마왕께선 제 부탁이라면 낯선 사람일지라도 후하게 대접할 테니까요!"

"부인!"

모든 부인들에게는 그래야만 했고, 또한 자신의 품위와 위신이 깎이지 않기 위해서도 목사는 정중하게 인사를 하면서 대답하였다.

"제 양심을 걸고 말하는데 저는 부인이 무슨 뜻으로 그런 말씀을 하시는지 도대체 알 수가 없군요. 저는 마왕을 만나러 숲 속에 들어간 일이 없습니다. 앞으로도 그런 호의를 받으러 숲에 가는 일은 절대 없을 것입니다. 저는 저의 존경하는 친구인 엘리어트 사도를 만나서 그가 이방인들 중에서 많은 영혼을 구원해 축복할 만한 일을 함께 기뻐하러 갔을 뿐입니다."

"후후후……."

마녀는 연신 고개를 끄덕이며 이해할 수 있다는 듯이 웃음을 터뜨렸다.

"좋아요. 대낮에는 그렇게 말할 수밖에 없을 테지요! 머리가 아주 뛰어나시군요. 하지만 밤중에는 그리고 숲 속에서는 우리 솔직하게 이야기해 보도록 합시다."

그러고는 할말이 다 끝났는지 목사 앞을 유유히 지나갔다. 그러나 가끔 고개를 돌려 그에게 미소를 지어 보이며 같은 일을 하는 동지의 표정으로 눈짓을 했다.

목사는 생각했다.

'나는 결국 내 영혼을 노란 풀을 먹이고 벨벳 옷을 입은 저 마녀가 마왕이라고 부르는 악마에게 팔아 버렸단 말인가!'

아, 불쌍한 딤즈데일 목사! 그는 스스로 이처럼 영혼을 팔아 버리는 것과 같은 흥정을 한 셈이었다. 즉, 그것이 죽음의 죄인 줄 알면서도 행복의 달콤함에 현혹되어 자기 스스로 죽음의 죄를 택한 것이다. 이러한 일은 예전에는 꿈조차 꾸어 보지 못한 것으로서 그 죄의 독성이 그의 머릿속을 구석구석까지 파고 들어가 삽시간에 마비시켜 버렸다. 그것은 모든 악한 기운에 힘을 불어넣어 활성화시켰다. 경멸과 신랄함과 까닭 없는 악의와 고의적인 악행과 선량하고 신성한 것에 대한 조소 등 이러한 것들이 모두 눈을 떴고, 목사는 한편으로는 두려움에 휩싸이면서도 다른 한편으로는 유혹된 것이다. 그리고 목사가 히빈즈 부인과 만난 것이 사실이라면, 그것은 악에 빠진 인간과 어둠으로 물든 영혼들의 세계에 대해 느낀 목사의 공감과 우정을 증명할 따름이었다.

드디어 그는 묘지 부근의 자기 집에 도착했다. 그는 층계를 뛰어 올라가서 자기의 서재 안으로 들어갔다. 거리를 지나오면서 계속 현실과는 거리가 멀고 이해하기 힘든 일들이 있었지만, 자기의 변화를 다른 사람이 알아채지 못하고 무사히 집에까지 온 것을 그는 매우 다행스럽게 여겼다. 그가 친숙한 그의 방으로 들어가자 왠지 방안의 책, 창문, 난로 그리고 커튼이 드리워진 벽, 이런 것들이 주인을 반가이 맞이하지 않고 생소한 표정을 짓는 것처럼 느껴졌다. 이 방은 그가 항상 연구하며 글을 쓰고, 금식을 하면서 밤을 새우고, 기도하면서 많은 희로애락을 함께한 안식처였다. 거기에는 의미심장한 고대 헤브라이어로 쓰여진 성경도 있었다. 그 성경에는 그에게 말을 전하는 모세와 여러 선지자들이 있었으며, 또한 하나님의 목소리도 가득 들어 있었다. 책상 위에는 이틀 전에 쓰다 만 설교문이 놓여 있었고, 그 옆에는 잉크가 묻은 펜이 있었다. 이런 모든 것들의 주인이었고, 앞으로도 이 모든 것들이 자기 외에는 어느 누구도 주인으로 모시지 않을 거란 사실을 그는 물론 잘 알고 있었다. 그러나 그는 한 발자국 뒤로 물러나서 과거의 자기 자신을 멸시와 동정이 섞인, 그러나 한편으로는 부끄러워하는 눈초리로 쳐다보고 있었다. 전혀 다른 사람이 되어 돌아온 자신에게서 과거의 모습을 찾아보기란 역부족이었다. 과거의 단순하던 자신이 미처 이해하지 못했던 여러 가지 숨은 신비를 완연히 깨달은 사람이 되어 돌아온 것이다. 그러나 그 깨달음은 그에게 더 큰 괴로움을 가중시킬 뿐이었다.

그때, 밖에서 들리는 노크 소리 때문에 그는 생각에서 벗어났다.

"들어오시오!"

목사는 두려운 목소리로 대답했다. 문득 악마가 찾아온 게 아닌가 하는 생각이 들었다. 목사의 그 예감은 들어맞았다. 서재로 들어선 사람은 로저 칠링워드였기 때문이다. 목사는 창백한 얼굴로 말없이 서서 한 손은 헤브라이어 성경에 얹고 또 한 손은 가슴에 갖다대었다.

"돌아오셨군요, 목사님."

늙은 칠링워드는 쉬지 않고 말을 이었다.

"그 훌륭하신 엘리어트 사도님은 어떻게 지내고 계십니까? 그런데 목사님, 무척 피곤하신 것 같군요. 숲 속의 여행이 무척 힘이 드셨던 모양이지요? 새 총독의 취임 축하 예배에서 설교를 하시려면 제가 건강을 좀 보살펴 드려야겠습니다."

"아니오, 괜찮습니다."

딤즈데일 목사는 부자연스럽게 대꾸했다.

"내 여행은 그곳에 계신 거룩하신 사도를 만난 일과 시원한 공기를 마신 것이 매우 커다란 도움이 되었소. 너무 오랫동안 서재에만 갇혀 있었으니까요. 선생은 나에게 매우 친절한 치료를 해 주셨고 약도 효험이 있었소. 하지만 이제부터는 선생님의 도움을 받지 않아도 될 것 같소."

로저 칠링워드는 환자를 보살피는 의사의 의무를 다하려는 듯 주의를 기울이며 계속해서 목사를 쳐다보았다. 그러나 얼굴에 나타난 표정과는 상관없이 목사는 벌써 자기가 헤스터 프린과 만난 일에 대해서 로저 칠링워드가 알고 있거나 혹은 최소한의 의아심을 품고 있다는 것을 확실하게 느낄 수 있었다. 그렇다면 목사의 눈에서 자기가 이젠 믿을 수 있는 친구가 아니라 적으로 생각되고 있다는 것을 의사는 알아챘을 것이다. 어느 정도 눈치채고 있는 이상 그 일부를 드러내야 할 때가 온 것 같았다. 그러나 이상한 것은 어떤 일의 진상을 말로 듣기까지는 무척 오랜 시간이 소비되는 경우가 많다는 사실이다. 두 사람이 사실을 밝히지 않으려고 마음먹는다면 그 문제는 진실에 거의 근접했다 하더라도 뒤로 물러나 오랫동안의 안정을 유지시켜 준다. 그래서 목사는 서로가 위치한 입장에 비추어, 로저 칠링워드가 사실을 말하려 들지 않을 것이라고 추측했다.

그러나 의사는 여전히 진실을 알려는 끈질긴 호기심으로 비밀에 접근해 왔다.

"목사님."

늙은 칠링워드는 의심스러운 눈초리로 딤즈데일 목사에게 말했다.

"오늘만이라도 저의 도움을 받으시는 편이 좋을 것 같군요. 취임 축하일에 설교를 하실 테니까 지금부터 건강에 신경을 쓰셔야 합니다. 많은 사람들이 목사님을 믿고 의지하고 있습니다. 그러나 해가 바뀌면 목사님께서 다른 곳으로 갈지도 모른다는 생각에 걱정을 하고 있어요."

"예, 다른 세상으로 말이죠."

목사는 경건한 태도로 조용히 말했다.

"하나님께서 더 좋은 곳을 허락해 주시기를 빕니다. 사실, 나는 내 양들과 더불어 또 한 해를 더 지낼 수는 없습니다. 선생이 여태까지 보살펴 주신 걸 감사히 생각하지만 앞으로 더 이상 폐를 끼치고 싶지 않군요."

"반가운 말씀입니다."

의사가 대답하였다.

"제 약이 오랫동안 효험을 보지 못하더니만, 이제야 효과가 나타나는 모양입니다. 목사님의 병이 나았다면 기쁘다 뿐이겠습니까. 뉴 잉글랜드의 감사를 받을 판인데요."

"지금도 감시의 눈길로 나를 바라보는 친구여, 정말 고맙소."

딤즈데일 목사는 엄숙한 미소를 지으며 말했다.

"다시 감사하고 그 은혜는 기도로 갚아 드리리다."

"훌륭한 분의 기도는 하나님께서 제일 먼저 받아 주실 겁니다."

로저 칠링워드의 작은 체구는 이미 방 밖을 벗어나고 있었다.

"기도는 새 예루살렘에서 사용되는 금화입니다. 하늘나라 왕의 도 장이 찍혀 있는 금화란 말이올시다."

혼자 방에 남게 되자 목사는 하인에게 식사를 가져오라고 하였다. 잠시 후 식사가 자기 앞에 놓여지기가 무섭게 목사는 음식이 담긴 그릇을 깨끗이 비워 버렸다.

그리고 쓰다 만 설교문을 구겨서 난로에 던져 버렸다. 새로운 글 에 대한 그의 정열은 압도적이었으며, 흘러넘치는 감수성과 뛰어난 재치로 다시 글을 써 내려갔다. 마치 목사 자신도 영감을 받은 것같 이 느껴졌다. '하늘의 웅장한 섭리의 음악을 자신과 같이 그릇된 풍 금을 통하여 연주하는 것을 과연 하나님께서 마땅하게 생각하실까?' 하는 생각이 그의 머릿속을 떠나지 않았지만 그러한 의문은 무시한 채 그는 정열을 다해 취한 듯 설교문을 써 내려갔다.

이리하여 밤은 마치 날개 달린 말 같았고, 목사 자신은 그 말을 타고 달려가는 기사인 양 어느새 새벽 햇살이 떠오를 때까지 앞으로 앞으로 힘차게 달리기를 멈추지 않았다. 마침내 솟아오른 해는 황금 빛을 서재 안으로 비추어서 목사의 눈을 부시게 하였다.

목사는 여전히 손에 펜을 들고 앉았고, 이미 넓은 지면을 글로 메 워 놓고 있었다.

뉴잉글랜드의 경축일

새 총독이 주민들의 손에 의해 선출되어 취임하는 날, 아침 일찍이 헤스터 프린과 펄은 광장으로 나왔다. 광장은 벌써 많은 마을 사람들과 일꾼들로 붐비고 있었다. 그중에는 사슴가죽으로 만든 옷을 입은 천박하고 상스러워 보이는 사람들도 섞여 있었는데, 그 사슴가죽 옷은 그들이 식민지의 작은 수도 주변의 숲 속 개척지에서 왔음을 말해 주었다.

헤스터는 과거 7년 동안 다른 행사 때와 마찬가지로 이번 경축일에도 거친 회색 천으로 만든 옷을 입었다. 하나의 인간인 그리고 여자인 헤스터를 전혀 눈에 띄지 않는 희미한 존재로 만드는 것은 그녀가 입고 있는 옷의 색깔보다도 그 옷이 이루고 있는 형언할 수 없이 특이한 모양이었다. 하지만 가슴에 달고 있는 주홍글씨가 희미한 상태의 그녀를 끌어내어 그 글씨 자체가 지니고 있는 도덕적인 빛 속에 뚜렷이 드러나 보이게 했다. 그동안 사람들이 보아 왔던 헤스터 프린의 얼굴은 여전히 대리석 같은 침착함을 풍기고 있었다. 어찌 보면 가면 같기도 했고, 혹은 죽은 여인의 얼굴에서나 볼 수 있는 고요한 평온함같이 보이기도 했다. 남의 동정을 바랄 수 없다는 점에서 헤스터는 이미 죽은 몸이나 다름없었으므로, 제 딴에는 아직도 그 안에 살고 있는 것 같은 이 세상을 벌써 오래전에 떠나 있는 거나 마찬가지라는 사실로 인해 우리는 이처럼 서글픈 연상을 하는 것이다.

그런데 이날 하루만큼은 이제까지 볼 수 없었던, 그러나 남의 눈에 띌 만큼 확실하지 않은 어떤 표정이 헤스터의 얼굴에 나타나 있었는지도 모른다. 알 수 없는 그 누군가가 강력한 힘을 발휘해서 우선 그녀의 마음속을 꿰뚫어 본 후 그 마음에 대응하는 모습을 그녀의 얼굴에서 찾아보아야만 그런 표정을 눈치챘을 것이다. 이렇게 마음속까지 읽을 수 있는 신통한 사람이라면 지난 7년의 세월 동안 사람들의 시선을 일종의 죄 갚음으로 여기며, 참고 또 참고 견디면 엄숙한 믿음이 되리라 믿고 고통스런 눈초리를 견뎌 온 헤스터가 마지막으로 이날 다시 한 번 자진하여 여러 사람들 앞에 스스로 나섬으로써 오랫동안 겪어 왔던 악몽을 일종의 승리로 바꾸어 놓으려고 한다는 것을 알아차렸을 것이다.

'이 가슴에 단 주홍글씨와 7년 동안 함께한 여인을 마지막으로 봐 주시오!'

사람들의 희생자이기도 하고 평생의 노예이기도 했던 헤스터는 다음과 같이 외치고 싶어할지도 몰랐다.

'조금만 더 있으면 나는 당신들의 차가운 시선이 닿지 않는 먼 곳으로 간답니다. 앞으로 몇 시간 뒤면 내 가슴 위에서 당신들이 타오르게 했던 주홍글씨는 넓고 사려 깊은 바다가 모두 삼켜 버리고 말 거예요!'

자기의 인생에서 절대 떠날 것 같지 않았던 고통으로부터 막 벗어나려는 순간, 헤스터의 마음 한곳엔 알 수 없는 서운한 감정이 있었다 해도 인간의 천성에 어긋나는 추측은 아닐 것이다. 한창때의 여인으로서 줄곧 맛보아 왔던 쑥과 노회(알로에) 즙의 쓰디쓴 마지막 잔을 단숨에 들이켜고 싶은 억누를 길 없는 어떤 욕망이 있었던 게 아닐까? 그 뒤로부터 그녀가 줄곧 마시게 될 생명의 술은 금잔에 채워진 달콤한 향기로 가득 찬 과일주임이 틀림없었다. 그렇지 않으면 가장 강렬한 힘을 가진 흥분제처럼 그녀가 고배의 찌꺼기를 마신 뒤 끝에서 오는 피치 못할 우울한 권태만 남기게 될 것이다.

펄은 화려하게 차려입고 있었다. 이 찬란하고 눈부신 환영 같은 아이가 어두운 회색의 그림자 같은 여인의 몸을 빌려 태어났다고는 어느 누구도 생각지 못할 것이었다. 그리고 아이의 옷을 장식하는 데 발휘되었을 화려하고도 섬세한 상상력이 헤스터의 볼품없는 옷에 유달리 독특한 느낌을 주었던, 한층 힘들고 어려운 일이었던 그 상상력과 같은 것이라고는 도저히 믿을 수 없었을 것이다.

그 옷은 펄에게 너무나도 잘 어울렸다. 그래서 펄의 성격이 옷으로 표현되는 듯해서 그 아이로부터 결코 분리할 수 없어 보였다. 그 애에게서 그 옷을 떼어놓을 수 없음은 나비의 날개에서 다채로운 색 깔을 떼어놓을 수 없는 것과 마찬가지였다. 펄의 옷은 그 아이의 천 성과 이념이 합쳐진 것이었다. 게다가 떠들썩한 이날, 펄의 기분은 어떤 이상한 동요와 흥분이 샘솟고 있었다. 그것은 마치 가슴 위에 단 다이아몬드가 사람의 움직임에 따라 여러 가지로 반짝반짝 빛을 내는 광채에조차 비교할 수 없을 정도였다.

어린아이들은 언제나 자기와 관계 있는 사람들의 흥분에 민감한 법이다. 특히 집안의 걱정거리나 눈앞에 닥쳐올 변화는 더 날카롭게 알아차린다. 따라서 어머니의 설레는 가슴에 단 보석 같은 펄은 헤 스터의 대리석같이 무뚝뚝한 얼굴에 어리는 감정을 무의식중에 나타 내 주고 있었다.

이처럼 흥분해 있던 펄은 어머니의 곁에 붙어 걸어간다기보다는 새처럼 팔랑팔랑 날아다니는 것 같았다. 그리고 아무 뜻도 없는 고 함을 쉴 새 없이 내지르며, 때로는 날카로운 소리로 노래를 불러댔 다. 두 사람이 광장에 다다랐을 때 와글거리며 법석대는 광경이 더 욱더 펄을 흥분시켰다. 왜냐하면 평소에 이 근방은 시내의 상가라기 보다는 마을 공회당 앞의 널따랗고 쓸쓸한 풀밭 같았기 때문이다.

"어머나, 엄마! 오늘은 대체 무슨 일이지?" 하고 펄이 큰 소리로 외쳤다.

"어째서 오늘은 모두 일을 쉬는 거야? 오늘은 온 세상이 다 쉬는 날인가? 저기 대장간 아저씨 좀 봐! 검정투성이의 얼굴을 깨끗이 닦고 주일날의 나들이옷을 입고 있어. 그리고 감방을 지키는 브래킷 할아버지가 나를 보고 고개를 끄덕이며 웃고 있잖아. 왜 그러는 거지, 엄마?"

"너를 아이 때부터 알고 있어서 대견해 보이나 보다." 하고 헤스터는 대답했다.

"그렇다고 날 보고 웃으라는 법이 어디 있어! 시커멓고 음흉해 보여 기분 나쁜 눈을 가지고 있는 할아버지야." 하고 펄은 심술궂게 따지며 물어왔다.

"아는 척하고 싶거든 엄마한테나 하지! 엄만 잿빛 옷에 주홍글씨도 달았는데 말이야. 그런데 엄마, 저길 좀 봐요. 낯선 사람들이 많이도 왔네. 인디언도, 뱃사공도 있어! 대체 여기엔 무엇하러 왔을까?"

"행렬이 지나가는 걸 구경하려고 있는 거란다."

헤스터는 말했다.

"이제 곧 총독님과 관리들이 행진을 하실 거야. 목사님들과 훌륭한 사람들도 음악대와 군인들을 앞세우고 함께 행진하실 거야."

"그럼 목사님도 나오겠지요?"

펄은 숲 속에서의 일을 회상하는 듯했다.

"목사님이 내게 두 손을 내밀어 주실까? 엄마가 시냇가에서 나를 그분 있는 데로 데리고 갔을 때처럼 말이야?"

"목사님도 나오실 게다."

어머니는 딸애에게 부드럽게 타일렀다.

"하지만 오늘은 널 보더라도 아는 체는 안 하실 거야. 물론 너도 아는 체해서는 안 된다."

"목사님은 참 이상해. 가엾은 사람이기도 하고요!"

펄은 혼잣말을 하듯 중얼거렸다.

"캄캄함 밤중에 목사님은 내 손과 엄마 손을 잡아 주셨어. 저 처형대 위에서 나란히 섰을 때 말이야. 그리고 하늘만이 내려다보는 늙은 나무로 가득한 깊은 숲 속에선 목사님과 엄마가 함께 이끼 낀 나무 위에 앉아 얘기도 나누었고! 그리고 내 이마에다 입을 맞춰 주셨잖아? 작은 시냇물에 아무리 닦아도 없어지지 않았지만. 그런데 훤한 대낮에 사람들이 많은 이런 곳에서는 왜 우리를 못 본 척하시지? 참 이상해, 가엾은 분이야. 언제나 가슴에 손을 대고 있는 목사님……."

"조용히 해라, 펄! 넌 아직 모든 걸 몰라요!" 하고 헤스터는 말했다.

"이제 목사님 얘긴 그만 하렴. 네 주위나 둘러봐라. 오늘은 사람들이 모두 기쁜 것 같지? 기쁘게 놀기 위해 모인 거야. 오늘부턴 새 총독님이 우리를 다스리게 된단다. 그래서 인간이 나라를 세웠던 때부터 내려오는 관습대로 모두들 즐겁게 기뻐하며 노는 거란다. 마치 보잘것없는 낡은 시간을 밀쳐내고 황금시대가 찾아온 것처럼 말이야."

사람들의 얼굴을 명랑하게 만들어 주는 이 드물게 보는 명절 기분은 헤스터가 설명한 대로였다. 벌써부터 그랬고, 그것이 계속된 지가 두 세기나 되지만 청교도들은 이 명절을 맞아 연약한 인간성에 허용해도 될 만한 놀이와 즐거움이라면 무엇이든지 가리지 않고 누렸다. 이리하여 평소에 늘 끼어 있던 우울한 구름을 깨끗이 몰아내고자 했던 것이다. 경축일인 이날 하루 동안만큼은 침울한 얼굴 표정도 누그러지긴 하지만, 다른 사회에서라면 범사회적인 어떤 어려움을 당했을 때 보일 정도의 심각한 표정은 어디까지나 남아 있었던 것이다.

그러나 그 당시 사람들의 기분과 몸가짐의 특징인 우울한 성격을 우리는 너무 과장해서 생각하고 있는지도 모른다. 이날 보스톤의 광장에 모인 사람들은 청교도적인 우울을 타고난 사람들은 아니었다. 그들은 영국 태생으로 그 조상은 엘리자베스 시대의 화려하고 밝은 분위기 속에서 자랐다. 영국인의 생활을 개괄적으로 볼 때, 이 시대야말로 영국 역사상 유례를 찾아볼 수 없을 정도로 위풍당당하며 화려하고 명랑한 시기였다. 이들이 조상 전래의 취미를 간직했더라면 뉴잉글랜드로 넘어온 이주민들은 공적으로 중요한 행사를 모두 불꽃놀이나 연회나 꽃수레를 탄 가장행렬 따위로 장식했을 것이다. 뿐만 아니라 장엄한 자수를 놓아 엄숙함에다 즐거운 오락을 조화시킨 예복을 차려입었을 것이다.

하기야 식민지 정치의 새해가 시작되는 날을 축하하는 절차 속에서도 이런 노력의 자취가 엿보이기는 했다. 해마다 행정관이 취임할 때면 갖는 의식 가운데서 찬란했던 과거의 희미한 반영을 찾아볼 수가 있다. 자랑스런 옛 런던에서 보았던 일들—대관식은 말고라도 시장 취임식 때 본 것 같은—이 기억 속에서 희석되어 이미 퇴색했지만 아직도 그 반영을 찾아볼 수가 있다.

공화국의 창설자들이나 정치가나 목사나 군인들은 외관상의 의식 절차를 갖추고 위엄 있게 외모를 꾸미는 것을 의무라 여겼다. 구시대적 사고방식에 의해 의식절차나 위엄이 공적이나 사회적 지위에 알맞은 의상으로 생각되었던 것이다. 그래서 모두들 국민들이 보는 앞에서 행진을 함으로써 설립된 지 얼마 안 된 보잘것없는 정부의 기구에다 외적인 위엄을 부여하고자 한 것이었다.

평소에는 종교의 일부로 생각되어 부지런히 하던 노동도, 이날만큼은 사람들이 잠시 쉬고 늑장을 부려도 너그럽게 봐주었다. 물론 장려한 것은 아니었다.

그러나 엘리자베스 여왕이나 제임스 왕 시대의 영국에서 흔히 볼 수 있었던 일반적인 오락물이 이곳엔 하나도 없었다. 연극 같은 저속한 구경거리도 없었고, 하프를 켜며 옛 민요를 읊는 음유시인도, 음악에 맞추어 원숭이를 춤추게 하는 떠돌이 광대도, 속임수를 쓰는 마술사도 없었다. 뿐만 아니라 아마도 수백 년 이상 전해져 내려왔을 우스꽝스러운 익살로 대중들의 마음을 흔들어 놓는 익살꾼도 없었다. 이렇게 사람을 웃기는 여러 분야의 전문적인 익살꾼들은 엄격한 법의 제재를 받았고, 그 법을 뒷받침하는 일반 대중들에 의해서도 엄격하게 억제당하고 있었다. 그런데도 일반 대중들은 엄격한 얼굴에 온통 미소를 머금은 채 떠들곤 했다.

옛날 이주민들이 고국인 영국의 시골 장이나 풀밭 같은 데서 구경하였거나 놀던 놀이가 전혀 없었다는 것은 아니다. 이런 것들은 대중들에게 가장 필요한 용기와 담력을 위해 이 신천지 안에서 성행하게 해야 한다고도 생각되었다.

콘월 지방과 데본셔 지방의 씨름 시합은 그 방식이 각기 달랐지만 광장 여기저기에서 씨름판이 벌어졌다. 광장 한구석에서는 육척봉(六尺棒)의 친선 시합이 벌어지고 있었다. 그중에서도 가장 주목을 끈 것은 무술 시합이었다. 이미 여러 번 말한 바 있는 처형대 위에서 두 명의 투사가 검과 방패를 들고 검술 시범을 보이기 시작하였다. 그런데 구경꾼들이 매우 실망한 것은 교구의 관리가 와서 신성한 장소를 잘못 사용하여 준엄한 법을 어기는 것을 용서할 수 없다고 하며 검술 시합을 중단시켰던 것이다.

안식일을 지키는 문제에 있어서는, 우리가 훨씬 뒤의 후손이지만 대체적으로 우리와 비슷했다고 말해도 과언이 아닐 것이다(그들은 처음으로 향락을 물리치는 시기에 속해 있었으나, 향락을 누릴 줄 아는 선현들의 후손이었던 것이다). 이들의 바로 다음 손자들, 즉 초기 이주민들의 다음 세대들은 청교도주의의 가장 어두운 빛으로써 일반 대중들의 얼굴빛까지 검게 물들였으므로 그 후손들이 오랜 세월 동안 노력해도 명랑하게 만들지는 못했던 것이다. 따라서 우리는 잊혀진 명랑함의 방법을 다시 배우지 않으면 안 되는 것이다.

광장에 벌어진 인생의 그림은 영국에서 건너온 이주민들의 쓸쓸해 보이는 잿빛이나 갈색, 검은색으로 물들여졌지만 그래도 가끔은 색다른 빛깔이 섞여 있어 활기를 띠고 있었다.

군중들과 좀 떨어진 곳에는 한 무리의 인디언들이 서 있었는데 —
사슴가죽에 화려한 자수로 장식한 옷을 입고, 조개껍질로 만든 허리
띠를 두르고, 붉고 노란 황토를 얼굴에 바르고, 머리엔 깃털을 꽂고
활과 화살, 돌창으로 무장을 한 채 — 청교도들보다 더 엄숙하고 딱
딱한 표정들을 짓고 있었다. 물감을 칠한 그들의 용모는 분명 야만
인이었지만, 광장에 모여 있는 사람들 중에서 그들이 제일 야만스러
운 얼굴을 하고 있는 것은 아니었다. 야만스럽다는 명예는 경축일의
재미있는 행사를 구경하기 위해 상륙해 있던 카리브 해에서 온 몇몇
뱃사람들이 차지했다. 햇볕에 탄 시커먼 얼굴에 수염을 텁수룩하게
기르고 있어 영락없이 험하게 보이는 무법가들이었다. 그들은 통 넓
은 바지를 입고 잘록한 허리에다 가죽 혁대를 두르고 있었는데, 그
중에는 거친 황금 관으로 혁대 고리를 만든 것도 많았다. 허리띠엔
한결같이 기다란 나이프를 매달거나 칼을 차고 있었다. 널따란 야자
수 잎 모자의 차양 아래서 눈을 반짝이며 기분 좋은 농담을 나누는
동안에도 동물 같은 사나움이 엿보였다. 그들은 두려움이나 가책도
없이 다른 사람들을 구속하고 있는 행동 규범을 어겼다. 여느 사람
이 그랬다면 담배 한 모금을 빨았어도 1실링의 벌금을 물어야 했을
텐데, 그들은 바로 관리의 코앞에서 담배를 피워 물 정도였다. 멋대
로 휴대용 술병에 든 포도주나 독한 술을 따라 들이켜는가 하면, 이
런 행동에 기가 차서 바라보는 구경꾼들에게 술을 함부로 권하는 것
이었다. 이것은 분명히 당시의 불완전한 도덕적 특색을 나타내는 것
으로서 일반인들에게는 엄격하면서도 선원계급에게만은 특별히 묵

인해 줌으로써 상륙한 뒤에 기분을 내는 행위뿐 아니라 그보다 더 난잡했을 바다에서의 행패도 너그럽게 봐주고 있었다. 당시의 뱃사람들은 지금 같으면 해적이라 하여 처벌받을지도 모르는 행동을 예사로 했다. 예를 들면 이 뱃사람들 사이에선 그리 악한 축은 아니었으나 스페인 무역에서 노략질을 했을 것엔 의심의 여지가 없으니 오늘날의 법정에서라면 전원 사형을 받았을지도 모를 일이다.

그러나 그 시대의 바다는 지극히 제멋대로 높아지고 굽이치고 거품을 뿜고 하여 모진 폭풍우 앞에서나 고개를 숙이게 했을 뿐 인간의 법률 따위에 의한 지배는 전혀 없었다. 파도와 더불어 사는 해적도 노략질을 걷어치우고 원하기만 한다면 이제부터라도 육지에서 성실하고 경건한 위인으로 살아갈 수 있었다. 뿐만 아니라 그 난폭한 선원 생활을 일평생 본업으로 삼는 사람들과 거래하거나 간단히 상종하는 것은 그다지 불명예스러운 일이라고 생각하지 않았다. 따라서 검은 외투에다 풀을 먹인 띠를 두르고 끝이 뾰족한 모자를 쓴 장로들조차 이 즐거움에 겨운 뱃사람들의 행패를 보고도 인자한 미소를 짓는 것이었다. 따라서 로저 칠링워드 같은 저명한 노의사가 수상한 선박의 선장과 다정스럽게 밀담을 나누면서 광장 가운데로 걸어오는 것을 보아도 놀라운 느낌을 받거나 비난의 소리를 하는 일은 없었다.

선장은 유난히 화려한 옷차림을 하고 있어 사람들 틈의 어디에 있더라도 곧 눈에 띄게 되어 있었다. 수많은 리본이 달린 옷에다 모자에는 금줄을 두르고 모자 꼭대기에는 금고리와 깃털이 장식돼 있었

다. 허리에는 검을 차고, 이마에는 칼자국이 나 있고, 머리는 그 흉
터가 잘 보이도록 빗었다. 만약 육지 사람이라면 도저히 그런 옷차
림과 얼굴을 하고 다니지 못했을 것이다. 혹시라도 그런 행동을 하
는 사람이 있었다면 아마도 십중팔구 법관으로부터 엄격한 심문을
받은 끝에 벌금형이나 금고형, 아니면 칼을 쓴 채 구경꾼들 앞에서
치욕을 당해야 하는 형벌까지도 감수해야 했을지도 몰랐다. 그러나
이 선장의 경우엔 마치 물고기의 살에서 비늘이 반짝거리듯 그 모든
것이 선장의 신분에 합당한 것처럼 느껴졌던 것이다.

브리스톨로 가는 배의 선장은 의사와 헤어지자 좀 즐겨 볼 요량으
로 어슬렁거리며 돌아다니다가 우연히 헤스터 프린이 서 있는 데까
지 오자, 그녀를 알아보곤 서슴없이 말을 걸어왔다. 헤스터가 서 있
는 곳은 언제나 그렇듯 조그만 공간—일종의 마술적인 원 같은 것
—이 생겼다. 그리고 그 둘레에서 뭇사람들은 서로 밀치락달치락하
면서도 누구 한 사람 감히 그 안에다 발을 들여놓거나 들여놓을 생
각도 하지 않았다. 이것은 바로 주홍글씨가 운명의 여인을 가둬 놓
고 있는, 정신적인 고립을 나타내는 유력한 표본이었다. 헤스터가 겸
허한 탓도 있었으나 마을 사람들이 매정해서라기보다는 본능적으로
삼가는 탓이기도 했다.

아무튼, 그 덕택으로 헤스터 프린과 선장은 쉽게 얘기를 할 수가
있었다. 아무리 이 거리에서 엄격한 도덕심을 가진 것으로 이름난
부인이라도 이렇게 남녀가 교제를 하게 되면 좋지 않은 소문이 나게
마련인데, 세상 사람들 사이에서 헤스터 프린에 대한 평판은 이미

변화되어 있었기에 그녀에게 그런 걱정은 없었다.

"그런데 말이죠, 부인."

선장은 조그만 소리로 속삭였다.

"부인이 부탁한 것 외에 침대를 하나 더 준비하라고 급사 녀석에게 일러두어야겠군요. 괴혈병이나 장티푸스 같은 병은 이번 항해에선 걱정 안 해도 되게 되었습니다. 배에 전속 의사가 있는데다가 또 의사 한 사람이 타게 되었으니까 말입니다. 걱정이 있다면 약 때문인데, 제가 스페인 배로부터 잔뜩 사들였기 때문에 약재는 많습니다."

"무슨 말씀이세요?"

헤스터는 겉으로 보이는 것보다도 더 놀란 마음을 가라앉히며 물었다.

"배에 탈 손님이 또 한 분 계시다는 거예요?"

"아, 아직 모르고 계셨던가요?" 하고 선장은 말했다.

"여기 사는 의사인데, 이름이 칠링워드라고 하던가요! 부인과 함께 배를 탈 것이라고 했습니다. 아아, 미리 말씀드렸어야 하는 건데, 그분이 부인과 일행이라고 하던데요. 그리고 부인께서 말씀하신 어른과는 매우 친한 사이라고요. 늙은 청교도 통치자들 때문에 신변이 위험해졌다는 그분 말입니다."

"그야 두 분은 서로 잘 아는 사이이긴 하죠."

헤스터는 애써 태연한 척하며 가까스로 말을 이었다.

"두 분은 오랫동안 같은 집에서 사셨으니까요."

그 이상 선장과 헤스터는 나눌 말이 없었다. 그러나 그때 광장 저편 한구석에서 그녀를 쳐다보고 빙그레 웃고 서 있는 로저 칠링워드의 모습이 눈에 띄었다. 그 미소는 군중들의 애깃소리와 웃음소리로 소란스럽고 복잡한 사거리를 가로질러 여러 가지 생각과 기분과 흥미를 뚫고 남모를 비밀과 공포의 의미를 담아 전달되고 있었던 것이다.

행렬

　헤스터 프린이 정신을 가다듬고 이 예기치 못한 놀라운 사태에서 대처할 방법을 강구할 겨를도 없이 군악 소리가 가까운 거리에서 다가오고 있는 게 들렸다. 그 소리는 관리들과 시민들의 행렬이 교회당을 향해 행진하고 있음을 알려 주는 것이었다. 교회당에서는 오래 전부터 지켜 내려오는 관습에 따라 딤즈데일 목사가 취임 축하 설교를 하기로 되어 있었다. 이윽고 행렬의 선두가 느리게 전진해 오는 게 보였고, 천천히 위엄 있는 모습으로 거리 모퉁이를 돌아 광장을 가로질러 행진해 오고 있었다. 제일 먼저 악대가 눈에 띄었다. 여러 가지 악기로 구성된 악대의 연주는 서로 잘 조화되지 않았을 뿐더러 그리 능숙하다고 할 수는 없었지만 북과 나팔의 화음이 군중들의 마음을 움직였다는 것과, 그들 앞을 지나가는 인생의 한 장면에 보통

이상의 한결 더 높고 더 영웅적인 모습을 부여함으로써 본래의 목적을 달성한 셈이었다. 어린 펄은 처음엔 손뼉을 쳤으나 이내 그날 아침결에 자기를 흥분시켰던 불안한 마음의 설렘이 되살아나 손뼉치는 것을 멈추었다. 잠자코 악대를 바라보는 펄은 하늘을 나는 해조처럼 길게 울리는 음악 소리와 높이 치닫는 장단을 타고 하늘 높이 몸이 끌려 올라가는 것 같은 감흥에 젖어 있었다. 그러나 아이는 악대의 뒤로 행렬의 영광스러운 호위 역할을 하는 군대의 무기와 햇빛에 반짝이는 훌륭한 갑옷 등을 보자 다시금 본래의 기분으로 되돌아왔다. 군대는 악대를 따라 행진하며 행렬의 의장대 역할을 하였다. 아직도 옛날의 영예를 간직한 채 여러 세대를 계속해 내려오는 이 군대는 용병으로 구성된 것이 아니었다. 그들은 애국 정신이 강하고, 일종의 군사학교를 설립하고자 하는 사람들로 구성되어 있었다. 그곳에서 그들은 성당 기사단(일종의 종교인 기사단)과 관련하여 군사학과 같은 학문을 닦았고, 평상시에는 가능한 한 무술과 전략을 배우는 것이 목적이었다. 이 군인들에게 쏠린 높은 존경의 표시는 이 대열에 들어 있는 모든 사람들의 호연한 태도에 나타나 있었다. 사실 그들 중에는 북해 연안 지역이나 유럽의 여러 전쟁터로 종군하여 군인의 신분에 합당한 영예를 지닌 사람들도 있었다. 게다가 빛나는 갑옷을 입고 번쩍이는 투구 위에 새 깃털을 달고 있는 모습은 실로 당당하고 찬란해 보였으며, 지금의 군대가 아무리 화려하게 꾸며도 도저히 따라갈 수 없을 정도였다.

그러나 생각이 깊은 구경꾼들의 눈에는 의장대의 바로 뒤를 따르는 저명한 고관대작들이 더 볼 만하였다. 외모만 보아도 위풍이 당당해서 거기에 비하면 군인들의 발걸음은 오히려 졸렬해 보였다. 당시는 소위 재능이라는 것이 오늘날보다 그다지 중요시되지는 않던 시대였고, 오히려 위엄 있는 성격을 갖추게 하는 요소들이 훨씬 더 중요시되던 시대였다. 당시의 사람들은 선조로부터 존경심을 유산으로 물려받았으나, 후대에 이르러서는 존경심이 보잘것없는 것으로 변하고 공직자를 선출하고 평가하는 데 있어서도 별로 힘을 발휘하지 못하게 되었다. 이러한 변화는 이롭기도 하고 해롭기도 하겠으나, 어떤 점에서는 좋은 동시에 나쁠 수도 있었다.

예전에 이 거친 해변가에 와서 정착한 영국인들은 왕도, 귀족도, 모든 계급도 다 두고 왔다. 그러나 존경심과 존경해야겠다는 마음은 여전히 살아서 노인의 백발이나 위엄 있는 이마, 오랜 시련에서 우러나오는 고결함, 실질적인 지혜와 소박한 경험, 언제나 변함없는 생각과 일반적으로 존경할 만하다는 생각을 불러일으키는 무게 있고 침착한 성질을 존경하였다.

그래서 다음과 같은 초창기의 정치가들—브래드스트리트, 엔디코트, 더들리, 벨링검 등등—은 대중에게 선출되어서 집권을 하였지만 총명하지 못한 경우가 많았고, 지성적인 활동보다도 신중한 진실성이 뛰어났다. 그들은 인내력이 있었고, 독립심도 있었으며, 일단 유사시에는 광포한 폭동의 파도를 막아내는 해안의 암벽처럼 국가의 안녕을 위해 결연히 일어섰던 것이다.

여기서 이야기한 성격의 특징들은 새 식민지 관리들의 네모난 얼굴과 잘 발달된 육체 안에 역력히 나타나 있었다. 자연스럽게 구비된 권위 있는 태도로 말하면 민주주의를 실천하는 선구자들이 상원이나 하원의 의원으로 뽑히는 것을 보더라도 모국 잉글랜드 사람들이 부끄럽게 생각할 필요는 없었을 것이다.

관리들의 뒤에는 젊고 고명한 청년 목사가 따랐다. 이 목사는 취임 축하 예배 때 설교를 하기로 되어 있었다. 당시에는 정치 분야에서보다는 그와 같은 직업에서 지성이 더욱 발휘될 수가 있었다. 성직자가 되려는 고상한 동기는 그만두고라도, 목사란 거의 숭배에 가까운 사회의 존경을 받았으므로 이 직업은 가장 큰 대망을 품은 야심 있는 사람들까지도 충분히 매력을 느낄 만한 것이었다. 인크리스 메이더(미국 청교도의 목사이자 정치가)의 경우를 보더라도, 성공한 목사라면 정치적인 세력까지도 손아귀에 쥐고 흔들 수가 있었던 것이다.

그때 목사를 목격한 사람들의 말에 의하면, 딤즈데일 목사가 이 뉴잉글랜드의 해변가에 처음 발을 들여놓은 이래로 이 행렬에서처럼 씩씩한 걸음걸이와 태도는 일찍이 본 일이 없었다는 것이다. 그의 걸음걸이는 여느 때처럼 나약해 보이지 않았다. 몸이 꾸부정하지도 않았으며, 손은 여느 때처럼 가슴 위에 얹혀 있지도 않았다. 어쩌면 그의 그런 육체적인 힘은 천사의 도움으로 얻어진 영적인 힘이었을지도 모른다. 그것은 도가니처럼 뜨겁고 열이 오래 지속되는 생각과 염원 속에서만 증류하듯이 생겨나는 강심제와도 같은 흥분이었는지도 모른다.

또는 그의 예민한 성격이 하늘을 향해 울려 퍼지며 그를 소리의 파도 위에 싣고 위로 위로 올라가는 듯한 요란한 음악 소리로 말미암아 기운이 난 것인지도 모른다.

그러나 그의 표정은 넋나간 사람처럼 너무나 멍청했으므로 과연 딤즈데일 목사가 행렬의 음악을 듣고 있는지 의심스러울 정도였다. 그의 빈 껍데기는 알 수 없는 기운으로 인해 앞으로 전진하는 것이었으나 마음은 그 자신의 영역 깊은 곳에 자리를 잡고 분주히 초인적인 활기를 띠며 움직이는, 곧 가슴속에서 출발해 나올 당당한 사상의 행렬을 지휘하고 있었다. 그래서 그는 자기 주변의 일은 아무것도 보이지도 들리지도 않아 전혀 무관한 상태였다. 그러나 그의 정신적 힘이 연약한 몸을 이끌고 전진함으로써 몸의 무거운 짐을 깨닫지 못한 채 걷게 하여 오히려 정신적인 것으로 바꾸어 놓고 있었다.

주로 지적인 사람들의 세계는 병적인 상태에 빠지면 이따금 엄청난 노력을 할 만한 힘이 생겨서 며칠분의 생명을 모두 거기에 기울인 나머지 그 후의 며칠은 죽은 사람처럼 기운 없이 지내곤 한다.

목사를 줄곧 지켜보고 있던 헤스터 프린은 뭔가 적막한 느낌에 사로잡혔으나 그것이 무슨 이유인지, 또 어디서 오는 것인지는 알 수 없었다. 다만 그 사람이 자신의 세계와는 아주 멀리 떨어져 있는 듯 생각되고, 도저히 자기 손길이 닿을 수 없는 곳에 있는 것만 같았다.

한번쯤은 서로의 시선이 만나리라고 그녀는 생각하고 있었다. 그녀는 호젓한 작은 골짜기가 있는 어두운 숲 속을 생각하였다. 그러고는 사랑과 괴로움과 그리고 그들이 손잡고 앉아서 자신들의 슬픈 사랑의 이야기를, 시냇물의 우울한 속삭임을 불어넣던 이끼 낀 나무 줄기도 생각하였다. 그때 두 사람은 얼마나 깊이 서로 이해하고 있었던가! 그런데 이 사람이 바로 그 사람이란 말인가. 그녀는 지금으로선 목사가 전혀 알지 못하는 사람인 것처럼 느껴졌다. 그는 화려한 음악에 휩싸여 위풍 있고 존엄한 신부들의 행렬에 섞인 채 자랑스러운 듯 지나가고 있었던 것이다. 사회적인 지위로 보거나 지금처럼 동정을 모르는 사상의 세계에서 그를 먼발치로 보더라도 절대 따르거나 도달할 수 없는 위치의 목사였다. 모든 것이 헛된 망상이었고, 그녀가 꿈에서 본 것처럼 목사와 자기와의 사이에는 진정한 유대가 있을 수 없는 것처럼 생각되었다.

헤스터에게도 여인다운 성품은 그만큼 남아 있었으므로 이대로 목사를 용서할 수는 없었다. 더구나 두 사람의 운명이 다가오는 무거운 발자국 소리가 차츰 가까워지는 이 마당에, 두 사람의 공동 세계에서 혼자서만 그렇게 빠질 수 있는 목사의 행위를 절대 용납할 수가 없었다. 헤스터는 자기의 차가운 두 손을 뻗쳐 절망적으로 그를 더듬어 찾았지만, 목사를 붙잡을 수는 없었던 것이다.

어머니의 심정을 알아차렸는지 펄도 이내 반응이 달라졌다. 아니, 아득한 거리감으로 인해 붙잡을 수 없을 것 같은 기분이 목사를 둘러싸고 있음을 펄 자신도 느꼈을 것이다.

행렬이 지나가는 순간, 불안을 느낀 펄이 이리저리 몸을 움직이는 모습은 지금 막 날아가려는 새처럼 보였다. 이윽고 행렬이 모두 지나가자 펄은 헤스터의 얼굴을 쳐다보았다.

"엄마, 저분이 냇가에서 나한테 입 맞추던 목사님이 맞아?"

"잠자코 있거라, 펄!"

헤스터는 위협과 부드러움이 함께 담긴 목소리로 딸애의 입을 중단시켰다.

"숲 속에서 있었던 일은 남 앞에서 절대로 떠들어선 안 되는 얘기야!"

"아무래도 난 그분 같지가 않아서 그래. 아주 달라졌어."

펄은 엄마의 위협적인 눈길엔 관심 없다는 듯 계속 지껄여댔다.

"달라지지 않았다면 난 그 사람한테 달려가서 사람들이 보는 앞에서 입 맞춰달라고 했을 거야. 저 어두운 고목나무 숲 속에서 했던 것처럼 말이야. 그러면 목사님은 뭐라고 했을까? 엄마, 손을 가슴에 얹고 눈살을 찌푸리며 나더러 저리 가라고 했을까?"

"글쎄, 뭐라고 했을까, 펄."

잠시 생각하는 듯하다가 헤스터는 말을 이었다.

"그냥 지금은 입 맞출 때가 아니야. 광장 같은 데선 입 맞추면 안 된다고 하시겠지. 하지만 그분한테 말을 걸지 않은 건 잘한 거야, 이 바보 아가씨야."

딤즈데일 목사에 관해서 이와 비슷한 심정을 나타낸 또 한 인물이 있었다. 그녀는 괴벽이랄지 정신이상이랄지 하는 그런 상태여서 거리의 사람들 그 누구도 감히 못하는 일을 해치웠다. 즉 주홍글씨를 가슴에 단 여인과 군중들이 보는 앞에서 서슴없이 얘기를 시작했던 것이다. 그는 바로 히빈즈 노부인이었다. 그녀는 세 겹으로 된 주름 깃에 가슴에 수를 놓은 화려한 벨벳 옷을 입고, 금 손잡이가 달린 지 팡이를 손에 든 호화로운 차림새로 이 행렬을 구경 나왔던 것이다. 이 노부인은 당시 빈번하게 일어나던 마술놀이의 장본인이라고 널리 알려져 있어서 사람들은 그녀의 주름 깃에 무서운 균이라도 묻어 있 는 양 거기에 닿을까봐 두려워하였다. 따라서 그녀가 헤스터 프린과 함께 있는 것을 본 마을 사람들은 헤스터 프린에게 차츰 친절해지고 는 있었지만, 히빈즈 부인으로 인해 더욱 두려움이 배가되어 두 여 인을 피해 모두들 슬금슬금 피하는 것이었다.

"도대체 인간의 상상력으로는 생각도 못할 일이지 뭐요!"

노부인은 헤스터에게 은밀히 속삭였다.

"저 성스러운 목사님이 말이죠, 이 세상 사람들이 모두 우러러보 는 저분 말이오. 물론 내 생각에도 그럴 수밖에 없지만. 한데, 지금 행렬 속에 섞여 지나가는 목사를 보고, 어느 누가 감히 서재를 빠져 나와서 헤브라이어의 성경 귀절을 중얼거리면서 숲 속을 산책하였다 고 생각할 수 있겠어요? 호호호…… 나는 그 이유를 잘 알고 있지만. 헤스터 프린, 그것이 서로 똑같은 사람이었다고 믿을 수 없군요. 그 들은 사실 숲 속의 어떤 분이 바이올린을 켰을 때 나와 함께 그 음 악에 맞춰 춤을 추던 사람들이라오! 그리고 인디언의 주술사나 래플 랜드의 마술사와 손을 잡고 춤을 추기도 했지! 그러나 세상사를 잘 아는 여자에겐 그 정도쯤 별것도 아니지. 그런데 저 목사는 말이지, 헤스터, 저 사람이 당신과 숲 속 오솔길에서 만났던 바로 그 사람이라고 장담할 수 있소?"

"부인, 저는 당신이 무슨 말씀을 하시는지 통 모르겠는데요."

헤스터 프린은 또렷한 목소리로 대답했다. 히빈즈 부인이 제정신이 아니라고 생각은 하면서도 자신을 포함한 수많은 사람들과 마왕과의 개인적인 관계를 자신 있게 인정하는 자신만만한 태도를 보며 놀랍기도 하고 한편으로는 두려운 마음도 들었던 것이다.

"전 딤즈데일 목사님처럼 학식이 높고 주님의 심부름을 하시는 경건한 분에 대해 경솔하게 비평할 수는 없어요."

"흥, 이것 봐, 왜 그러는 거야?"

노부인은 헤스터를 향해 삿대질을 하며 외쳤다.

"내가 숲 속엘 그렇게 자주 드나들면서 누가 거길 다녀왔는지를 알아낼 만한 재주도 없을라고? 숲 속에서 머리에 쓰고 춤추던 화환의 꽃잎이 머리카락에 남아 있지 않아도 말이야! 헤스터, 나는 당신이 숲 속에 갔던 것도 알고 있어. 갔던 표가 다 나거든. 빛이 나면 누구에게나 다 보이지만, 어두우면 뻘건 불길처럼 보인다오. 당신은 그 표를 보라는 듯이 달고 다니니까 말할 필요가 없어요. 그렇지만 이 목사는…… 잠깐 귀를 좀 빌려 줘요, 내가 말해 줄 테니. 마왕께서는 딤즈데일 목사처럼 부하가 되기로 약속하고 서명 날인한 뒤에도 계약을 지키기를 꺼려 하는 부하를 보시면 그 표가 대낮에 모든 사람들의 눈에 띄게 만드는 방법이 있으시지. 헤스터, 저 목사가 늘 가슴에 손을 얹고 감추려는 것이 무엇인가? 응?"

"그게 뭘까요, 히빈즈 할머니?"

어린 펄이 정색을 하며 물었다.

"할머니는 그걸 보신 적이 있으세요?"

"아무것도 아니란다, 귀여운 아가씨."

히빈즈 부인은 펄에게 친절하게도 머리를 숙여 보이며 덧붙였다.

"이제 곧 알게 돼요. 그런데 애야, 너는 마왕의 피를 받았다고 사람들이 그러더구나. 나하고 같이 맑은 날 밤에 날아서 너의 아버지를 만나러 가 보지 않을래? 그러면 목사님이 어째서 가슴에 손을 자꾸 얹으시는지 알게 될 게다."

늙은 마녀는 광장의 모든 사람들이 들을 수 있을 만큼 요란스러운 웃음소리를 내며 그 자리를 떠났다.

이때, 교회당에서는 이미 개회 기도가 끝나고 딤즈데일 목사의 설교가 시작되고 있었다. 억누를 길 없는 심정을 안고 헤스터는 교회당으로 갔다. 교회 부근은 사람들이 산더미같이 꽉 차 있어서 더 이상 비집고 들어갈 틈이 없었다. 그래서 헤스터는 높다란 처형대 옆에 자리를 잡고 서 있었다. 그곳은 목사의 설교가 들려올 만큼 가까운 거리였지만 다양하게 변하는 목사의 특이한 목소리 때문에 명확하지 않게 중얼중얼 들려올 뿐이었다.

목사의 음성은 그 자체가 하나의 축복이었다. 청중들이 설교의 뜻을 이해하지 못하더라도 그 음성의 억양과 울림만 갖고도 감동하여 몸이 떨릴 지경이었다. 다른 모든 음악이나 매한가지로 그의 음성은 교육 여하를 막론한 모든 인간의 심금을 울리는 공통적인 언어로 열정과 애처로움과 고상한 감정과 부드러운 감정을 내뿜었다. 그 소리는 교회당의 벽을 뚫고 나오느라 분명치가 않았다. 그래서 그녀가 주의를 기울여 듣고 공감하였기 때문에 그의 설교는 그녀에게 의미심장한 것이었다. 오히려 그의 설교가 분명히 들렸더라면 불순한 매체가 되어서 정신적인 의미를 가로막았을지도 모른다. 그녀에게 들리는 것은 바람이 차츰 잦아들 때와 같은 나지막한 목소리였다. 이윽고 그 소리는 감미로움과 박력을 더해 가며 위로 위로 올라가더니 마침내는 그 풍부한 음량이 두렵고 엄숙하고 웅장한 분위기로 그녀를 감싸주었다. 그 목소리는 때론 위엄 있게 울렸으나 본바탕이 나약함은 영원히 감출 수 없었다. 고통을 표현하는 크고 낮은 목소리와, 번민하는 인간성의 표현이라고 할 수 있는 속삭이는 소리와, 비명 같은 소리는 뭇사람의 심금을 울렸다. 때로는 깊고 애절한 소리만 들리고 적막한 고요 속에서 한숨짓는 소리는 안 들렸다. 그러나 목사의 음성이 높아지고 당당해질 때에도, 그 음성이 억제할 수 없을 정도로 위로 치솟아 교회당을 울리고 그 벽을 뚫고 밖으로 나가 대기 속에 퍼지려는 듯이 힘차고 폭넓어질 때에도, 주의해서 유심히 들어 보면 그 역시 똑같은 번뇌의 외침임을 의식할 수 있었다.

과연 그것은 무엇이었을까? 인류의 위대한 마음을 향해서 한낱 비밀을 호소하는 한 인간의 불평, 그것이 슬픔이든 죄이든 순간순간마다 억양을 달리하여 동정과 용서를 구하는 부르짖음은 결코 헛되지 않았다. 목사에게 가장 적합한 힘을 부여한 것은 이 깊고도 끈기 있는 저음이었다.

설교 내내 헤스터는 동상처럼 처형대 밑에 서 있었다. 목사의 목소리가 그녀를 그곳에 못박은 것이 아니라 할지라도 그녀의 치욕스런 나날의 첫 시작을 기록하게 되었던 그 장소에 피할 길 없는 마력 같은 게 있었는지도 모른다.

그녀의 마음속에 무엇인가 느껴지는 게 있었다. 그 느낌이 생각이라고 할 수는 없었지만 계속해서 무겁게 그녀의 마음을 짓누르고 있었다. 그것은 지금까지도 그랬다. 앞으로 그녀의 생활에 일관성을 부여하는 것처럼 이 장소와 관련을 맺고 있는 게 아닌가 하는 느낌이었다.

한편, 그동안 펄은 어머니의 곁을 떠나 광장을 누비며 제멋대로 뛰놀고 있었다. 그애는 그 묘하게 눈부신 빛깔로 음침한 군중들을 명랑하게 만들었다. 마치 아름다운 깃털을 가진 새가 우거진 나뭇잎의 어둠침침한 그늘 속에서 들락날락 요리조리 날아다니며 컴컴한 나무를 밝혀 주고 있는 것 같았다. 물결이 넘실대듯, 때로는 날카롭게 아무렇게나 움직이는 모습은 펄의 정신이 약동하고 있음을 말해 주는 것이었다. 펄의 마음은 어머니의 불안한 마음 위에서 움직이고 함께 진동하기 때문에 발돋움을 하고 뛰어놀아도 여느 때보다 지칠 줄을 몰랐다. 펄은 호기심을 자극하는 것이 보이는 족족 언제나 그리로 달려가서 사람이든 물건이든 탐나는 것을 자기의 것인 양 움켜잡았다. 그애는 도무지 자기의 동작을 억제하는 일이라곤 전혀 없었다.

청교도들은 그런 펄을 보고 미소를 지었다가도 그 조그만 몸에서 환하게 빛나는 형용할 수 없이 매력적인 아름다움과 기운에 찬 몸놀

림으로 반짝거리는 모습을 보면서 펄을 악마가 점지해 준 아이라고 말하는 것이었다. 펄이 달려가서 인디언의 야만스런 얼굴을 쳐다보노라면, 그 인디언은 자기보다 훨씬 더 야만스런 인간이 눈앞에 있음을 깨달았다. 또한 선천적인 대담성을 타고났으면서도 한편으로는 조심스러운 펄은 뱃사람들이 모여 있는 무리 속으로 뛰어들었다. 인디언들이 육지의 야만인이라면 시커먼 얼굴의 뱃사람들은 바다의 야만인들이었다. 그들은 펄을 경탄스럽게 바라보았다. 마치 바다의 물거품이 밤바다의 뱃머리 밑에서 반짝이는 도깨비불의 넋을 받아 소녀의 형상으로 나타난 것을 보고 있는 듯했다.

이 바닷사람들 중의 한 사람으로서, 아까 헤스터 프린과 이야기를 나눈 바 있던 선장이 펄의 모습에 적잖이 매혹되어 살짝 입을 맞춰 줄 생각으로 펄을 붙잡으려 하였다. 그러나 그애를 잡는 것이 하늘을 나는 불새를 잡는 것만큼이나 어렵다는 것을 깨닫고, 자기 모자에 감겨져 있던 금줄을 풀어 펄에게 던졌다. 펄은 그것을 목과 허리 둘레에 마구 휘감았다. 그 솜씨가 너무나 능란해서 금줄이 마치 그애의 몸의 일부가 되어 버린 듯 느껴졌으며, 그것을 두르지 않은 그애의 모습을 상상하기조차 힘들게 했다.

"저쪽에 주홍글씨를 달고 있는 사람이 네 엄마지?" 하고 선장이 말했다.

"엄마한테 가서 내 말 좀 전해 주겠니?"

"제 맘에 드는 말이면 전해 드리죠." 하고 펄은 대답했다.

"그럼 이렇게 말해다오."

선장은 펄에게서 시선을 떼지 않은 채 말했다.

"내가 얼굴이 검고 어깨가 구부정한 그 의사랑 다시 얘기했는데, 그 의사가 엄마가 잘 알고 있는 신사를 데리고 배를 타겠다고 하더구나. 그러니까 엄마는 너와 엄마 걱정만 하면 된다고 말이야. 알겠니? 요 꼬마 마녀야!"

그러자 짓궂은 미소를 지으며 펄이 외쳤다.

"히빈즈 할머니가 그러는데 우리 아버지는 공기의 왕자래요."

펄은 짓궂게 웃으며 큰 소리로 말하였다.

"나를 그런 나쁜 이름으로 부르면 우리 아버지한테 일러바치겠어. 그러면 아저씨 배 같은 건 폭풍우로 휩쓸어 버리고 말 거야."

펄은 광장을 이리저리 헤치며 가로질러 어머니에게 돌아와 선장의 말을 전했다.

피할 길 없는 운명의 암담하고 냉혹한 얼굴을 정면으로 보자, 헤스터의 강하고 침착하고 꿋꿋하던 인내력도 거의 다 꺾였다. 그녀는 목사와 함께 비참하기만 한 미로에서 벗어나 마침내 탈출의 순간이 다가왔다고 생각하였건만, 운명은 잔인한 미소를 띠며 그들의 앞길을 가로막고 서 있었던 것이다.

선장의 전갈로 말미암아 헤스터가 무서운 난관 속에서 상심하고 있을 때, 또 하나의 시련이 겹쳐졌다. 여러 지방에서 모여든 사람들은 주홍글씨에 대한 소문으로 그 글씨가 굉장히 무서운 것이라고 생각하면서도 직접 실물을 확인하지는 못했던 터였다. 이들은 또 축제에도 싫증이 나자 뻔뻔스럽게도 헤스터 프린의 주위로 몰려들기 시작했다. 이들은 무례하긴 했으나 그녀 주위의 수 미터 안으로는 다가서질 못했다. 그것은 주홍글씨가 그들의 마음속에 일으킨 혐오라는 원심력 때문에 그 이상 접근하지를 못하는 것이었다. 뱃사람들역시 사람들이 새까맣게 몰려드는 것을 보고 주홍글씨의 의미를 알았음인지 구경꾼들 너머로 햇볕에 그을은 얼굴을 삐죽 내밀었다. 인디언들도 백인들의 싸늘한 호기심이 뿜어내는 분위기에 압도되어 군중들 속을 헤치고 들어와서는 뱀같이 까만 눈으로 헤스터의 가슴을 뚫어지게 쳐다보았다. 어쩌면 휘황찬란하게 수놓은 표시를 단 이 여인이 백인들 사이에서 높은 지위를 차지하고 있는 모양이라고 생각하는지도 몰랐다. 나중에는 이 고장 사람들(다른 사람들이 흥미를 느끼는 것을 보고는 자기들도 잃어버린 호기심을 다시 붙잡으려는 듯이)까지도 어슬렁어슬렁 다가와서는 헤스터 프린을 괴롭혔다. 이 치욕의 표시에 꽂히는 마을 사람들의 차디찬 시선은 그 자리에 있던 다른 어떤 사람들의 시선보다도 더 헤스터 프린을 괴롭혔다. 헤스터는 7년 전 감옥에서 나올 때 받았던 치욕의 시선이 지금 다시 반복되고 있음을 느꼈다. 다만 그중 한 사람만이 보이지 않았는데, 그녀는 누구보다도 젊었었고 오직 혼자서만 헤스터를 가엾이 여겨 준 여인이었다. 헤스터는 언젠가 그 여자의 수의를 손수 지어 준 일이 있었다. 헤스터가 얼마 후면 떼어 버리기로 작정했던 이 눈부신 주홍글씨는 마지막 순간에 이르러 그 표시를 달게 된 후 그 어느 때보다도 더 사람들의 주목과 흥분의 대상이 되어 그녀의 가슴을 아프게 했다.

헤스터가 치욕의 마술적인 원—그녀에게 내려진 교활하고 잔인한 선교로 인해 고정된 그 원—안에 서 있는 동안, 거룩한 설교자는 성스런 강단에서 깊은 마음을 자기에게 바치고 있는 청중들을 내려다보고 있었다. 교회당에 선 성직자 같은 목사와 광장에 선 주홍글씨의 여인, 이 두 사람의 가슴 위에 똑같이 치욕의 낙인이 불타고 있음을 감히 어느 누가 상상이나 할 수 있었을까!

드러난 주홍글씨

듣는 사람들의 영혼을 부풀어 오르는 바다의 파도에 띄운 듯이 둥둥 떠오르게 한 그 유창한 목소리가 잠시 중단되었다. 그 순간만큼은 하늘의 신탁이 있은 뒤처럼 고요하고 엄숙해졌다. 그러더니 나지막한 속삭임이 들리고 이내 주위가 술렁거렸다. 마치 강한 주술에라도 걸린 듯 다른 사람의 정신 속으로 이끌려 들어갔던 청중들이 이제 막 주술에서 깨어나 두려움과 놀라움에 차서 제정신으로 돌아오는 중인 듯 보였다.

이윽고 그들은 교회당 밖으로 밀려 나오기 시작했다. 설교도 끝난 뒤라 사람들은 목사가 불같은 말로 변화시키고 자기의 사상으로 색칠하였던 분위기에서 벗어나 험한 세상살이로 되돌아온 자신들의 생을 맞이하기 위해 심호흡을 하지 않으면 안 되었다.

밖으로 나오자, 황홀했던 기분들은 말이 되어 쏟아져 나오기 시작했다. 온 거리와 광장은 목사에 대한 칭송으로 인해 왁자지껄했다. 사람들은 들은 것 이상으로 서로 알고 있는 것에 대해 얘기하지 않고는 직성이 풀리지 않았다. 그들의 말을 종합해 본다면, 이날 설교한 딤즈데일 목사만큼 현명하고 고상하고 성스러운 정신으로 설교한 사람은 여태껏 못 보았다는 것이며, 인간의 입을 빌려 나타난 하나님의 계시치고 이 목사의 입을 통한 것처럼 명백하게 나타난 적은 일찍이 없었다는 것이다. 성령이 정말 목사에게로 내려와서 그를 사로잡고, 그의 앞에 놓여 있는 설교문으로부터 그를 떼어놓고 청중도 자신도 황홀하게 만든 놀라운 생각을 그에게 불어넣어 주는 것이 그들의 눈에 뚜렷이 보였다는 것이다.

그의 설교 제목은 신과 인간 사회와의 관계에 대한 것이었으며, 당시 황야에 정착하고 있던 뉴잉글랜드 사람들에 대하여 특별히 언급하였다. 그의 설교가 끝날 무렵에는 예언자의 정신이 그에게 강림하여 고대 이스라엘의 예언자들처럼 어떤 강한 힘에 의해 그 예언의 목적에 복종하고 있는 것 같아 보였다. 한 가지 다른 점이 있다면 이스라엘의 예언자들은 그 나라에 대한 하나님의 심판과 멸망을 예언하였으나, 목사는 새로 모여든 주님의 백성들에게 영광된 미래가 있음을 예언해 준 것이었다. 그러나 그의 설교는 시종일관 어떤 심오하고 애잔한 비탄의 소리가 낮게 흐르고 있었으니, 그것은 이제 조금 있으면 이 세상을 떠날 사람의 입에서 자연스레 흘러나오는 비탄의 소리라고 해석되어야 할 것이다. 그렇다! 그들은 목사를 그토록 사랑했고, 목사도 그들을 무한히 사랑했으므로 승천할 때엔 슬픈 한숨을 짓지 않을 수가 없었다. 목사는 자기 앞에 다가오는 죽음을 미리 느끼고 있었다. 그는 그들을 슬픈 눈물 속에 남겨 둔 채 혼자서 이 세상과 이별을 하게 될 것이다. 그가 이 지상에서 더 이상 오래 머물지 못할 것이라는 생각이 목사의 설교에 힘을 더욱 불어넣어 주었으리라. 그것은 마치 천사가 하늘나라로 날아가는 도중에 사람들의 머리 위에서 반짝거리는 날개를 퍼덕여 눈부신 광채를 주듯, 목사 역시 황금빛 진리의 비를 사람들 머리 위로 뿌리는 것 같았다.

이리하여 딤즈데일 목사에게는 전에도 없었고 후에도 없을 찬란하고도 승리에 가득 찬 인생의 획기적인 시기—먼 훗날에 가서야 겨우 깨닫는 뭇사람들의 경우와 마찬가지로—가 마침내 다가왔다. 이 순간이야말로 목사는 인생의 절정기에 서 있었다. 목사라는 직업만으로도 높은 지위를 누릴 수 있었던 초창기의 뉴잉글랜드에서 목사는 타고난 재능과 풍부한 학문, 사람들을 감동시키는 웅변과 순결한 평판으로 도달하고도 남음이 있는 봉우리였던 것이다. 취임 축하 예배에서 설교를 마친 목사가 강단 위 등받이에 기대어 머리를 숙였을 때의 순간이야말로 목사가 이와 같은 지위에 서던 순간이었다. 하지만 그 순간에도 헤스터 프린은 타오르는 주홍글씨를 가슴에 붙인 채 처형대 옆에 서 있어야 했다.

다시금 요란하게 음악이 연주되고, 교회당 앞을 지나는 의장대의 발자국 소리가 질서정연하게 울려 나왔다. 행렬은 이제부터 공회당으로 향하여 그곳에서 장엄한 만찬회를 끝으로 이날의 행사를 마칠 것이었다.

그리하여 점잖은 백발의 원로들이 모여 선 군중들 사이를 통과하는 것을 한 번 더 보게 되었다. 총독을 비롯한 관리들과 어진 늙은이들과 성스러운 목사들, 저명 인사들이 군중들 사이로 나아갈 때 그들은 공손한 마음으로 좌우로 물러섰다. 그들이 광장에 다다랐을 때 군중들은 환호성으로 그들을 반겼다. 그 환호성은 이 시대의 사람들이 통치자들에게 바치는 천진스런 충성심으로 인해 힘차게 울리기도 했지만, 한편으로는 아직도 귀에 쟁쟁한 목사의 설교가 청중들의 마음에 불을 당겨 억제할 수 없는 그들의 열정이 저절로 터져 나온 것이기도 했다. 모두가 그런 충동을 자신의 마음속에서 느꼈으며, 동시에 옆사람에게서도 똑같은 충동을 느꼈다.

교회당 안에서 억제되었던 충동이 밖으로 나오자 하늘의 정점까지 찌를 듯한 환호성이 되어 터져 나왔던 것이다. 이렇듯 수많은 사람들의 함성 소리는 질풍이나 우레 소리 또는 사나운 바다의 포효 소리보다도 더한 인상적인 음향을 만들어냈다. 동일한 감동으로 충만한 가운데 그들의 여러 목소리는 한 목소리가 되어 울려 퍼졌고, 그 목소리는 또한 그들의 마음을 완전히 일체되게 만들었다.

뉴잉글랜드 땅에서 일찍이 이런 환호성이 일어난 적은 없었다. 뉴잉글랜드 땅에서 이 목사만큼 뭇사람들의 존경을 한몸에 받은 사람도 없었다.

그런데 이 순간 목사 자신은 어떠했던가? 눈부신 후광이 그의 머리 둘레를 감싸지는 않았을까? 정신적으로 승화되어 영묘해지고 수

많은 숭배자들로 인해 신격화된 그 목사. 목사의 발은 과연 지상의 먼지를 밟고 서 있었던가?

군인들과 고관대작들이 행진해 올 때 모든 시선은 대열 속에 끼어 다가오는 목사를 향하고 있었다. 군중들은 그의 모습을 발견하게 되면서 수군거림을 멈추었고, 환호성은 속삭임으로 변했다. 영광의 절정에 서 있던 목사가 어찌하여 저토록 나약하고 창백해 보이는가? 그의 힘은, 성스러운 메시지를 전달하던 그 힘, 아니 그때까지 그의 육신의 힘을 지탱하도록 떠받쳐 주던 영감은 이제 그 임무를 충실히 수행하고는 소진돼 버린 것인가! 조금 전까지도 그의 얼굴을 발그레하게 물들이고 있던 홍조는 애처롭게 꺼져 가는 불씨처럼 잿더미로 변해 있었다. 혈색 없는 파리한 그의 얼굴은 도무지 살아 있는 사람 같지가 않았다. 맥없이 길 위로 쓰러질 듯 비틀거리며 걷고 있는 그의 모습은 몸 속에 생명을 가진 사람이라고 보기 어려웠다.

그의 동료 목사 중 한 사람인 존 월슨 목사는, 이 지성과 감각의 물결이 가신 뒤의 딤즈데일 목사의 모습을 보고 당황하여 그를 부축하고자 곁으로 다가섰다. 그러나 딤즈데일 목사는 떨면서도 이 늙은 목사의 팔을 매몰차게 뿌리쳤다. 그는 여전히 앞으로 걸어가고 있었다. 그런 그의 동작은 걷고 있다고 표현할 수는 있을지 모르지만, 마치 어린아이가 걸음마를 배우면서 팔을 벌리고 기다리는 엄마를 향해 비틀비틀 걸어가는 모습과 똑같았다. 그리하여 나중엔 어떻게 걷는지도 모르게 나아가서 마침내 꿈에도 잊지 못할 처형대 앞에 가섰다. 모진 비바람에 낡아 버린 이 처형대는 오래전에 헤스터가 세상 사람들의 치욕스런 응시를 한몸에 받았던 곳이다. 지금 그 앞에 헤스터가 펄의 손을 잡고 서 있었다. 그녀의 가슴에 달린 주홍글씨는 여전히 빛나고 있었다. 이윽고 목사는 걸음을 멈추었다. 악대는 계속해서 웅장하고 경쾌한 음악을 연주하고 있었으며, 군중들은 행렬을 지어 발맞추어 전진하고 있었다. 음악 소리는 목사에게 계속 앞으로 나아가도록 재촉하는 듯했으나, 목사는 그 자리에 그대로 멈춰 서 있었다.

얼마 전부터 걱정스러운 표정으로 목사를 지켜보고 있던 벨링검 총독은 이윽고 행렬을 떠나 그를 부축하려고 했다. 딤즈데일 목사의 상태가 부축을 해 주지 않고서는 금세 쓰러질 것 같아 보였기 때문이다. 총독은 마음과 마음이 통하는 막연한 암시 따위로 쉽게 움직이는 사람은 아니었으나, 목사의 표정에는 총독을 나서지 못하게 하는 무엇인가가 있었다. 그동안 군중들은 두렵고 놀란 마음으로 그들을 바라보고 있었다. 그들은 목사가 지상에서 이토록 쇠약해진다는 것은 곧 하늘나라에서의 정신적인 힘이 그만큼 강해짐을 의미하는 하나의 증거라고 생각했다. 즉 그들의 눈앞에서 목사가 승천하여 마침내 하늘의 빛 속으로 스며들어 버린다 해도 그가 거룩한 사람이었기에 그다지 신기한 기적이라고 여기지는 않았을 것이다.

목사는 처형대 쪽을 향해 두 팔을 벌렸다.

"헤스터!" 하고 그가 외쳤다.

"헤스터, 이리 오시오. 나의 귀여운 펄도 이리 오렴."

두 모녀를 바라보는 목사의 표정은 처참하면서도 어딘지 모르게 부드러웠고, 이상할 정도로 승리의 빛이 감돌고 있었다. 펄은 타고난 성격대로 새처럼 민첩하게 목사에게로 달려가 그의 무릎을 쓸어안았다. 헤스터 프린 역시 거부할 수 없는 운명에 이끌리듯 천천히 다가갔으나 목사의 몇 발자국 앞에서 멈춰 섰다. 그것은 헤스터의 강한 의지의 결과였다. 바로 이때 노의사 로저 칠링워드가 목사의 다음 행동을 간파하고는 그를 제지하고자 군중 속에서 뛰쳐나왔다. 그의 얼굴은 마치 지옥에서 튀어나온 듯 아주 검고 흉측한 모습이었다. 노인은 뛰쳐나오자마자 목사의 팔을 낚아챘다.

"그만둬요, 당신 미치지 않았소? 대체 어쩌려고 이러는 거요?"

노인은 나직한 목소리로 말했다.

"저 여자를 쫓아 버리시오. 그애도 떨쳐 버리고! 그러면 모든 일은 다 잘될 거요. 명예를 더럽히지 말아요. 불명예스럽게 죽지는 말아야지. 나는 당신을 구해 줄 수 있소. 그런데도 거룩한 성직을 더럽히겠다는 거요?"

"오, 악마 같은 사람! 그러나 이미 때는 늦었어!"

목사는 공포에 질린 듯, 그러나 단호히 노인의 눈을 쏘아보며 외쳤다.

"당신의 힘도 이젠 전과는 달라. 마침내 하나님께서 내게 당신의 손아귀로부터 벗어나도록 해 주셨소!"

목사는 다시금 주홍글씨의 여인에게 부르짖었다.

"헤스터 프린!"

그는 가슴 깊이 찌르는 듯한 간절한 목소리로 외쳤다.

"무거운 죄와 번민으로 인해 7년 동안이나 하지 못하고 있던 일을 이제야 할 수 있도록 은혜를 베풀어 주신 두렵고도 자비로우신 하나님의 이름으로 이르나니, 자, 이리 와서 당신의 두 팔로 나를 힘껏 껴안아 주시오. 헤스터, 당신의 힘을 주시오. 그 힘을 하나님께서 내게 허락하신 의지대로 따르게 해 주오! 이 비열하고 사악한 노인이 있는 힘을 다해 그것을 반대하고 있소. 자신의 힘에다 악마의 힘까지 합쳐서 말이오. 자, 헤스터, 어서 이리 와요! 나를 부축해서 저 처형대 위로 오르게 도와 주시오!"

군중들은 웅성거렸다. 목사에 가까이 서 있던 고관대작들은 눈앞에 벌어진 사건에 깜짝 놀라 무슨 영문인지를 몰라하며 — 이미 밝혀진 목사의 설명이 사실이건만 어떻게도 받아들일 수가 없어서 — 하나님이 행하시려는 심판을 그저 말없이 지켜볼 뿐이었다.

사람들은 헤스터가 두 팔로 목사를 부축해서 목사로 하여금 그녀의 어깨에 의지하도록 한 채 처형대 계단을 올라가는 것을 바라보았다. 그동안에도 목사는 불의에 의해 태어난 펄의 작은 손을 꼭 붙잡고 있었다. 늙은 로저 칠링워드도 마침내 이 세 사람이 모두 주연으로 등장하는 죄악과 비애로 가득 찬 연극에 밀접한 관계가 있어서 이 연극의 마지막 장면에 등장할 자격이 있다는 듯 그들의 뒤를 따르고 있었다.

노인은 험악한 눈길로 목사를 노려보며 말했다.

"당신이 온 세상을 다 찾아 헤맨다 해도 내게서 도망칠 비밀스런 장소를 찾을 순 없었을 거요. 하늘과 땅을 모두 뒤져도 이 처형대밖엔 없었을 거요!"

"나를 이리로 이끌어 주신 하나님께 감사드릴 뿐이오."

목사는 다만 이렇게 대답할 뿐이었다.

그러나 그는 떨고 있었다. 입가에 어렴풋이 미소를 띠고 있었지만 그의 눈동자엔 감출 수 없는 의혹과 불안의 빛이 역력했다. 그는 헤스터를 향하여 속삭였다.

"이러는 편이 더 낫지 않을까? 우리가 숲 속에서 계획했던 것보다 말이오."

"모르겠어요. 전 몰라요!"

그녀는 떨리는 목소리로 황급히 대답했다.

"더 낫지 않냐고요? 그래요. 우리는 이렇게 함께 죽겠지요. 펄도 함께요."

"당신과 펄은 하나님께서 명하시는 대로 해요."

목사는 말했다.

"하나님은 자비로우시오. 이제 내게 분명히 보여 주신 뜻대로 실행하겠소! 헤스터, 나는 지금 죽어가고 있소. 그러니 내가 마땅히 받아야 할 치욕을 빨리 받을 수 있도록 해 주오."

헤스터 프린에게 몸을 의지하고 펄의 손을 꼭 잡은 채 딤즈데일 목사는 위엄 있는 관리들과 목사와 군중들에게로 얼굴을 돌렸다. 군중들은 바야흐로 죄로 가득 찼지만 번뇌와 참회로 가득 찬 인생의 일대 사건이 눈앞에서 전개되려는 것을 알아차리고 몹시 놀라는 한편으로 눈물겨운 동정심을 보여 주었다. 정오의 태양은 목사를 내리쬐어, 하늘의 심판대에서 자기의 죄악을 고백하려고 대지 위에 서 있는 목사의 모습을 뚜렷이 돋보이게 해 주고 있었다.

"뉴잉글랜드의 주민 여러분!"

그는 외쳤다. 엄숙하고 장엄한 목소리는 군중들의 머리 위로 높이 울려 퍼졌다. 그 목소리는 계속 떨리고 있었으나 이따금 깊은 참회와 두려움 속에서 몸부림치며 나오는 절규처럼 들렸다.

"저를 아껴 주시었고, 저를 성스럽다고 생각해 주시던 여러분! 여기 서 있는 저를 똑똑히 보십시오. 저는 세상에 둘도 없는 죄인입니다. 저는 마침내 7년 전에 섰어야 할 이 자리에 섰습니다. 이 여인의 강한 팔은 저를 쓰러지지 않도록 부축해 주고 있습니다. 여러분, 보십시오! 헤스터가 달고 있는 이 주홍글씨를! 여러분은 누구나 이것을 보고 몸서리쳤습니다. 이 여인이 어디를 가더라도, 이토록 비참한 멍에를 짊어진 그녀가 마음의 안식처를 찾아 헤맬 때, 이 주홍글씨는 그녀의 주변에서 무서운 공포와 두려움과 혐오감을 던졌습니다. 그러나 여러분은 또 한 사람의 죄악과 치욕의 낙인에는 몸서리치는 일이 없었습니다."

목사는 여기까지 말하고서는 기운이 쇠진해 그 이상의 비밀은 밝힐 수 있을 것 같지 않았다. 그러나 자기를 굴복시키려는 육신의 쇠약함을 물리치면서 마음의 쇠약함도 이겨내고 있었다. 그리고 부축하려는 사람들의 손을 뿌리치고 두 모녀 앞으로 다가섰다.

"그 낙인은 그 사내에게도 찍혀져 있었습니다!"

목사는 단호한 어조로 말했다. 그는 모든 것을 남김없이 밝히리라 결심하고 있었던 것이다.

"하나님께서는 그것을 보고 계셨습니다. 천사들도 늘 그 낙인에 손가락질을 해 왔습니다. 악마들도 알고 있었습니다. 그래서 그것을 손가락으로 건드려 고통을 주었습니다. 그러나 그 사람은 세상의 눈을 피해 교묘하게 감추고는 죄 많은 세상에서 자기만이 순결하여 괴롭다는 듯이, 또는 천국의 형제들과 헤어져 있어서 외롭다는 듯이 슬픈 표정을 지으며 여러분 사이를 걸어 다녔습니다. 이제 죽음을 앞두고 그 남자가 여러분 앞에 섰습니다! 그는 간청합니다. 여러분께서 헤스터의 주홍글씨를 다시 한 번 봐달라고요! 헤스터의 주홍글씨가 아무리 불가사의하고 무서운 것이라 해도 그 남자의 가슴에 찍힌 낙인에 비하면 그림자에 불과하며, 그 남자의 낙인 또한 깊은 가슴속을 불태우는 상징에 불과한 것입니다. 죄에 대한 하나님의 심판을 믿지 않는 분이 여기에 계십니까? 보십시오! 그 무서운 증거가 여기 이렇게 있습니다!"

목사는 미친 듯이 가슴에 붙은 목사용의 띠를 잡아떼었다. 이윽고 표적은 나타났다. 그러나 그것을 여기에서 설명하기란 불경스러운 일이 아닐 수 없다. 공포에 질린 사람들의 시선은 모두 그 무서운 기적 위에 집중되었다. 그사이 목사는 격심한 고통의 절정에서 마침내 승리를 빛내며 서 있었으나 다음 순간 처형대 위에 힘없이 쓰러져 버렸다. 헤스터는 목사를 반쯤 일으켜 자기 가슴에다 그의 머리를 받치었다. 로저 칠링워드 노인은 자신의 몸에서 생명이 빠져나간 듯 멍청한 표정으로 목사 옆에서 무릎을 꿇고 있었다.

"기어이 내게서 도망쳐 버렸군!"

그는 몇 번이나 되풀이하여 말했다.

"기어이 내게서 벗어나 버리고 말았어!"

"하나님, 이자의 죄를 용서하소서!" 하고 목사는 말했다.

"당신도 많은 죄를 지었소!"

목사는 죽음이 깃든 시선을 노인에게서 돌려 헤스터와 펄을 바라보았다.

"오, 펄! 내 귀여운 아이." 하고 그는 힘없이 말했다. 영혼이 깊은 잠에 빠져들듯 그의 얼굴에는 부드럽고 평화로운 미소가 어렸다. 지금까지 비밀로 부쳐져 온 무거운 죄악의 멍에를 벗어 놓게 된 그는 마치 이 어린아이와 장난이라도 칠 수 있을 것처럼 보였다.

"펄, 착하지, 이젠 내게 키스해 주겠니? 그때 숲 속에선 거절했었지만 이젠 해 주겠지?"

펄은 그의 입술에 입을 맞추었다. 주문은 풀어졌다. 이 야성적인 어린아이가 맡아야 했던 슬픈 연극의 위대한 장면은 어린 펄의 인간적인 동정심을 불러일으켰다. 뒤미처 아버지의 뺨 위에 떨어진 펄의 눈물은 이 아이가 인간의 기쁨과 슬픔 가운데서 자라나 앞으로 다시는 세상 사람과 다투지 않으며 어엿한 여인으로 자라겠다는 하나의 맹세였다. 그리고 어머니에게 고통을 주는 역으로서의 펄의 임무도 마침내 끝이 난 것이다.

"헤스터!"

목사의 눈에 뿌연 안개가 어리기 시작했다.

"잘 있어요!"

목사가 말했다.

"이제 다시는 만날 수 없는 건가요?"

헤스터는 허리를 굽혀 얼굴을 목사의 얼굴 위에 갖다대며 속삭였다.

"우리가 함께 영원한 삶을 누릴 수는 없겠지요? 우리는 이 모든 고통으로써 우리의 죗값을 치렀어요. 당신은 그 빛나는 임종의 눈으로 멀리 영원의 세계를 보고 계시는군요? 무엇이 보이나요? 당신이 보고 계신 것을 말씀해 주세요!"

"쉬! 조용히 해요, 헤스터!"

목사는 떨리는 목소리로 엄숙하게 말했다.

"우리가 어긴 법이 보이오! 우리가 범한 무서운 죄도. 이 사실을 당신은 잊지 마시오! 아, 나는 두렵소. 우리들이 하나님을 잊어버리고 서로의 영혼에 대한 존경심을 저버렸을 때, 우리는 이미 저 세상에서 만나 순결하고 영원한 결합을 하리라는 희망을 잃었나 보오. 하나님은 모든 것을 알고 계시오. 또한 그분은 자비로운 마음을 지니셨소. 특히 내가 괴로울 때 자비를 베풀어 주셨소. 나에게 화형처럼 괴로운 고통을 가슴에 달고 다니게 하신 것도 그러하오. 또 저 사악하고 무서운 늙은이를 보내어 나에게 계속해서 고통을 주신 것도 그러하오. 그리고 마침내는 나를 이리로 데려와서 승리한 사람으로서의 죽음을 맞을 수 있게 해 주셨소. 만일 이중의 어느 한 가지라도 빠졌더라면 나는 영원히 파멸해 버렸을 것이오. 하나님의 이름을 찬

양하고, 하나님의 뜻이 이루어질지어다! 그럼 잘 있으시오!"

이 마지막 한마디를 끝으로 목사의 숨은 끊어졌다. 그때까지 침묵
으로 일관하던 군중들은 놀라움과 두려움에서 우러나오는, 이상하리
만치 깊고 나직한 신음을 터뜨렸다. 그들은 이렇듯 두렵고 놀라운
감정을 표현하기에 적당한 말을 찾지 못했다. 오직 이 세상을 떠난
그의 영혼을 따라 무겁게 휘감아 도는 웅성거림밖에는.

에필로그

앞서 말한 사건에 대하여 사람들이 자기들의 생각을 정리할 만한 시간이 흐른 여러 날 뒤에는 처형대 위에서 일어났던 일에 대한 설명이 여러 가지로 나타났다.

이 불행한 목사의 가슴팍에 찍혀 있던 낙인, 즉 헤스터 프린이 가슴에 달았던 것과 똑같은 주홍글씨의 기원에 대해선 사람들마다 설명이 제각각이었으나 결국은 그 모두가 상상에 불과하였다.

어떤 사람은 헤스터 프린이 처음으로 치욕의 표시를 달았던 그날에 딤즈데일 목사는 자기 몸에 끔찍스런 고통을 가함으로써 참회를 시작하였고, 그 후로도 여러 가지 사소한 방법으로 속죄를 계속하였다고 주장하였다. 또 어떤 사람은 그 낙인이 나타난 것은 오랜 뒤의 일로서 뛰어난 마술사인 로저 칠링워드 노인이 마술과 약물의 힘을 빌려 그것이 밖으로 나타나도록 한 것이라고도 했다. 그리고 목사가 특이한 감수성을 지니고 있고 그의 정신이 육체에 무한한 영향을 미친다는 사실을 누구보다 잘 이해하고 있는 사람들은 그 끔찍한 낙인을 끊임없이 움직이는 참회라는 이빨이 낸 자국이라고 소신을 밝혔다. 그 이빨은 가슴속 깊은 곳에서 밖을 향해 살을 좀먹으며 나와 마침내 주홍글씨로 나타남으로써 하나님의 무서운 심판을 증명하였노라는 것이었다.

어느 설명을 택하는가는 독자들의 마음에 달려 있다. 그 일에 대해서 우리가 밝힐 것은 다 밝힌 셈이니까. 우리가 너무 골똘히 생각하여 뇌리에 판 박은 듯 강해진 인상을 이제는 지워 버리는 것이 좋겠다.

그런데 이상한 것은 그 장면을 끝까지 목격하였고 목격하는 동안 잠시도 시선을 딤즈데일 목사로부터 돌리지 않았다고 주장하는 사람들이 말하길, 갓난아이의 가슴에 아무런 표시도 없듯이 목사의 가슴에도 아무런 표시가 없었다는 것이다.

또 그들이 전하는 말에 의하면, 목사가 임종시에 한 말은 헤스터 프린에게 그토록 오랫동안 주홍글씨를 달게 하였던 죄와 목사 사이에는 아무런 관계도 없었을 뿐더러 그런 암시조차 비추어 본 적이 없었다는 것이다. 만인의 존경을 한몸에 받고 있던 목사는 자기의 임종이 다가왔음을 깨닫고, 또 사람들의 존경이 지나쳐 자기가 타락한 여자의 품에 안겨 숨을 거둠으로써 인간의 정의라는 것이 제아무리 훌륭하더라도 사실 별것이 아니라는 교훈을 보여 주고자 하였다는 것이다.

인간의 정신적인 선을 위해 일생을 바치고 난 그는 자기의 죽음을 하나의 우화로 삼아, 무한의 순결이라는 견지에서 볼 때 우리는 모두가 똑같은 죄인이라는 위대하고도 슬픈 교훈을 자신의 찬양자들의 뇌리 속에 심어 주고 싶었다는 것이다. 우리들 중에 아주 거룩한 자가 있었다고 하여도 그것은 그로 하여금 하나님의 자비를 좀더 잘 깨닫게 하려고 그를 동료보다 높은 경지에 이르게 함이요, 항상 커보이는 인간의 공이 사실은 환상에 불과하다는 것을 그로 하여금 좀더 잘 깨닫게 하려 함이었다는 것이다.

우리는 이 이야기의 사실 여부에 대하여 더 이상 왈가왈부할 필요는 없다. 딤즈데일 목사에 대한 이런 이야기는 죽은 그를 감싸주려는 동료 목사들의 우정 어린 변명으로 보고 용서해 주기로 하자. 또한 그의 이야기를 고집불통의 충성심을 주제로 하는 한낱 이야기에 불과한 것으로 돌리자. 그 고집불통의 충성심이란 한 사람의 친구를, 특히 한 목사의 친구들이 주홍글씨와 같은 뚜렷한 증거로 말미암아 목사는 거짓되고 죄에 물든 티끌 같은 인생임이 드러났는데도 불구하고 계속하여 목사의 인격을 높이 보려고 하는 그런 종류의 충성심을 말한다.

우리가 지금까지 더듬어 온 이야기의 근거 ─ 즉 헤스터 프린을 직접 아는 사람들과 그 당시의 증인으로부터 이야기를 들은 사람들의 증언을 수록한 옛 문헌 ─ 는 앞장에서 얘기한 견해가 전적으로 옳다는 것을 확인하였다. 가엾은 목사의 경험이 우리에게 깊은 감명

을 주는 도덕적인 교훈 가운데서 한마디 말을 적어 본다면 다음과
같다.

"참되어라! 참되어라! 또 참되어라! 죄악의 죄는 아닐지라도 죄악
의 죄를 짐작할 수 있는 요소는 숨김없이 세상에 밝혀라!"

딤즈데일 목사가 세상을 떠난 후에 로저 칠링워드라고 알려진 노
인의 모습과 행실에 나타난 변화 이상으로 현저한 것은 없었다. 그
의 모든 힘과 정력, 생명의 힘과 지능의 힘은 일시에 그에게서 빠져
나가 버린 듯하였다. 마치 뿌리째 뽑혀져 나온 잡초가 햇볕에 시들
어 가듯 그는 오그라들고 말라붙어 인간의 시야로부터 사라져 갔다.
이 불행한 사내는 원수를 찾아서 보복하는 것에 자기 삶의 원칙을
삼았던 것이다. 그러므로 복수는 승리를 거두었고 사악한 원칙을 더
이상 지탱시킬 재료도 없어진 이 마당에, 다시 말해 그가 맡을 만한
악마의 사업이 이미 지상에 존재하지 않게 된 마당에 이 인간 같지
않은 인간에게 남은 일이라곤 그의 주인인 악마가 일을 주고 보수를
주는 곳으로 가는 일뿐이었다.

그러나 우리의 가까운 친구였던 이 모든 불행한 인간들에게 — 목
사나 헤스터 프린이나 로저 칠링워드 같은 — 우리는 자비를 베풀고
싶다. 사랑과 미움의 근본이 서로 같은 것인가 아닌가 하는 문제는
재미있는 관찰과 연구의 대상이다. 사랑과 증오가 극에 다다르면 고
도의 친밀감과 마음의 이해가 필요하게 되고, 둘 다 인간으로 하여
금 자신의 애정과 정신생활의 양식을 상대방에게서 갈구하게 만들고
서로 의존하게 만든다. 그래서 열렬히 사랑하는 사람이나 또는 그

못지않게 증오하는 원수는 사랑과 미움의 대상이 사라지면 외롭고 허탈해지게 마련이다.

철학적으로 생각해 볼 때, 애증이라는 이 두 가지의 격정은 근본적으로는 같은 것이며, 다만 사랑이 천국의 광명 속에 나타나는 데 반해 증오는 희미하고도 무서운 지옥의 불꽃 속에 나타난다는 것이 다를 뿐이다. 정신적인 세계에서는 늙은 의사와 목사도—사실 그들은 서로가 희생자였으나—지상에서의 증오와 반감이 황금빛 사랑으로 변한 것을 무의식중에 알 수 있었을지도 모른다.

이러한 논의는 이제 그만두기로 하고 독자들에게 알릴 일이 한 가지 있다. 로저 칠링워드 노인은 그로부터 채 일년이 못 되어 세상을 떠나면서 마지막 유언—벨링검 총독과 윌슨 목사가 그 유언의 집행자가 되었다—을 남겼는데, 뉴잉글랜드와 잉글랜드에 있는 꽤 많은 재산을 헤스터 프린의 귀여운 딸인 펄에게 물려주었다고 한다.

그리하여 그때까지도 일부 사람들이 꼬마 요정이니 악마의 씨니 하고 짓궂게 놀려댔던 펄이 뉴잉글랜드에서 으뜸가는 갑부 상속자가 되었다. 형편이 이렇게 풀리자 두 모녀를 보는 세상의 견해가 실질적으로 달라진 것도 사실이다. 그리고 두 모녀가 그대로 이곳에 머물러 지냈더라면 어린 펄도 혼기에 이르러서는 그 자유분방한 피를 가장 독실한 청교도의 혈통을 가진 사나이와 섞었을지도 모른다. 그러나 의사가 죽은 지 얼마 안 되어 주홍글씨를 달았던 헤스터는 펄과 함께 사라져 버렸다.

이따금씩 사람의 머리글자가 적힌 나무토막이 표류하여 해변가에 밀려오듯 막연한 뜬소문들이 대양을 건너오기는 했으나, 두 사람에 대한 믿을 만한 소식은 오랫동안 들려오지 않았다. 그리하여 주홍글씨의 이야기는 마침내 전설처럼 되어 버리고 말았다. 그러나 그 마력은 여전히 살아서 가엾은 목사가 죽은 처형대는 헤스터 프린이 살았던 해변가의 오막살이와 더불어 무서운 존재가 되었다.

어느 날 오후에 아이들이 그 오막살이 근처에서 놀다가 회색 옷을 입은 큰 키의 여자가 문으로 다가가는 것을 보았다. 몇 년가량 이 문이 열린 적은 한 번도 없었다. 그러나 그 여인이 자물쇠를 열었는지, 아니면 썩은 문과 자물쇠가 여인의 손이 닿음으로써 부서져 떨어졌는지, 그도 아니면 이런 장애물의 틈으로 그림자처럼 미끄러져 들어갔는지, 하여튼 여인은 그 안으로 들어갔다.

문턱에서 그녀는 걸음을 멈추고 잠깐 뒤를 돌아다보았다. 아마도 자기 혼자서 달라진 모습을 하고 지난날의 삶과 밀접한 인연이 있는 그 집으로 들어간다는 생각이 견딜 수 없이 슬프고 괴로워서였는지도 모른다. 그러나 그녀의 망설임은 이내 사라졌고, 그사이에도 가슴에 달린 주홍글씨는 또렷이 보였다.

이리하여 헤스터 프린은 다시금 되돌아와 오랫동안 저버렸던 치욕의 표시를 다시 달았다. 그런데 귀여운 펄은 어디에 있는 것일까? 아직 살아 있다면 지금쯤은 피어나는 아리따운 꽃처럼 성숙한 처녀가 되었을 것이다. 그 꼬마 요정이 느닷없이 죽음을 당하여 처녀의 몸으로 무덤에 묻혔는지 또는 그 야성적인 성격이 부드럽게 가라앉아 여인으로서의 아늑한 행복을 누리게 되었는지, 그것은 아무도 몰랐고 확실한 소식도 없었다. 그러나 주홍글씨를 달고 세상을 버린 헤스터는 여생을 통하여 먼 나라에 사는 누군가의 사랑을 받고 있다는 증거가 나타났다. 영국의 계보(系譜) 기록에는 알려지지 않은 문장이지만 아무튼 가문의 봉인이 찍힌 편지가 가끔 왔던 것이다.

오막살이에는 안락을 위한 사치스런 물건들이 있었는데, 헤스터는 이것들을 전혀 사용하지 않았다고 한다. 이것은 부자가 아니면 사들일 수 없고, 또 그녀에게 애정을 품은 사람만이 그녀를 위해 생각할 수 있는 물건들이었다. 그 밖에 조그만 장식품들이나 깊이 추억 속에 남겨 두려는 아름다운 물건들이 있었는데, 이것들은 사랑하는 마음이 치솟을 때에 섬세한 손가락으로 만들어낸 것들이었다. 그리고 언젠가 한번은 헤스터가 찬란한 상상력을 아낌없이 발휘하여 아이의 옷에다 수를 놓고 있었는데, 어떤 아이든 그런 옷을 입고 우중충한 이 사회에 나타났더라면 한바탕 물의를 일으켰을 것이다.

요컨대 남의 말하기 좋아하는 당시 사람들이 굳게 믿었고, 또 그 뒤 백 년쯤 지나서 이 이야기를 조사했던 세관 검사관인 퓨 씨가 믿었으며, 최근에 부임한 그의 후임자도 그렇게 믿고 있는 사실에 의하면, 펄은 살아 있을 뿐만 아니라 결혼해서 행복한 가정을 이루었다고 한다. 그리고 언제나 어머니를 걱정하며, 그 슬프고 외로운 어머니를 함께 모시고 살았다면 얼마나 위로가 되었을까 하고 생각하였다는 것이다.

그러나 헤스터로서는 펄이 가정을 꾸민 미국 땅보다도 이곳 뉴잉글랜드에서 더 진실된 인생을 보낼 수가 있었다. 그녀는 이곳에서 죄를 저질렀고, 이곳에서 슬픔을 당하였고, 이곳에서 속죄해야만 했다. 그래서 헤스터는 이 땅으로 되돌아온 것이며, 무쇠처럼 냉혹한 시대의 엄격한 재판관이 명해서가 아닌 완전한 자기 의지로 우리가 여태껏 우울하게 이야기해 온 주홍글씨를 다시 몸에 단 것이었다.

그 후로는 그 표시가 그녀의 가슴을 떠난 일이 없었다. 괴롭고 수심에 잠긴 헤스터의 헌신적인 생애가 이어져 가는 동안 주홍글씨는 세상의 멸시와 조소를 받는 낙인이 아니라 슬퍼하고 위안을 주는 그 어떤 상징임과 동시에 두려움과 존경 섞인 눈으로 바라보는 상징이 되었다.

게다가 헤스터 프린은 자기만의 이익이나 쾌락을 위해 살지도 않았으므로 사람들은 그녀에게 와서 자신들의 모든 슬픔과 괴로움을 의논했으며, 직접 크나큰 시련을 겪은 경험자로서의 조언을 구하였다. 특히 여인들이 — 상처받은 사랑, 헛된 사랑, 부당한 사랑, 그릇된 사랑, 죄스러운 사랑으로 끊임없는 고통을 이기지 못해 — 헤스터의 오두막을 찾아와서 그들이 불행해야 하는 까닭이 무엇인지, 그 속에서 헤어날 방법이 무엇인지를 묻는 것이었다.

헤스터는 힘닿는 대로 그들을 위로하고 충고도 해 주었다. 그녀는 또한 언젠가는 좀더 밝은 세상이 되어 하나님의 뜻대로 살 수 있는 시대가 오면 새로운 진리가 나타날 것이고, 그러면 서로의 행복을 위한 확고한 터전 위에 모든 남녀간의 관계가 구축될 것이라는 자신의 굳은 신념을 그들에게 피력하기도 했다.

한때 젊은 시절의 헤스터는 자신이 하나님이 정하신 예언자일지도 모른다는 부질없는 생각을 했었지만, 그 뒤 죄를 짓고 수치스러워 고개도 못 든 채 평생 슬픔의 멍에를 짊어지고 가야 할 여인에게는 신비로운 진리의 사명이 맡겨질 수 없다는 것을 오래전부터 깨닫고 있었다.

장차 하나님의 계시를 전할 천사나 사도는 정녕 여인이어야 할 것이다. 그것도 고귀하고 순결하고 아름다워야 하며, 특히 영혼의 기쁨을 통하여 슬기로워야 하고, 그런 결과를 거둘 수 있는 인생의 진정한 시련으로 인해 신성한 사랑이 인간을 얼마만큼이나 행복하게 해 주는가를 보여 주는 여인이어야만 한다.

헤스터 프린은 이렇게 말하고 나서 슬픈 눈으로 가슴에 달린 주홍 글씨를 내려다보았다.

그로부터 몇 해가 지난 뒤 킹스 채플이 세워진 곳에 인접한 묘지 안, 오래돼서 낮게 가라앉은 무덤 옆에 새 무덤 하나가 생겼다. 그 무덤은 오래된 무덤 가까이에 있었으나 고이 잠든 두 유해는 합쳐질 권리가 없다는 듯, 두 무덤 사이에는 얼마간의 간격이 있었다. 그러나 하나의 비석이 두 무덤을 지키고 있었다. 그 둘레에는 문장이 새겨진 비석들이 총총히 늘어서 있었는데, 초라한 한 장의 석판으로 된 이 비석 위에는 지금도 호기심 많은 사람들이 그것을 발견하곤 뜻을 몰라서 어리둥절해 했을 방패 모양의 문장(紋章) 같은 것이 조각되어 있었다. 거기에는 명구(名句)가 적혀 있었다. 그 명구의 내용은 표어라고 볼 수도 있고 우리가 지금 끝맺는 이야기의 제목이라고 볼 수도 있을 것이다.

그것은 말할 수 없이 음침하여 검은 그림자보다도 더 어둡게 영원
히 불타는 한 점의 빛으로 간신히 알아볼 수 있을 따름이었다.

　‘검은 문장(紋章) 바탕에 주홍글씨 A’.

작가와 작품 해설

나사니엘 호손의 생애와 작품 세계

호손은 1804년 미국 매사추세츠 주의 세일럼 시에서 태어났다. 호손이 4세 되던 1808년에 무역선의 선장이던 아버지가 남아메리카의 수리남에서 황열병으로 객사하였다. 10년 후 메인 주에 살고 있던 외삼촌에게 맡겨져 약 4년간 그곳의 산골인 레이먼드 지방의 자연에 둘러싸여 성장하였다.

1821년 메인 주의 보든 대학에 입학했는데 내성적인 성격으로 인해 두드러진 학창생활을 보내지는 못했으나, 그때부터 작가가 되기를 희망하여 학교를 졸업할 때쯤에는 창작 수련을 시작했다. 대학 졸업 후 그는 세일럼 시로 돌아와 12년간 은둔생활을 했다.

1828년에는 익명으로 자비 출판한 『팬쇼』가 미숙한 작품임을 인식하고 책을 모조리 회수하여 파기한 일도 있다. 1837년에는 『트와이스 톨드 테일즈』를 발표하였다. 1839년에는 소피아 피버디와 약혼하고 결혼 준비를 위해 세관에서 계량관으로 근무하였다. 그러나 그 일이 적성에 맞지 않아 1841년에 그만두었다.

1842년에는 『전기 이야기』와 『트와이스 톨드 테일즈』 제2집을 세상에 내놓았으며, 소피아와 3년간의 약혼 기간을 청산하고 결혼식을 올렸다. 이들 부부는 매사추세츠 콩코드의 낡고 오래된 목사관에서 행복한 신혼살림을 꾸렸다. 1846년에는 가장 뛰어난 단편집 『낡은 목사관의 이끼』를 출판했고, 1850년에는 『주홍글씨』를 발표하였다.

동창인 피어스가 1853년 대통령에 취임하자, 호손은 리버풀 영사로 부임하여 영국에서 4년을 보냈다. 그 후 이탈리아를 여행했으며, 1860년에는 『대리석의 목신상』을 발표하였다. 호손이 영국으로부터 콩코드의 '웨이사이드'로 돌아온 다음해에 남북전쟁이 발발하였고, 1864년 피어스와 함께한 여행에서 60세의 나이로 객사하였다.

뉴잉글랜드의 전통적인 청교도 가문에서 태어난 호손은 어려서부터 자기에게 깊이 스며들어 있던 뉴잉글랜드의 전통을 회의적인 사색으로 투시하고, 청교도적 죄의식을 분석 추구하여 그 죄악이 인간의 영혼과 성격에 미치는 영향을 날카로운 통찰력과 섬세한 필치로 탐색했다.

신의 계시라는 미명 아래 인명을 경시하고 양심을 저버린 조상들의 어두운 과거와 청교도주의의 정신적 유산 속에서 죄책감으로 평생을 괴롭게 보내야 했던 호손은 그러한 죄의식으로부터 벗어나려 했으며, 문학을 통해 그것을 실현할 수 있었다. 따라서 그의 문학적 테마는 뉴잉글랜드의 엄격한 청교도주의 및 조상들의 음울한 과거와 깊은 연관을 가지고 있다.

호손은 청교도 사회에서 변해가는 종교와 인간의 참모습을 예리하게 통찰했으며, 그것을 낭만주의적 색채 속에 상징적 수법으로 표출시켰다. 그의 작품은 장·단편을 막론하고 대부분 뉴잉글랜드의 과거를 배경으로 삼고 있으며, 초자연적인 신비로운 분위기 속에서 인간의 본성과 죄악의 본질을 다루고 있는데 그것은 결코 우연한 일이 아닌 것이다.

작품 줄거리 및 해설

『주홍글씨』는 헤스터 프린 등의 주요 인물들이 하나의 죄악의 테두리 안에서 어떻게 구원받고 파멸당하는가를 냉혹하게 묘사하고 있다. 육욕적 죄가 가장 추악한 청교도 사회에서 많은 정신적·육체적 노력 끝에 스스로 정화를 얻어 성녀로 승화된 헤스터 프린은 어느 문학 작품 속의 주인공보다도 현대적이고 비범하며 순결하다. 결국 헤스터는 인간의 법률에 순종하지 않아 그 비극적 결함으로 인하여 파멸하지만, 동시에 정화되는 비극적 숭고함에 이른 여인으로 설정

된다.

『주홍글씨』는 충동적이며 정열적인 여인 헤스터 프린이 간통죄로
고발되는 장면부터 시작된다. 가장 신성하고 순수해야 할 신세계에
서 죄를 범했다 하여 헤스터는 청교도 사회의 율법에 따라 죄의 상
징인 주홍글씨 'A'를 가슴에 달고 광장의 처형대 위에 서 있다. 그
마법의 글자는 불완전의 상징, 죄악의 표적으로 헤스터를 어두운 고
립의 세계로 영원히 추방, 격리하는 위력을 가진다. 그녀는 현실적
세계로부터 추방, 격리되었지만 오히려 자신의 행위를 용기 있게 인
정하고 그로 인해 야기된 모든 비극을 꿋꿋하게 감수한다.

이에 반해 숨은 죄인인 딤즈데일은 청교도 사회의 성스러운 목사
요, 정신적 지도자로서 존경을 받지만, 내적으로는 자신의 죄를 고백
하지 못하고 깊은 죄의식에 사로잡혀 고통 속에 처한 인물이다.

이 작품의 또 다른 죄인인 칠링워드는 아내인 헤스터의 부정에 대
해 무서운 복수를 결심하는 인물이다. 늙고 기형적인 모습을 한 그
는 펄의 아버지가 누구라는 것이 발견되지 않는 한, 지상의 부정은
제거되지 않는다는 그릇된 신념을 가진 일탈적 인물이다. 무서운 악
마로 변신한 그는 목사 딤즈데일에게 접근하고, 마침내 그가 바로
자신이 찾던 펄의 아버지이며 복수의 대상임을 알아낸다.

칠링워드는 지적 교만에 의해 인간성을 상실하고, 인간의 신성한
심성을 파괴한 용서받을 수 없는 죄인이다. 그러나 딤즈데일은 인간
으로서의 연민과 구원의 가능성을 감지하게 된다. 광장의 처형대에
서 마지막 설교를 하던 중 딤즈데일은 죽고 마는데, 칠링워드가 반

인간적 심성으로 딤즈데일의 영혼을 분해하다가 풀잎처럼 시들게 되는 데 반해 딤즈데일은 불같은 설교를 성공적으로 마치고, 죄의 고백과 함께 치욕적이지만 떳떳한 죽음을 맞이함으로써 칠링워드로부터 자신의 영혼을 구하게 된다.

딤즈데일의 구원은 오랜 고행과 참된 고백으로 이루어진 것이지만, 그것은 살아 있는 주홍글씨라고 할 수 있는 죄의 산물인 펄 없이는 불가능했다. 딤즈데일이 헤스터와 펄을 껴안은 행위야말로 자신의 비밀을 고백한 행위이며, 속죄와 구원을 동시에 얻는 행위였기 때문이다. 펄은 죄의 실체이지만 죄, 형벌, 사랑과 구원의 상징으로서 그 역할을 완수함으로써 헤스터와 딤즈데일을 구원에 이르게 하는 소임을 다한다. 그리고 마침내 자신의 눈물로써 죄의 상징에서 벗어난 펄은 기쁨과 슬픔 속을 걸어갈 수 있는 인간으로 재탄생하게 된다.

『주홍글씨』는 1640년대의 보스턴 식민지 사회에서 일어나는 일들을 소재로 하여, 청교도가 지배하는 식민지 사회에서 억압받는 인간의 모습을 19세기의 시대 정신으로 비판하고 있다. 작가는 이상적인 신세계를 건설하려는 청교도들의 불완전성을 파헤치고 문화가 신앙을 경직시켜 인간의 본성을 상실케 했음을 묘사했다.

또한 작가는 칠링워드의 타락과 죽음의 파멸을 통해 에덴 동산과 같은 완전함을 기대하는 이상주의의 꿈이 얼마나 위험하고 실현 불가능한 것인가를 보여 주었다.

이에 반해 헤스터와 딤즈데일을 처음부터 죄를 범한 불완전한 인

간으로 묘사하면서, 이들을 통해 죄를 범한 인간, 즉 불완전한 인간
이 바로 참된 미국인의 상이라는 것을 암시하였으며, 동시에 기계
문명 속에서 '정원의 신화'를 꿈꾸고 있는 작가와 같은 시대의 미국
인들을 통렬히 비판했던 것이다.

작가 연보

1804년   미국 매사추세츠 주 세일럼 시에서 무역선 선장의 아들
　　　　　　로 태어남.

1813년(9세)   다리를 다쳐 3년간 누워서 지냄. 이때 독서를 통해 폭넓
　　　　　　은 간접 경험의 세계를 지니게 됨.

1820년(16세) 대학 시험을 준비. 장시 「스펙테이트」를 발행.

1821년(17세) 메인 주에 있는 보든 대학에 입학.

1825년(21세) 보든 대학 졸업.

1828년(24세) 습작 기간.

1832년(28세) 『착한 소년』과 세 편의 작품을 익명으로 발표.

1839년(35세) 보스턴 세관의 계량관으로 근무.

1842년(38세) 소피아 피버디와 결혼.

1844년(40세) 큰딸 유나 출생. 경제적으로 고통을 받음.

1846년(42세) 『주홍글씨』를 집필하기 시작함. 단편집 『낡은 목사관의
　　　　　　이끼』 출판.

1849년(45세) 어머니 사망.

1850년(46세) 『주홍글씨』 출판.

1851년(47세) 둘째딸 로즈 출생. 『일곱 개의 박공으로 된 집』 『원더
　　　　　　북』 출판.

1853년(49세)   대학 동창인 피어스가 대통령에 당선. 그의 호의로 영국
              리버풀 영사로 임명됨.

1857년(53세)   영사직에서 물러남.

1860년(56세)   『대리석의 목신상』 출판.

1863년(59세)   『우리의 옛 고향』 출판.

1864년(60세)   피어스와 함께 요양 여행 중 뉴햄프셔 주 플리머드의 한
              여관에서 영면. 콩코드에 안장됨.